中国作家协会定点深入生活项目

情系玉麦

唐大山 著

西藏人民出版社

图书在版编目（CIP）数据

情系玉麦 / 唐大山 著 .-- 拉萨：西藏人民出版社，2019.9
ISBN 978-7-223-06302-9

Ⅰ . ① 情… Ⅱ . ① 唐… Ⅲ . ①新闻—作品集—中国—当代 Ⅳ . ① I253

中国版本图书馆 CIP 数据核字（2019）第 079661 号

情系玉麦

作　　者	唐大山
责任编辑	苏远尚　仁青才让
封面设计	格桑罗布
版式设计	周正权
出版发行	西藏人民出版社（拉萨市林廓北路 20 号）
印　　刷	拉萨市明鑫印刷有限公司
开　　本	787 × 960　1/16
印　　张	23.5
字　　数	265 千
版　　次	2019 年 9 月第 1 版
印　　次	2019 年月 9 第 1 次印刷
印　　数	01–2,000
书　　号	ISBN 978-7-223-06302-9
定　　价	50.00 元

家是玉麦，国是中国，放牧守边是职责，你们这些话说得真好。有国才能有家，没有国境的安宁，就没有万家的平安。祖国疆域上的一草一木，我们都要看好守好。希望你们继续传承爱国守边的精神，带动更多牧民群众像格桑花一样扎根在雪域边陲，做神圣国土的守护者、幸福家园的建设者。

——习近平

己亥年秋月

前　言

久住拉萨的人，渴望天天下雨。这个愿望在玉麦得以实现。玉麦的夏季，二三十天不见太阳是常态，而且白天黑夜连着下，不算暴风骤雨，描述为小到中雨较为恰当。

我住在路旁的家庭旅馆。溅满泥浆的板房，成为我生活与写作的寓所。房门不必锁但要长关。用店主的话说，这里没小偷，但门要关严，否则过往车辆溅起的泥巴会给被子甩上花纹。

住宿的问题解决了，接着说吃饭。初来乍到，在店主家吃，他的妻子经营餐馆是出了名的。痛苦的是店主夫妇同去泽当镇进货，来回需五六天时间。别无选择，我只能吃方便面。我对方便面之类的食品存有偏见：不到生命受到威胁之时，决不去吃。

就在我不得不用方便面维持生命时，乡政府热情接纳了我。

按照规定，我去乡政府报备。乡领导问吃饭住宿如何解决，我如实相告。他们邀我到乡政府食堂就餐。上级有明文规定，吃饭付费，我不给乡政府添麻烦，又解决了肚子问题，于公于私均好。要知道，对客居玉麦的我来说，要保证有饭吃，不是件容易的事。

说了住宿和吃饭，不会忘记自己是带着任务来的。

我到玉麦的时候，牧民都在山上的夏季牧场。他们在那里吃住，在那里劳作。

为了早日见到卓嘎和央宗姐妹，我多次徒步去夏季牧场。

很快，卓嘎读大学的大女儿放暑假回来，二女儿被我家乡的一所高校录取，我与她们的共同话题多起来。牲畜转场后，牧民从夏季牧场搬回玉麦村。我住的板房与卓嘎的住处只有一百米左右的距离。只要发现她家的门开着，我便会不请自到。我比卓嘎的丈夫小四岁，我俩可以简单交谈。我见到他大喊一声“巴桑哥哥”，他见到我咧嘴笑笑。

我与工地上的人们混得很熟。隔三岔五，我就与湖南建工负责人、玉麦小康乡建设指挥长和乡领导一起转工地。

晚饭后，我经常去职工宿舍转悠。跟加查县的人说起猴子如何不怕人，跟日喀则的司机聊开铲车的酸甜苦辣，跟四川人摆龙门阵，听青海人讲怎样从内地迁移到西部……玉麦，把我与五湖四海的人连在一起。

对他们来说，玉麦也许是一辈子只来一次的地方，用他们的话说，房子建好了，路修好了，就是与玉麦分别的日子。与他们在一起，我的感觉是和兄弟们在一起。记录下他们的言谈举止，就是分享他们的喜怒哀乐。在来之前，很多人不知道玉麦在哪里；离开之后，玉麦会留在他们心里一辈子。

玉麦的伤痛，源于殖民主义者的险恶和蚕食者的撕咬；玉麦的幸运，来自桑杰曲巴父女两代人对家的理解和对国的热爱；玉麦的变化，得益党中央的关怀和人民政府的努力。

浅显的文字难以描述玉麦天使般的容貌，也难以抒发我对玉麦的情感。我来到玉麦时，雨落在头上；我离开玉麦时，雪飘在身上。无论是雨还是雪，都在浸润着玉麦的山水，都在滋润着我的心田。

目　录

如歌玉麦

建设玉麦

寄情玉麦

奔向玉麦

身份证、通行证、记者证、作协会员证，四证齐全，准备出发。

2018年6月27日，从拉萨西郊客运站坐上去山南泽当镇的客车，我的定点深入生活开始了。

作者从拉萨出发。（周淑敏 摄）

拉萨无愧日光城的美誉。有一星期没下雨了，最高温度飙至二十八摄氏度。这个温度，对酷热的内地而言，真是求之不得，而对高原人来说，却几乎到了夏季极值。阳光毫不吝啬地洒向万物，一块块红色宣传牌特别醒目。出现频率较多的，当数“争做神圣国土守护者、幸福家园建设者”。

当时确定深入生活项目选题时，是“神圣国土守护者、幸福家园建设者”触发了我灵感，使我决定踏上通往玉麦的道路。

从拉萨到泽当，以前四五个小时的车程，现在缩短为两小时以内。

车子沿雅鲁藏布江畔前行。生活在这片大地上的人们，把雅鲁藏布江比作老阿妈，相当于内地常说的母亲河。藏语中，“布”是“江”的意思。当初音译“雅鲁藏布”时在后面习惯性地加了个“江”字，成了今天约定俗成的称呼“雅鲁藏布江”。后来，确认南迦巴瓦峰附近的大峡谷为世界第一大峡谷时，直接将其命名为“雅鲁藏布大峡谷”。

这一段行程，在我眼里，是“带”与“路”的组合。带有两条，一条是水带，一条是绿化带。有着宽宽河床的雅鲁藏布江蜿蜒曲折，这条水带给人以美的享受，让人生出无限遐想。江的两边，人工林已成规模。两岸的山几乎看不到树的踪影，俯视河床，水带在绿色长廊中穿行。从无到有发生变化的，不仅是绿色，还有路。如今的路，不止一条，而是两条，准确地说，在不久的将来，是三条路并行。与雅鲁藏布江相伴的，有柏油路，称之为老路；有高等级公路，称之为新路；有正在修建的拉林铁路，是川藏铁路的组成部分。“两带三路”，是连接拉萨与山南的彩虹，是当地日新月异变化的缩影。

到泽当，从汽车站出来，恰遇一招揽生意的司机。已有俩人包他的车去隆子县城，可以带上我，付一百元车费。我表示成交。为了赶路，原打算在泽当吃的午餐，被抛向九霄云外。

出了泽当，转而南下。

所看到的农作物，是小麦和油菜。小麦出齐穗，偶有农人在田间劳作。与内地油菜相比，这里的苗株瘦小，正值花期，一片金黄，视觉效果颇佳。整体看起来，麦田居多，为大地打上绿油油的底色。三成左右的油菜地，毫无规则地镶嵌在麦田中间，仿佛给群山环绕的大地穿上一件色调相宜的衣裳。这件衣裳飘出的是青春色彩，配上几朵鲜艳的花瓣。

海拔渐渐升高，耕地面积慢慢缩减。在比例上，麦田悄悄让位给油菜地。比例的变化体现在图案构成上。如果说之前是一位优雅闲适的少妇，现在则是一位热情奔放的少女。她把金黄色长发一甩，小河中的流水为她点赞，周边小山拜倒在她的裙下。

往上走，耕地连不成片。小河边，有人围起一片田，愈加瘦小的油菜竭尽全力顶起一簇花。大家紧紧拥抱在一起，同样是一片花海，让人惊羡。

前方出现草甸，散落其上的牦牛悠闲地啃着草，不远处的帐篷上冒着炊烟。司机说，牧民富着呢，一头牦牛一万多元，数数多少头吧！

路途漫漫，与司机聊起肉价。他说："这里的羊肉比牦牛肉贵。羊肉每斤四十元，牦牛肉每斤三十五元，猪肉每斤十七元。"我昨天在拉萨小昭寺路闲逛，听到牦牛肉每斤四十五元。一般说来，牦牛肉的价格高于羊肉。泽当的羊肉价格高于牦牛肉，这在全国其他地方是少有的现象。

海拔已过四千米。同车的两个年轻人穿着短袖。车窗没有关严，他们谈笑风生，有一位问司机高原反应会出现什么症状。我早已穿上外套，真为他俩担心，但愿我的担心是多余的。

从泽当出来两个多小时，前面河谷地带闪现条块状农田。有小麦，有青稞，少不了黄澄澄的油菜。三者出现，给几近审美疲劳的我们带来了惊喜。我们感到，离隆子县城不远了。

前方一行大字佐证了我们的预判，上面写着：学玉麦，讲奉献，守边疆。

玉麦，多么悦耳的名字！

米玛师傅

在隆子县城住了一宿。

6月28日下午，以三千一百元的天价与司机米玛成交，包他的车去玉麦。

之前询问的司机，要么以路况差为由拒绝，要么就只送到半途。米玛满口答应送到目的地，虽然价格远远高于预期，但我还是爽快地答应了他。

这天，米玛一直在路上。他家在县城，上午送人去泽当，中午从泽当拉回来四个人。下午四点半，他心急火燎地赶回来。

时间敲定，价格议妥，我们于下午六点出发。

我为安全担忧。只吃了一碗面的米玛满口说绝对保证安全。我让他多休息一会，他说路上有的是时间。他顺便买了两份饭，提了一袋饼子，招呼我上车。

县城的天就是怪，上午晴下午雨。我和米玛冒雨前行。实际上，时间是我定的。米玛说，由于道路施工，要么下午六点走，要么第二天早上五点走，才能不被堵在路上。既然夜路难以躲开，我决定早些走。我的心理是矛盾的，担心夜路危险大。米玛信誓旦旦地说，熟路，一百个放心。

刚出县城，米玛指着一处两层楼小院说："那是我家。你在车里稍等一会，我把饭送给老婆和孩子，带条被子，晚上没有宾馆住，只能在车里将就。"

说起家庭，米玛满脸幸福："我们兄弟仨，在三个地方。路过三安曲林乡时，让小弟跟着，我俩替换着开。遇到事，靠兄弟相帮。在结婚成家方面，藏族和汉族有所不同。老婆是哪里的，我们往往把家安在哪里。我们老家在加玉，兄弟仨却在三个地方。我有两个孩子。大的是女儿，上六年级；小的是儿子，三岁。现在真好，人只要不狡猾，不投机，想挣钱，辛苦些；干累了，就休息。时间是自己把握。我整天忙着跑车。还有个货车，请人开的，一个月五千元，另外再给他饭钱。"

话没说完，车子开进加油站，把油箱加满。米玛说："小车底盘低，去不了玉麦。这辆小货车，底盘高，没问题。烧的是柴油，力气大得很。"

快到日当镇的路上，泥石流盖了半个路面。我的心悬了起来，玉麦天天下雨，泥石流该是常态吧。

前方有刚铺好的柏油路，有正在施工的路段，有半成品，有车辙凌乱的泥浆路，直到三安曲林乡，总体还算顺当。

晚上九点半，在三安曲林乡见到米玛的小弟次仁加措。吃完晚饭，次仁加措给我的水壶加满开水。十点，我们乘夜色接着走。

正像俩兄弟所说，很快要上山，不仅没吃的，而且路很烂。

前方上坡，转弯，泥巴路。前面车多，米玛后退避让。开始，次仁加措在后座摇下玻璃为哥哥看路，后来便下车指挥。对面的三轮车，司机用嘴巴咬着手电筒，晃晃悠悠过去。接着是两辆大货车。米玛尽力向山脚靠拢，我感觉车身倾斜。谢天谢地，两辆车擦肩而过。

大部分路段都很糟糕。上半夜，一直是上山，泥泞的路面滑得很。到一个转弯处，兄弟俩一个驾驶，一个指挥，连试三次，才得以爬坡过坎。

过了十多分钟，类似情形再次出现。这次就没那么幸运了，连试三次，均未成功。米玛说：“空车，没有重车给力。”

兄弟俩往车厢里装石头，我用手机电筒照着。雨下得不大不小，小风一吹，穿着线衣的我连着打冷战。米玛和次仁加措干得热火朝天。从他们的话语中，听出的是自信，没有丝毫抱怨，还连声对我说“谢谢”“对不起”之类的话。我们仨已是风雨同行。我为自己帮不上忙而感到不好意思。

重新挂挡加油，车子向前蠕动。次仁加措站在车厢后部，双手扶着车帮一上一下晃动。这样有效果，车不仅爬上了坡，在之后的路上，也没费多大劲。

后半夜，次仁加措接替哥哥开车。米玛蜷在后排座位上，盖上被子，很快入睡。

29 日凌晨，在离玉麦乡政府还有一小时车程的地方被堵，原因是一辆满载重物的工程车，在泥石流前静止不动。

外面仍在下雨。

终于相见

八点钟，施工队上班。

雨水不厌其烦地洒落在车窗上。车前，两道车辙好似两条小溪，时而并行，时而交汇。近处苍松提示着远来的亲人：玉麦欢迎你；远处缭绕的云雾告诉我：江山如此多娇。

施工队用挖掘机清理从山上流下来淤积在路面的泥石。

一心想着赶路的米玛，有些不耐烦地自言自语：“天天下雨，真不舒服。”下车观察地形的他，居然有意外收获：县城熟人恰巧开车去玉麦。俩人很快谈妥，我与米玛兄弟一一握手话别，便上了另一辆车子。

八点半，路障清理完毕，车子依次通行。

转急弯，下陡坡。司机感慨：米玛没过来是对的，进来容易出去难。他随便问了一句：“你来玉麦做什么？”

我顺口答道：“旅游，来玩的。”

“这里有什么好玩的？我明天就回县城。”他脱口而出。

又到一处泥石流发生区。这里路面较宽，有篮球场那么大的一片泥石流让我目瞪口呆。挖掘机像在锅里捞饺子一样舀着泥沙石块。车子从它旁边侧身而过，半个车轮淹没在泥水中。

一小时后，前面出现一片河谷地带，那里是玉麦乡政府所在地。

此时我才知道，这里所说的一小时车程与高速路上的一小时车程不一样，高速路上一般指一百公里左右，这里顶多跑十多公里，甚至更少。

司机说：“你来得不是时候。明年来，从玉麦到县城全程都是好路。”

我给司机说，拉到哪个家庭旅馆都可以。

举目四望，这里像一口烧开水的锅。不同的是，锅里的蒸汽从中间冒起，这里的水汽环绕四周。绿色占据着群山，山顶被云雾遮掩。

看看地，望望天，玉麦河自西北向东南流去，云雾自东南向西北移来。猛然想起卓嘎和央宗姐妹荣获“感动中国人物奖”时的颁奖词：河的源头在北方，心之所向是祖国。

感慨一番后，我纳闷：来到玉麦，怎么不见如玉的麦子？

听的人笑了：这里的气候，祖祖辈辈用的是同一句话——半年雨来半年雪。雨露滋润禾苗壮，开花结果靠太阳。全年见到太阳的日子屈指可数，这里不适合种庄稼，亦无耕地。这里适合发展畜牧业。

在笑自已浅陋之后，我对地名浮想联翩。

无论在拉萨还是泽当抑或隆子，当地人读玉麦的“玉”时，不发去声，而读阳平，和“瑜”一个音。

说起“瑜”，人们自然会想起珞瑜、门瑜甚或察隅。我斗胆一说，根据发音，藏文中的这个字，有三个不同的汉字与之对应：瑜、隅、玉。

从地名中容易发现，凡带“瑜”“隅”“玉”的地方，大多分布在同一区域，即西藏东南部。这同样说明，无论从历史上还是在文化中，都能清晰辨出，藏南是西藏的一片宝地，是中华人民共和国的固有领土。

这里阴雨连绵，人们的干劲热火朝天，玉麦新村正在建设中。

玉麦，我心中的玉麦，没见到你之前，不知你长得什么模样；见到你时，才知你有着娇美的容颜和苍劲的风骨。

家庭旅馆

建筑工地一片繁忙，居民暂住在临时搭建的家里。

白玛次旺指指对面的家庭旅馆。

活动板房、简易房、工棚，哪个称呼指的都是它。往来穿梭的施工车辆，把道路和成一锅粥，在我将要入住的旅馆临路的一面溅起一米多高的泥巴。

看来，这段时间要在这片土地上行走，非得穿雨靴不可了。白玛次旺已经为我备好，当即以三十五元买了双雨靴。

白玛次旺走在前面，我紧随其后。

明明看到上面有把锁，却没看到白玛次旺拿钥匙。他轻轻一拧把手，门开了。里面两间房，每个房间里有四张床铺，被子看起来挺厚，备有电热毯。我在南边一间靠里的一个铺住下，一是放东西感到安全，二是挨着床有张简易木桌便于写字。还没把行李放好，门外一辆大货车紧抵窗前，原来司机借助相对宽敞的地方倒车。我暗自庆幸，多亏选了靠里的床铺，否则夜晚或午睡出了事，生命完结，深入生活只能在另一个世界进行。

房后，声音更响，整个白天都持续着，那是水洗砂石的声音。当年，毛泽东为了锻炼自己，有意到闹市练习朗读。如今，在车辆

作者在家庭旅馆里写作。（次多 **摄**）

与机器的交响乐中，定点深入生活如能结出硕果，也是我抗干扰能力特强的体现。

我审视了下房门，有些不放心地问白玛次旺："这锁能不能用？房门不锁行吗？"

他笑了："放心吧，再贵的东西都不会丢。这里没小偷。"

忽然想起陶渊明的"门虽设而常关"，我的住处锁虽有成摆设。

住的问题解决了，用餐也在白玛次旺家里。

两边都有家庭式餐馆，白玛次旺家里的客人最多。他的家是多功能的，提供住宿、餐饮、商店一条龙服务。我的饮食简单，中午和晚上，要么炒米饭，要么吃面条。

白玛次旺问我早饭吃什么，我说你们吃什么我就吃什么。

实际上，早饭更适合我。

不到八点，白玛次旺和妻子卓玛拉宗就忙活起来。

卓玛拉宗往铁炉里的木头上倒了些柴油，打火机往前一点，火噗的一声燃起来。白玛次旺往炉子上放水壶，卓玛拉宗把甜茶粉和咖啡倒进煮沸的水中；白玛次旺把熬好的甜茶隔着滤网倒进暖壶，卓玛拉宗在铁盆里熟练地和面。

说起来，他俩都有些名气。墙上挂着西藏摄影家协会赠送的合家欢，卓玛拉宗甜甜地笑着。白玛次旺上过湖南卫视的节目。在网上，能搜到全村福，虽然居民没到齐，而站在一起的白玛次旺和卓玛拉宗让人眼前一亮。

生活就是这么简单，没有丝毫夸张；他俩的感情就是这样原汁原味，没有丝毫做作。

早饭上来了，油炸糕点、甜茶和稀饭，这三样都是我喜爱的。

那种油炸糕点，真正叫什么，我不清楚。它的外表像糖糕，里面是和着少许面糊的青菜。他们挑小个吃，我挑大个吃。他们示意我吃小的，我觉得一样价钱，大的合算。他们看我“执迷不悟”，笑着说，小的炸得好，大的可能没熟透。他们问我能不能吃出来。我说，太好吃，忘了生熟。

他们一家相视而笑，我为一样价钱吃的都是大个而高兴。

我抹抹嘴，问白玛次旺多少钱。他说，早饭大家一起吃，不算钱。

泥水路上

从乡政府出发，沿路上行。

人们谈之色变的泥石流，在这里几乎成为常态。

在玉麦过了一段时间，尚未发现哪天不下雨。

持续的雨遇上这里特有的地质结构，泥石流或山体滑坡必然经常发生。

往右边山坡望去，砂、石和土壤清晰可辨，湿漉漉的，用豆腐渣来形容恰如其分。在一处斜坡前，驻足稍许，即见细砂往下滑落，与湿土掺和在一起，流到路边如同从搅拌机里出来的水泥。在距路面四五米高的山坡上，出现了一道裂缝，看样子迟早要落下来。我确定不会发生大的滑坡，便在一处安全的地方站稳。过了十多分钟，大概有十平方米的斜坡带着声音滑下来。再往前走，相隔一里路的样子，淤积的泥石流淹没了大半个路面。一棵碗口粗的树躺在上面，树根完全裸露，让人一睹它的根状结构。一棵约两米高的小松树整棵被移到路旁。它的根部是一米见方的土块，犹如内地有意栽在路旁的绿化树。

石块丛生的地方，它们你推我挤地滚下来，危险性比泥石流还大。

雨仍在下，路面宽度尚可，始终有泥水相伴。

泥水路。左侧板房为作者入住的家庭旅馆。（向世宁 摄）

想想桑杰曲巴生活的时期，环境的恶劣令人望而生畏。

冬天大雪封山，妻子生病，桑杰曲巴把她搭在牦牛身上，途中她永远合上了双眼。

同样是冬天，同样是大雪，桑杰曲巴眼巴巴地望着冻僵的小女儿。

巡山，不是游山玩水潇洒惬意的想象。可能遇到突如其来的泥石流、山体滑坡、山洪暴发或者雪崩，可能遭遇窜犯过来的蚕食者而发生不测。所有这些，桑杰曲巴都想到了。每次出发前，他都会交待女儿卓嘎和央宗，如果他在该回来的时候没来，就去扎日找解放军。

类似的事情发生过。蚕食者把花里胡哨的旗子插在附近山头上，桑杰曲巴一家持续抗议，直至他们摇头晃脑地溜走。蚕食者在山口设卡，桑杰曲巴翻山越岭到扎日向解放军报告。解放军快速赶到，把蚕食者赶走。

这些，都是由脚下的路想起的。

那时从玉麦村去扎日乡的曲桑村，全是羊肠小道。冬天白雪覆盖找不到路边，春夏秋三季随便来些泥石流就能把路堵塞。如今，积雪，可以用铲车清除；泥石流等产生的路障，可以用挖掘机整平。而那时，地质灾害一样不少，大型机械想都不敢想。桑杰曲巴是怎样走雪路、蹚泥水、越路障的，只有与他终生作伴的绿水青山知道。

走了两个小时，早上摄取的能量消耗殆尽，腿肚子出现疲劳感。与桑杰曲巴相比，我这两个小时的路仅是他的开始。虽然都是一个人行走，他是在崎岖的小道上摸索，而我是在已拓宽的大路上行走；他随时都有生命危险，而我生命无忧；他身疲力竭仍向着希望前行，而我不慌不忙却感到腰酸腿疼；支撑他"烈士暮年，壮心不已"的是心中的祖国，引领我来到玉麦的是热爱文学的心。

原先以为，生活在喜马拉雅山中的桑杰曲巴必是虎背熊腰，不然，手无寸铁的他怎敢与全副武装的蚕食者抗衡？看了资料才知道，他是一位瘦小的老人。因为深爱和责任，他拼着命护佑这片土地。还有一个深层次原因，就是如果这片土地有难，只要把信送到，他相信驻扎在扎日的解放军肯定会及时赶来。祖国是他的内在力量，解放军是他的现实依靠。

感谢桑杰曲巴，有了他风餐露宿的巡山和寸土必守的行动，今天的我才得以昂首挺胸在这条大路上行走。他那大我的心成就了无数个小我的梦想。每当我凝视中国地图找到玉麦乡的位置时，就会想起他们父女仨。

随着小康乡项目的实施和曲玉公路的修筑，会有更多人向往玉麦，会有越来越多的人进出玉麦。

默念牧场

来玉麦深入生活，肯定要去牧场，卓嘎和央宗都在那里。

玉麦村在海拔上跨度很大。以玉麦河谷为基点，夏季牧场在上边，冬季牧场在下边。我沿路向上走去。

由于是个人行为，我没麻烦乡政府。

我不懂藏语，牧民不大会说普通话。卓嘎和央宗上过央视，白玛坚才是邮递员，他们见到来自拉萨的我，不会感到太惊讶吧。我心里有个小算盘，锻炼一下能力，还能看到牧民真实的生活。

我在这里深入生活时间较长，不需有意采访，也不必刻意报道，所做的是用眼观察，用心感悟，用手去写。

我在泥水路上设想着如何跟牧民打招呼。

出发时听说，牧场离乡政府十多公里，我走了两个小时，没见踪影。

路线清楚，时间充足，欣赏一下周围的景色吧。

路上，偶有货车经过，挖掘机正在作业。路侧，有施工人员在砌防护墙。

右侧是山脚。山上山下，都有水的出现。有的顺着草坡流出来，有的在石壁上溅着水花。玉麦河在左侧，右侧也传来哗哗的水声。

走到半途，景观出现，声音是从上面发出的。我被眼前景色惊呆了，这要在内地，不知有多少人争相欣赏。瀑布，而且是上下两层，宽度有四五米，绿草打底，灌木作陪，苍松护卫，这是位置在下的一段。侧上方的一段有些距离，中间隔着林木，是想给山增加些美感吧。整条瀑布从远处绿色中泻出，又潜入绿色，蛇行一段距离，猛地探出头，毫不犹豫跳下来，唱着清脆的歌，穿越涵洞，蹦蹦跳跳汇入玉麦河。

想不到在去牧场的路上，竟有如此美景。

又走了一小时，目光从右边写有“滚石路段，注意安全”的牌子上抬起，再次震惊。

玉麦河对岸山上，两条玉带蜿蜒而下。猛一瞧，它们是静止的，从云端扯下；仔细看，它们是流动的，弯弯曲曲。我想起李白的《望庐山瀑布》：“飞流直下三千尺，疑是银河落九天。”这两句诗用在此处正合适。李白发现的是一条银河，我有幸看到两条银河。以前认为他夸大其词，看着从云雾中伸展出来的两条玉带，才觉得不使用夸张手法，不足以描述它们的高度与壮美。左边那条瀑布，在上方发出一个小岔，山顶被云雾遮掩，只能隐约看见从天空出来一粗一细两条溪流，很快汇在一起，犹如蛟龙出海，又似闪电凌空。我驻足良久，才一步三回头，继续前进。谁知第三条、第四条……难以数清的瀑布，罗列于群山之间。后来见到的瀑布都没有先前两条养眼了。随着海拔升高，树木渐少，雨水亦减，瀑布也随之瘦身。

这里的植被层次感很强。以那两条让人叹为观止的瀑布来说，它们流经的两侧没有乔木，在稍远处山坡上林木茂盛。这是横向看。竖起来看，下面自不必说，中间也算乔木的天下，往上是灌木和草本植物。

遥看瀑布挂前川。（刘枫 摄）

走了三个多小时，该到牧场了呀。

正在盼望，前方右侧出现一片草地，散落着四五顶帐篷，心中欣喜异常。

恰有一穿着线衣的男子从帐篷中出来，我赶紧向他招手并大声说着“扎西德勒”。他惊愕地看着我。

我接着说：“这里是牧场吗？”

“不知道。”这是他的回答，“我们是施工队，修路的。”环顾四周，确实没有牲畜。

我在失望中道谢，接着往前走。

我在心里默念，卓嘎和央宗到底在哪里的牧场？

姐姐卓嘎

卓嘎，在我心目中是英雄，现实生活中像姐姐。

我的定点深入生活选题能够立项，得感谢卓嘎和央宗，尽管她们到现在也不清楚我为啥在玉麦待这么长时间。2017 年底，像当年草原英雄小姐妹一样，卓嘎和央宗这对老姐妹突然被媒体聚焦，被国人关注。喜马拉雅山深知，在中共中央总书记习近平给她们回信前，为了守护这片国土，她们已默默坚持了几十年。她们收到的回信，是中国最高领导人对她们行为的肯定与褒扬。

第一次见到卓嘎，是偶遇。我来玉麦，卓嘎和央宗是必见人物。去了两次牧场，均半途折回。路远不是原因，主要是位置不清，准备不足，坚持不够。想去牧场找她们，没有实现，想不到卓嘎突然出现在我面前。

7 月 7 日，听说卓嘎和央宗要从山上牧场回家。这一天，湖南常德市党政代表团来玉麦乡慰问，卓嘎和央宗是当之无愧的群众代表。

由于山体滑坡，卓嘎和央宗只能走下来，据说需要两小时。临近中午，乡长胡学民坐不住了，虽然中交公司承诺尽快疏通道路，他还是要到现场一睹为实。

用胡学民的话说：“卓嘎、央宗一看到政府的车子，高兴坏了。她们不用走了呵。”

午饭后，我去白玛次旺家打开水。在门前一辆越野车旁边，一副似曾相识的面孔进入我的视野。为保险起见，我急问白玛次旺：“这是阿佳卓嘎吧？”他点下头。

我立即转向这位牧家妇女：“扎西德勒！阿佳卓嘎。”

她看着我，脸上挂着一丝微笑，没有愕然的表情，只是想辨认一下打招呼的这个人是否相识。

卓嘎给我的第一印象，就是一位普通的牧家妇女。她身材不高，头戴一顶线帽。上衣是一件后面带着几点泥巴的皮夹克，系在腰间的帮典脏兮兮的，脚穿一双沾着干泥巴的旧皮鞋。

她的这个形象，与先前在央视栏目中看到的相差太远，但丝毫不影响我对她的尊重。她在牧场是这个样子，回到家中是这个样子，与邻里交往是这个样子。这是原本的她，与牛没有距离的她，与家人没有距离的她，与左邻右舍没有距离的她。

差点忘了她的另一身份——十三届全国人大代表。

有谁见过这样的全国人大代表？任职前后，言谈举止一如既往，衣食住行也没有改变。

下午三点钟，代表团的车队在山上出现。

胡学民赶紧把欢迎队伍组成排，群众代表在前面，接着是乡政府工作人员，其后是中交公司成员。在这样的活动中，我不想缺位，自觉站在最后。

代表团成员下车后，胡学民迎接，简单介绍后，由卓嘎接过央宗捧上来的哈达，一一为他们献上。

按照程序，代表团由胡学民和施工方领导陪着，参观玉麦小康乡建设进展情况。

最后，代表团来到乡政府临时会议室。团长坐在中间，卓嘎和央宗分坐其旁。背景很好，中间向上是习近平总书记的头像，两边是回信内容，左侧是藏文，右侧为汉文。随团到来的记者，抓住这一场景，忙个不停。

代表团走后，当天傍晚，卓嘎和央宗重回牧场，一是她们的生活起居在那里，二是有好多活要做。

时隔一天，我起个大早，吃些糌粑，天一放亮，徒步去牧场。这一次下定决心，不到牧场不罢休。

路比一星期前好许多，这几天雨下得少些，施工队也做了平整。

当地人用两小时走完的路程，我走了四个多小时。有时让人哭笑不得的是，费好大劲，转几个弯，终于到了新高度，往下一看，先前经过的拐弯处就在眼皮底下，直线距离非常有限。

为了能在牧场见到卓嘎，这些路算什么？要知道，以前比这差的路，卓嘎和央宗从小走到大。

由于前天打过照面，我比画着说是从乡政府过来的，卓嘎把我让进屋。

恰巧，卓嘎的二女儿在家。她高考完毕，一边等通知书，一边帮妈妈干活。对我而言，她可做翻译。

二楼分里外两个房间，周边放满日常用的器具，外间占地面积最大的是火炉。

火炉上面是桶状的锅，直径有半米，里面放着牛奶。

炉子里的劈柴没有充分燃烧。女儿一膝着地，探着身子，伸着头，使劲往里吹气。吹一下，迎面冒出一股烟，她的头往后一缩。反复吹，劈柴上终于冒出火苗，满屋子都是烟。我找到小时候烧锅的感觉，烟熏得睁不开眼，跑外面揉揉再进来。此时，好不容易进屋的我，出外揉眼显然不合适，只有努力保持正常状态。卓嘎和女儿确实是正常状态，这种烟熏火燎的情形每天都会经历，而且不止一次。换个角度看，如果哪天从山上下来，进到屋里没有烟与火，心里才拔凉呢。

我向卓嘎的女儿作了自我介绍，并声明："我是报社的，但不采访，不报道。"

她有些奇怪："那你干什么？"

"来看看你们平常的生活。你妈妈上了央视后，全国人民都知道她和你的姨妈。"

唐大山与卓嘎（中）、央宗在玉麦村夏季牧场。（旦桑 摄）

女儿翻译后，卓嘎笑了，不出声地笑，只能从表情判断出来。

卓嘎和央宗以前根本不知道啥叫出名，如今出名了，并没有趾高气扬。

不知道啥叫出名，不等于不懂名声，她们从父辈那里铭记在心的是祖国的名声。爸爸为什么不住曲桑村的好房子而重回玉麦？他担心自己的家更是祖国的土地被他国蚕食。事实证明，他的担心并非多余。那种“只要自己过得好，管祖国怎么样”的想法从没出现在爸爸头脑中。他知道，自己是中华人民共和国西藏自治区隆子县玉麦乡乡长，个人的职责重要，祖国的名声更重要。如果在他的任内把祖国的领土守少，如何面对亲手缝制的五星红旗？

女承父业。对卓嘎和央宗来说，当初可能连祖国的概念也不清楚，正是在爸爸的言传身教中，明白了这里的土地像手指一样，与祖国紧紧连在一起；也像手指一样，这里的山水草木连着北京的心。姐妹俩在连绵细雨中的草原上放牧牲畜。听话的牛儿吃着中国草，睡着中国地。有警惕性极高的姐妹俩，蚕食者不敢靠近。

在玉麦这片大地上，个人的名声、家庭的名声，和祖国的名声高度一致。

火烧起来，锅里的牛奶很快煮沸。卓嘎用勺子把漂在上面的沫撇出来，倒进放在地上的小钢筋锅里。

母女俩把大锅抬下来。女儿一勺一勺把牛奶舀进分离机上面蒙着纱布的漏斗里。卓嘎摇动把手，分离机发出嗡嗡的声音。一会儿，从分离机腰部伸出的两个小漏斗分别流出液体来，一边是浅黄色的酥油，一边是乳白色的奶水。

卓嘎先用右手摇一会，然后换成左手摇。腾出来的右手休息不到一分钟，又拿起勺子把牛奶舀起来。

地面是木板铺的。由于这里的阴雨天气和牧场生活环境，屋里所有的东西都显得脏而旧，任何一件器具放进博物馆，都让人相信它久远的年代和历史的价值。连挂起来的肉类也是如此。楼板更不用说，新泥和旧灰组成它的主色调。卓嘎席地而坐，双手有节奏地劳作着，面部带着不经意的微笑。

半个多世纪里，卓嘎和央宗经历的太多；半年多来，她俩收到的荣誉与掌声不少。眼前的她，过着的仍是牧家生活。这是她熟悉的生活，这是她内心的世界。如果脱离这片土地，如果远离熟悉的环境，她就不是卓嘎。她也许讲不出什么道理来，就这样执着地充实着自己，也充实着喜马拉雅山深处的祖国一隅。

她往分离机里加牛奶时，我无意中发现她右手拇指关节突出，心中生出一丝隐痛。我的阿佳卓嘎，你所经历的艰苦，只有自己才最清楚。

我来玉麦前，看了一些卓嘎和央宗的资料。有个细节，记者追问过往时，她只说了一句，大意是“都是过去的事了”。她是不善于表达，还是不忍触碰曾经的苦楚。我想，二者兼而有之吧。因此，我见她女儿就说了开场白：“我是报社的，但不采访，不报道。”毋庸讳言，对卓嘎一家人的事迹作宣传报道是必要的。但，我有自己的行事准则。

随着隆子县文化局旦桑和武汉工商学院牛学的加入，交谈气氛浓起来。

牛学申报的是文化部的一个摄影项目，2017 年 8 月启动，五次进藏，跑遍山南，来到玉麦，是最后一站。卓嘎是他拍摄的主角，每一个场景，每一个他认为有意义的动作，都被镜头记录下来。

卓嘎一点也没闲着，女儿洗刷牛奶分离机，她把奶水倒进用竹篾织得很紧密的袋子。过滤之后，她用手使劲挤水，然后提到楼下，放在石台上按平，搬来一块扁石头，往上放稳，压住。这一工作才算完成。

回到楼上，把放在桌上靠着墙的小型酥油桶取下，她要打酥油。

酥油桶很特别，牛学说像竹制品，旦桑说是以前装炮弹用的。当年，哪位民工翻山越岭把它运进深山，哪位战士把炮弹装进炮膛，哪位发射手狠命一扳，又有哪些犯我疆土者中弹倒毙？所有的一切都成为过去。而今，曾经的军用物资成为当地居民的生活用具。

面对恐吓，一家三口挺直脊梁；面对蚕食，他们与牛一起抵达前方。作为文学作品，可以写得慷慨激昂。现实中，面对荷枪实弹的蚕食者，你能做到吗？我能做到吗？几十年来，卓嘎一家都是这样做的。

桑杰曲巴的身躯并不高大，卓嘎的身材来自爸爸的遗传。多少年来，他们的胸膛内跳动着强大的心。今天，卓嘎和央宗仍在坚守国土，她们的爸爸已用终生行动作出榜样。

牛学想拍一组姐妹俩在山坡上花丛中的镜头。

卓嘎换件干净的藏装，接把山上流下来的水往脸上一抹，进屋对着挂在墙上的一面小方镜拢拢耳旁头发，和妹妹央宗一起向山上走去。

妹妹央宗

徒步四个多小时，前方出现几处简易房子，心中一阵窃喜。

终于来到牧场，而且确信，不会像先前那样贸然走进施工队的棚子。

这时候，只要见到人，都是高兴的。

从左侧棚屋里走出一位身材高大的妇女。有一段距离，打招呼有些远，我对她看看，她对我望望。一转身，她折进棚屋。按照惯性思维，我判断她是施工队的炊事员。

与棚屋形成对比的是右侧山脚下的一处砖混结构的房子，挨着路边有一堵围墙，里面有五六个人在晃动，传出说笑声。这里是玉麦村在牧场建的临时活动场所？我踏着泥泞避开牛粪向坡上走去。快到跟前，对着五六双眼睛，我连说两声“扎西德勒”。他们回着“扎西德勒”的同时，用眼睛盯着我，是在猜测我是谁、来干什么的吧。

我赶紧说：“终于找到你们啦！牧场的卓嘎、央宗住在哪？”

他们笑了：这是工地。哦，我又见到了施工队的兄弟。

一位工友说：“牧场的房子是木头的。路那边插着国旗的就是。”

他所指的房子，就是刚才远远看到的那位中年妇女所住之处。

我从原路踩着泥泞避开牛粪返回。

快到门前时，我故意弄出些声音，告知主人有人到来。

没有回声，我慢慢走到门前。对着门，是个牧家常见的铁炉子，劈柴忽闪着火苗，上面放着大锅，里面煮着牛奶。旁边有张大床，里面一半堆满杂物，这一半坐着似曾相识的妇女。这张似曾相识的面庞，不是来自十多分钟前的所见，而是来自大脑中储存的信息。

她不动声色地看着我。我赶紧把准备好的话说出来："你是阿佳央宗吧？"她点头证明我的判断。

我指着乡政府的方向比画着："我是从乡里来的。"

终于听到她的一句话："听不懂。"

我啰啰嗦嗦说好多。她听出大概，这个人是来找卓嘎和央宗的。

她用手指指在路同一侧的砖混房子："卓嘎，那个房子。"

我道谢，走出来。一百米开外，有座砖混结构的两层楼房子。外面墙壁显眼处，一句话分两行的红色大字一目了然："像格桑花一样扎根雪域高原。"这是习近平总书记给她们姐妹俩回信中的内容，让人一看就知道那是卓嘎的住处。

上楼见了卓嘎，才明白央宗的用意。原来，卓嘎即将上大学的二女儿在家，她可以做翻译，交流起来方便。

我为卓嘎和央宗庆幸，庆幸她俩从小到大风里来雨里去互为依靠，庆幸她俩今后仍会形影不离在这里幸福地生活着。

不可思议，一架外国直升机落在她家附近，往山头上乱插旗子。桑杰曲巴带着家人持续抗议，直至做贼心虚的肇事者溜走。

这一幕，使我想起抱窝的燕子。

一窝乳燕不会飞翔，有老燕呵护，充满欢声笑语。偏偏有个顽皮的孩子，手执竹竿，想把燕窝捅下来。对孩子来讲，不知哪根神经出了问题，非要做缺德事；对燕子一家老少来说，是灾难性的。面对越来越近的竹竿，乳燕发出撕心裂肺的叫声，有一只险些从窝里跌出来。老燕的声音响亮而刺耳，它在窝附近盘旋两圈，意识到下面的孩子执意要破坏它的家园，猛一俯冲，向孩子脑门撞去。是呀，兔子急了蹬鹰，老燕是在换命。孩子没有提防到这一招，被像子弹一样飞来的燕子吓破了胆，丢下竹竿跑了。

桑杰曲巴一家与窜到我国领土肆虐的外军的博弈，与燕子一家的经历相似。

当时的央宗，说不害怕是假的。当看到姐姐和爸爸一起大声抗议时，她学着喊起来。喊着喊着，那架直升机像苍蝇一样嗡嗡飞跑了。看到爸爸长吁一口气，姐姐高兴得手舞足蹈，央宗觉得自己挺厉害。

爸爸去巡山，姐妹去放牧。穿越鸟鸣兽叫的原始森林，走在不见人影的旷野中，来到绿茵茵的草原上，这时，没有谁更伟大，没有谁更渺小，姐妹俩在心灵上互通声息，在感情上互相依靠，在劳动中你呼我应。

有时，她们的心理是矛盾的。偌大的天地，咋只有姐妹两个人？多么想有个熟悉的身影呀。熟悉的身影不可能此时此地出现，因为爸爸正在另一个地方巡山。那种长相和语言与自己不一样的人影，不希望出现，因为狰狞的面孔告诉姐妹俩，他们是来驱赶正在吃草的牛群，是来践踏鲜花盛开的牧场。

在恍若隔世的环境中，姐妹俩渐渐长大。妹妹看看姐姐，意识到有了靠山；姐姐望望妹妹，感觉到增加了力量；爸爸看着女儿，笑容出现在脸庞。

卓嘎和央宗早已到了婚配年龄。老天不负有情人，两个男青年一前一后走进卓嘎和央宗的心里，分别与卓嘎、央宗对上眼、配成对，在玉麦组成家庭扎下根。

一方水土养一方人。有人在沙漠中开垦一片绿洲带出一片生机，有人在林海雪原坐着雪橇驰骋，有人在烈日炎炎的南海驾着一叶扁舟过着捕捞生活，有人在高寒缺氧的地方与牦牛为伴。卓嘎和央宗对玉麦情有独钟。无论刮多大的风，下多长时间的雨，积多厚的雪，她们都是面带笑容，快乐地生活。

在卓嘎家，巧遇牛学。他专程来玉麦拍卓嘎和央宗的一组图片。

我与他一起，重回央宗家。

这回进门看仔细了，左侧门旁放着夭折牛犊的皮囊，里面用干草等物填充，基本上保持活着的样子。

旦桑多次负责卓嘎和央宗的联络工作。有熟悉的人同来，央宗的话自然多起来。她给每人倒上一杯甜茶，把塑料袋里自家炸的形似油条的果子递给大家吃。忙完接待工作，她坐回床边。

牛学不会错过每一个镜头。棚屋里杂乱无章，是牧家生活的真实写照。恰巧有位扎日乡来的亲戚，他们兴趣盎然地聊着转山话题。牛学一会儿蹲在门旁拍央宗的侧面像，一会儿隔着火炉拍她的正面照。

央宗对他蹦来跳去地拍照并不在意，继续说着话，偶尔对着镜头笑笑。这半年多来，给她姐妹俩拍照摄像的人太多，北京的，拉萨的，还有说不清楚哪来的。像我与牛学的到来，她不一定知道具体来做什么，却明白都是冲着她们姐妹俩来的。既然跋山涉水找上门，就配合吧，反正不需再说什么。

聊天的聊天，拍照的拍照，央宗没忘手中的活计。她伸手把菜板拿过来，往大腿上一放，取来一大块白色东西切起来，把正方体的块状物丢进煮沸的锅里。我的第一感觉：豆腐。心想，在这里熬豆腐汤喝，不容易；甚至琢磨，这豆腐是从县城买来的还是自家磨制的。我刚发出“这里还有豆腐”的感慨，善于观察的牛学当即纠正：奶渣。联想卓嘎做奶渣的过程，尤其是装在竹编袋子里放上一块片石压着的情形，我恍然大悟。

这种湿奶渣和豆腐差不多，央宗不慌不忙地切着，隔一会儿就往锅里投进几块。她坐在床边，往跟前炉子上的锅里投放，居高临下，每投一次都会溅出几滴汤来。我有意识地后退两步，以免溅到身上。牛学想抓拍央宗投放的瞬间动作，为了捕捉一闪即逝的生活场景，他顾不得许多，不停地摁着快门。

牧家妇女就是这样，几十年来的生活习惯一直保持着。我与牛学不约而至，为的是要么用文字要么用相机把她的生活场景表述或再现出来。

央宗家里的领袖像（向世宁　摄）

柜子上面放着用相框装好的习近平总书记半身像，周边用哈达围一圈。在藏族居民家里，这是最高敬意。

牛学设计的画面是，山坡上，一群牦牛悠然地吃着草儿，卓嘎和央宗在附近随意地走着。

在牛学示意下，旦桑向央宗提出看牦牛。央宗说，牛在山的那一边，不仅有些远，这个时候不是牛集中的时候。你问牛在哪里，她不知道，只能去找。五六天去山那边看看是否正常。平常，该干什么干什么。

我们被她的回答逗乐了。想不到是这样放牧，这牛真是忠于职守，毫不懈怠地守护祖国领土。

后来，见到分管牧业的副乡长罗布占堆，印证了央宗所说的话。每次给牛打疫苗时，都累得上气不接下气。不是人们想象的，牛聚在一起，集中注射完事。防疫员翻山去找牛，是人跟着牛走，才能完成防疫工作。

看来，以牦牛为背景的牧场照片难以拍到，只有请卓嘎和央宗在山坡上来回走走。

姐妹俩很高兴。外面下着小雨。她俩都换了稍微干净一些的藏装。旦桑看到央宗的衣服有些单薄，提醒她别冻着。她笑着说没事，顺手拿件皱巴巴的深色羽绒服穿在身上。

我撑起伞，牛学和旦桑把与衣服连在一起的帽子戴上，卓嘎和央宗没有任何防雨措施。

我把雨伞递给卓嘎，她摆手不用；我把雨伞伸向央宗，她示意不必。

旦桑解释，就是再大些的雨，她们也不在乎。

无论走在村里还是来到牧场，我的这把小雨伞都成为唯一。此刻，我真想把它扔掉，它成为我另类的符号。但是，我必须用它遮风挡雨，否则淋湿衣服不说，还有可能感冒。

我和卓嘎、央宗都是20世纪60年代出生的人。同一年龄段的人，对风霜雨雪的抵抗力竟有如此大的差别。我是男同志，却犹如温室里的花朵，稍受风寒就可能摧折；她俩是女同志，犹如玉麦山头的松柏，饱经沧桑也从不低头。不低头，是这对喜马拉雅山女儿的遗传基因。她们不向命运低头，不向严酷的自然界低头，不向偷鸡摸狗的无赖低头。有了难以计数的不低头，喜马拉雅山上的五星红旗才能迎风飘扬，中华民族才能挺起不屈的脊梁。

在牛学导演下，卓嘎和央宗时而徜徉于花海，时而穿行于丛林。

雨停了，牛学问央宗可不可以把淋湿的羽绒服脱下，姐妹俩都穿藏装更协调。

没等旦桑把话翻译完，央宗即甩掉羽绒服往地上一扔。我们笑了，她也笑了。

不用解释，不用掩饰，牧区孩子都是这么率性，长大了还是这种风格。

央宗，我羡慕你，经历了那么多，不管艰辛还是荣耀，仍保留着本真，对这片土地依然这么痴情。

追星感觉

来到玉麦，要在第一时间见到卓嘎和央宗。这是向世宁的想法。

向世宁，我在玉麦家庭旅馆的室友。回想怎么来到玉麦的，用时尚的说法他是“飞过来的”。

他的座驾是宝来，不是宝马。他自驾从成都经青藏线到拉萨，稍作休息，即一路南下，途中经历一波三折。

上午十点，他从隆子县城出发，柏油路面，轻松自在，见到美景奇物，便用相机拍摄。

夜幕降临，细雨霏霏，道路泥泞，前面的山爬不爬？常言说“车到山前必有路”，如今路在车前能不走？车只有两驱没力气，底盘太低刷地皮，管它呢，爬到哪里算哪里。车子下面噌噌响，路面打滑勉强上。

这么高的山居然上来了，他没认为是奇迹。他1978年高中毕业入伍即为汽车兵，驾驶技术过硬，道路比想象的艰险，但没感觉不可逾越。既然上得山来，下山又有何妨？他挂上一挡慢慢滑行。

不知什么时候雾气上来，能见度较低，小雨没有停下来的意思，没有想象的顺利。他想，只要车子能运行，慢有什么关系？蜗牛也能爬上珠穆朗玛峰。

半夜，像蜗牛一样爬行的车子爬不动了。车轮陷入泥窝，太滑，在原地打转。他往下面垫小石块，不起作用。从不畏惧艰难险阻的他，对着玉麦的路兴叹，服了，就地过夜。

困极乏极的他，在车里鼾声如雷。如雷的鼾声被刺耳的汽车喇叭声打断。他揉揉睡意惺忪的眼，一道强光射来，车门外站着一位壮汉。打劫？这是他的第一反应。定睛一看，不像，壮汉的脸是憨厚的，眼神是善良的。他清醒过来，抬起左腕一瞅，凌晨两点。

外面的汉子示意他打开车门。是灾躲不过，他打开车门，还没来得及开口，壮汉就说出一口流利的普通话：“大哥，车子遇到麻烦了？”

听到这声问候，向世宁心中有了底。他跟两位汉子说明原委。他们从自己车上拿来千斤顶，顶起向世宁的车子，搬来大小合适的石块塞在车轮下面。他们取出绳子，拴住向世宁的车子往后拖。向世宁在前面配合，没费多大劲就把车子开出来。

向世宁让他们前面走，路太窄，只有一条路，又烂，一前一后走吧。

五点五分，向世宁到达目的地。天依然下着雨，夜仍是黑的。他困，但睡不着，于是打开空调，在车里欣赏音乐。

天亮了，凡是见到这辆突然出现的车子的人都惊诧不已：这辆车是怎么开过来的？

我与向世宁相识，纯属偶然。在玉麦村这片巴掌大的地方，我俩同住一家旅馆，友谊便从活动板房里延伸。

他是个有心人。来之前，他从资料中了解到白玛次旺的女儿旦增片多快到入学年龄了，就特意为她带来一个粉红色书包和一块写字板。两样礼物都是小姑娘喜欢的，她背着书包在床上蹦来跳去，又在写字板上东一笔西一笔地画着。他为卓嘎和央宗准备的是西瓜、哈密瓜和苹果。在这个遥远的地方，稀缺的是水果。

他有个设想，为玉麦村的九户人家各拍一张全家福。来到这里才知道，每户都难找齐人。我告诉他卓嘎和央宗在牧场，卓嘎的两个女儿也在那里。他说："卓嘎都成明星了。她家里五口人能见到四口不容易，难得的是，她的女儿可以做翻译。"

来到玉麦的第二天上午，向世宁开着他的宝来车前往夏季牧场。作为室友，我随同前往。

车子开出不到两公里，底盘剐蹭路面与动力不足都显现出来。无奈，把车子停在路边，我们等着搭车。

一辆皮卡车左摇右摆开过来，我们招手请求搭车。车内俩人，挺乐意我们搭乘。

开车的刘兵看看向世宁的宝来车，直截了当地说那辆车开不出去，对他怎么开进玉麦感到不可思议。

路难走，皮卡车勉强通过。

接近中午，我们来到夏季牧场。

在卓嘎家房子附近，停着一辆车，旁边站着好些人。一问，才知是北京的剧组来摄像的。

我是常客，径直奔向卓嘎家，说明来意。卓嘎在里屋忙着，我和巴桑同去搬东西。

把皮卡车里的东西搬进屋，巴桑又把屋里一个沉重的塑料箱往外搬。

恰巧，大学生贡久旦巴在这里帮忙。我没看到卓嘎的女儿巴桑卓嘎和其米卓嘎，便问她们到哪里去了。

贡久旦巴说她俩走小路回乡里。我和向世宁感到遗憾。原来，我们从乡里往上赶，她俩从夏季牧场往下走。当我们匆匆忙忙来到牧场的时候，她俩快到玉麦村的家了。

巴桑吃力地搬着塑料箱从旁边经过。我赶紧上前相助，与他一起抬着走下楼梯。有人打开越野车后备厢。把塑料箱装进去后，我一转身，卓嘎在旁边站着，看着，笑着。她上身是浅绿色藏装，头上还是那顶线帽，比日常生活的服装干净整洁，没特别引起我的关注。

车旁的人们互留着联系方式。我见白玛坚才和妻子那贡站在附近，便向向世宁介绍他是单人匹马送了三十多年邮件的邮递员。我们聊了几分钟，车子开走，天下起雨，相约过会去他家。

走进卓嘎家的二楼，异常安静。巴桑摆弄好炉火，在墙边的锅里搅拌着什么。

我往里屋瞅瞅，不见人影，便问："阿佳卓嘎去哪里了？"

巴桑指指外面："去乡里了。"

至此，我才明白，剧组在这里取完外景后，还要把卓嘎拉下去接着拍摄。向世宁懊悔，他见到卓嘎后，只是握下手问声好。看到她下楼，他跟着来到路边，而她已坐着剧组的车离开了。

没人说卓嘎是明星，2017 年底以来，她像明星一样被人知晓，为着她和妹妹而来的人越来越多，为着玉麦乡而来的媒体和工作组络绎不绝。卓嘎从我们眼皮底下消失，央宗去山南市治牙疼。向世宁想起白玛坚才一家三口都在。于是，我俩去他家。

早上，我以糌粑果腹，向世宁出发前吃了碗卓玛拉宗做的面条。午饭时间已过，肚子闹饥荒也得忍着。

我往央宗家送水果时，发现一个苹果被挤烂，真想取出来吃掉，又觉不妥。我的体验是，进入藏族居民家，酥油茶或甜茶，必有一样端上来。而此时卓嘎和央宗都不在家，巴桑和仁增晋美则为摄制组忙得晕头转向。

走进白玛坚才家，那贡倒满甜茶。我心中窃喜，一连喝了三小碗。

那贡对儿子说了几句藏语。贡久旦巴问有没有吃饭，我们如实相告。

她站起身，走到门外，不知是在桶里还是直接对着水管子洗手。当她回来往碗里放酥油和白糖等物时，我明白是为我俩抓糌粑。我见过很多抓糌粑的人，为抓糌粑专门洗手的很少，大都是两只手相互拍几下，用嘴吹吹碗，或者用卫生纸擦一遍。洗好手，她从木箱里取出干净的碗。这两个动作增强了我对糌粑的渴望。

把该放的东西放齐，那贡坐在灰不溜丢的垫子上，左手端着碗，右手用手指在碗中间搅拌，再沿着碗边按照顺时针方向抓捏。向世

抓糌粑的那贡（向世宁 摄）

宁第一次看到这种情形，颇感好奇，尤其被那贡的神情所感染。她听不懂普通话，但知道是称赞的话语，面带笑容，脑袋左右摇摆，好似维吾尔女子在舞蹈里的扭脖子动作。

我多次见过那贡，但因为语言障碍，只能相视而笑。肚中饥饿的时候看着她抓捏糌粑，就情不自禁地坐在她身旁。我喊了一声“阿佳啦”，她听得懂，更加高兴。

不一会儿，一个个犹如小芒果似的糌粑团就你挨着我我挨着你躺在碗里，等着我俩把它们收进腹中。

我俩被她家的热情感动。在外界，白玛坚才的名字广为人知。他性格内向，不善言辞，谈不上用普通话表情达意。向世宁说他有福气，只能看到他的笑容，听不到他的只言片语。可以看出，那贡在家里主导一切。我的感受是，那贡热情好客，白玛坚才心地善良，贡久旦巴遗传了爸爸的脸庞和妈妈的性格。

那贡把一碗糌粑团放到我俩面前。向世宁是第一次吃糌粑，对能不能吃得下没有把握，表示尝尝。我不择食，饿了什么都吃，平常早上就有吃糌粑的习惯。他捏起一个，慢慢放进嘴里，轻轻咀嚼。那贡示意我俩边吃糌粑边喝甜茶，这样利于下咽。

在向世宁开始品尝之时，我几口就把一个糌粑团吞下去。为了避免不雅吃相，我边聊边等待。那贡见我停下来，让我接着吃，正中下怀。向世宁吃一个，感觉还不错，便接二连三吃起来。经过共同努力，一碗糌粑团多半进入我的胃，碗被我用手指蹭得干干净净。

向世宁为他们一家三口以国旗和青山为背景拍了全家福。

为了相约找牛，巴桑和白玛坚才来到仁增晋美家。看着这三个男人，我和向世宁都有些感慨。

在语言表达上，白玛坚才听不懂普通话，巴桑听得懂普通话还

那贡一家（向世宁 摄）

能说些词汇，仁增晋美说普通话则很顺畅。

巴桑五十三岁，自到玉麦与卓嘎一起生活以来，共同撑起一个家，为玉麦村实实在在增添了力量。难能可贵的是，卓嘎出名后，他未改初心，甘当配角。如果说卓嘎是一轮明月，巴桑则是旁边的一颗星星。月亮耀眼，而没有星星衬托，夜空也不会如此美好。月亮的光辉几乎遮挡了星光，但有星星的眨眼，月亮才显得明媚。卓嘎的活动很多。如果把卓嘎比作女王，巴桑却比不上女王的丈夫。卓嘎参加活动，巴桑则在家守着火炉做家务。卓嘎参加完活动后，瞬间还原为牧家妇女，一刻不停息地忙着活计，此时的巴桑则比女王的丈夫惬意多了，他慢慢品尝着拉萨啤酒。一个个光环罩在卓嘎头上，她没失去本色；背后的巴桑任劳任怨，从不撂挑子。他们越是这样扎根玉麦，见到他们的人就越敬佩。

仁增晋美四十三岁，在央宗因丈夫早逝心伤欲碎的时候，他来到玉麦，与她一起重新托起一个温暖的家。仁增晋美掌握多种技能，是个多面手。在许多活动中，作为群众代表的卓嘎和央宗手捧哈达敬献亲人，然后分坐两旁，面带笑容让记者拍个够。此时的仁增晋美，则和巴桑一样，坐在火炉旁，没有被冷落的怨言，还为妻子获得殊荣而感到高兴。妻子好，丈夫好，家庭才会好，玉麦才能好，两口子才能做到青春不老。我还记得在牧场见到央宗的情景。第一次，她在屋里熬牛奶；第二次，她在外面挤牛奶。电视中的央宗，高挑身材，盛装在身，面带笑容，光彩照人；生活中的央宗，劳作给她的旧衣服溅上泥巴，留下灰尘，唯一不变的是笑容。

卓嘎和巴桑、央宗和仁增晋美、白玛坚才和那贡，他们不懂得什么是主角、什么是配角，这样也更好。君不见，不管名人还是百姓，为了争夺主导权，好端端的家庭弄得鸡犬不宁。过日子就像演一出戏，该谁出场谁出场，前后衔接配合好，就演得成功，就会博得满堂彩。玉麦村的一对对夫妇，不懂演戏的技巧，但他们知道，不失本色尽己所能做好事，自己精彩，家庭精彩，全村都精彩。

向世宁在牧场没有追到明星般的卓嘎和央宗，却欣赏到巴桑和仁增晋美等普通星星发出的光辉。

听说次日早晨卓嘎和两个女儿会来牧场，向世宁决定在下午五点公路被堵前返回玉麦村。

所带器材多而重，我俩无法徒步，只能搭车。

想起出发前与湖南建工项目执行经理罗立光在一起喝甜茶，他说有一辆买菜车快到玉麦建筑工地了，正好经过牧场，我俩就把希望寄托在那辆车上了。我给罗立光打电话求助，他满口答应，让我们在牧场耐心等待。

一个多小时过去，时间已到下午三点。我有足够耐心。向世宁则害怕公路被堵困在牧场。巴桑说，修路的有辆车要下去。我赶紧冒雨去问，询问的结果是看到的三辆车均不下去。

我有些失落地往回走。

快到仁增晋美家的时候，从上面慢悠悠驶来一辆大货车。我收回目光，对它没抱希望。“希望是本无所谓有，无所谓无的”，大货车停下，从里面跳下一个男子。趁着大货车没启动，我向司机招手示意，急走几步上前：“你去工地吧，可以搭你的车吗？”

在这个地方，遇到这样的大货车，理所当然认为是去工地送材料的。

“不去工地，我给拌合站拉水泥。”司机的回答让我有些失望。

拌合站位于从牧场到玉麦村三分之二距离处。我有搭车的意愿，但不知向世宁怎么想，便请求司机先等一下。

“你快些去问，我卸完货还要返回，路堵了就麻烦。”司机说话有些着急，但语气挺好。

我淋着小雨，穿过路面，跑进仁增晋美家。

向世宁明白有车子经过，决定搭乘。我俩手忙脚乱地提起器材，向屋里人点点头，飞快地奔向大货车。

大货车真高，经常看到它，而爬上去十多年来还是第一次。我站在脚蹬上，从向世宁手中接过大包小包，递给从驾驶座上探过身来的司机。

从停下到启动，不到五分钟时间。司机要保证及时返回，我们则担心再与卓嘎错开，不同的事情，相同的是赶时间。

司机姓周，多次从拉萨往玉麦送材料。他年轻力壮，性格开朗，双手来回打着方向盘，对险恶路况毫不担心。

周师傅说："刚才也是搭车的。不管在哪里跑车，遇到搭车的，只要能坐下，我都提供方便。出门在外不容易，谁能保证永远没困难，一辈子不求人？"

这条泥巴路，在上面徒步，感觉很宽；坐在大车里，觉得很窄，左边是山坡，右边是河谷。我在摇晃中直视前方，不敢说话。周师傅不在意，和向世宁聊天的同时，两只手上下左右操弄着方向盘。

前面转弯处出来一辆小车。两车相互发现时，相距不到五十米，同时停下几分钟。周师傅摁声喇叭。我忍不住说："轻车让重车，小车让大车，等着前面的车倒吧。"

周师傅把头探出车窗看看说："我倒吧。以前遇到领导的车，都是我往后倒。他们往往好几辆，整个车队往后倒不方便。"

他乐呵呵地往后倒。向世宁提醒他要做到绝对安全。他说："放心，如确实不能倒，咱不冒险。"

小车过来，是施工车。周师傅开过转弯处，说："这边的路太窄，拐弯有些长，那辆小车没法倒。"

我欣赏周师傅的心态，行车路上多为对方着想，一路上没听他说过一句脏话，总是轻松自在地开着车。

途中有两处三百度以上的急转弯，大货车车身长且可操作的空间有限。周师傅笑眯眯地前走走后退退。见多识广的向世宁不再接他的话。在后一个急转弯处，路边有位施工人员认识周师傅，站在那里帮着看路况，打手势的同时，夹杂着好像让他捎东西的话语。车外有人相助，周师傅的胆子更大了。往后倒的时候，我不在意；往前开时，向世宁提醒他，前边的土是才垫的，非常软，水泥车太重，多打几回盘子没关系，别陷进去。他还是那样，说话不误开车，开车不影响聊天："坐在上面看着怕，其实车轮离路边远着呢。要是路面硬，车头能伸出悬崖。”

向世宁左手抱着相机，右手抓着扶手，脸涨得有些发红，不再言语。这位老红军的后代，部队里的硬汉，走过南闯过北的人，意识到路况太艰险，生命诚可贵。

我坐在中间，开始眼盯前方，后来眺望远山。我相信周师傅的驾驶技术，但在拐陡弯的时候，总觉得屁股下面就是万丈深渊。与其看着前方发抖，不如仰望天空转移注意力。此时我的心态，犹如一只非洲鸵鸟，在危险面前无所适从。

我是鸵鸟之辈，周师傅有卖油翁之技。在我和向世宁看来危险的地方，他都能轻松通过。

周师傅说：“半个月前，一辆铲车翻下去，毁了两个人。知道这里的路太烂，有些司机给再多的钱也不把车开进来。我上有老下有小，胆子看起来大，实际很小，从来不冒险。”

这还不算冒险呀？！又一想，即使不坐他的车，我和向世宁也都算是冒险之人。我从隆子县城包辆小货车夜走玉麦路，头脑清醒的人不会这样做。向世宁快退休了来援藏，本身就是非常之举，自驾小轿车来玉麦，危险自不必说。

大货车所到之处不是我们的目的地。前面有辆大货车摇摇晃晃地同向行驶。此时路上仍有泥浆与凹槽，但与先前的窄路和急转弯相比，路面好了些。看到前方大货车里装着路牙石，我断定它的卸货之处即为我们的目的地。

向世宁很快恢复了常态，又与周师傅谈笑起来。归心似箭的他看着前面的车说：“要是它在我们后面就好了，从这辆车下去可以转乘那辆车。”

我俩把大货车当成公交车了。

周师傅说：“都是重车，路这么烂，超不过去。”

我赶紧说：“说着玩的，你别当真，安全第一。”

前面出现宽些的路面，周师傅发出超车信号。他只是试探一下，前面的大货车竟在较宽处停下来，为我们让出大半个路面。在两车并肩时，我们仨都向那辆车的司乘人员投去感谢的目光。

十多分钟后，周师傅到达卸货地点，我和向世宁在路旁等候另一辆礼让的大货车。

不大会，一辆大货车像慵懒的蜗牛爬过来。我们向司机打着请求搭车的手势。

这辆大货车与刚才坐的那辆有些不同，那辆驾驶室里准坐三人，这辆准坐四人。我和日当镇萨琼村党支部书记罗布次仁坐在中间。我的右手紧紧把扶着向世宁座位的后背，还是有车子一顿就将倾倒的感觉。驾驶座上的扎西桑珠偶尔对我们笑一下，全神贯注，很少斜视。

罗布次仁说：“村里有两辆大货车，都不愿意来玉麦。我俩算破冰之旅，是第一次来玉麦。他的驾驶技术比我强，我主要是为他壮胆。总算看到建筑工地了。”

向世宁看着车里的被子，问：“今天回去吗？马上放炮路就堵了。”

扎西桑珠从不接话。罗布次仁接着说：“安全第一，打算在车里过夜。车里的货不是成捆的，光卸货就要成小时的时间。按照合同，我们负责装货，工地负责卸货。要是路堵了回不去，我俩可以帮着卸货，在放炮前把车开过放炮地点，在山上过夜，明天天亮接着走。”

罗布次仁和扎西桑珠在哪里过夜，我不得而知。

坐在大货车里的作者（向世宁 摄）

我和向世宁如愿以偿得以返回。

到乡政府方知，剧组仍在卓嘎临时的家里忙活着。向世宁心里的一块石头落了地，这回能与卓嘎长聊啦。

晚饭后，我俩直接向卓嘎家走去。

只要有人，卓嘎家的门常常都是开着的。

走进院子，我故意大喊了一声，看到屋里有人影，好像没觉察到我们的到来。来到屋里，巴桑卓嘎给我们打招呼，其米卓嘎对我们笑笑。

向世宁环顾全屋，没见到她们的妈妈卓嘎。经询问，剧组离开后，卓嘎去公安边防派出所院内取东西。由于正建新房，派出所为居民提供了放东西的场所，卓嘎到那里去了。

向世宁和巴桑卓嘎聊起来。

“小时候，你对爷爷的印象有哪些？”

“我和妹妹常去爷爷那里。其米卓嘎两岁的时候，把鞋子陷进泥里，还要和我一起找爷爷。爷爷见了我们，拿出珍藏的糖果，有时会送我从没见过的小花鞋。”

卓嘎终于出现在我们面前。她个子不高，身材略瘦，帽子还是那顶帽子。

向世宁捧出三炷香，放在卓嘎手上：“我不知道怎样表达对老人的敬意，用汉族的方式请来三炷香，替我为你爸爸点上。”

巴桑卓嘎为妈妈翻译。卓嘎听懂后，依然笑着，是见过她的人熟悉的笑容。

我俩走出屋，仰望夜空，云层间闪出一颗星星，对着玉麦的山水眨着眼睛。

按照方位判断，它是启明星。

温馨小屋

终于看到卓嘎家的棚屋亮灯了。

新居正在建设中，这处搭在路旁的棚屋是卓嘎家的临时住处。

其实，她只是偶尔在这里住一宿。正常情况下，她和家人会住在夏季牧场，挤牛奶等活计都在那里进行。那里的住处比这里的棚屋好得多，尽管屋内的陈设大致相同。

8 月 13 日，卓嘎和央宗从夏季牧场回来。大女儿巴桑卓嘎尚未开学，二女儿其米卓嘎在等大学通知书，这次是一起陪妈妈和姨妈下来。

我看到她家灯亮的时候，天还没完全黑。我在玉麦村期间，几乎每天都从她家屋旁经过几次，每次都向小屋瞅几眼。这次如愿以偿，在这所小屋里见到了她们。

我沿着坡路走下去，看到一女孩提了桶水过来，便喊了声“你好”。或许没在意，她径直向院内走去。

卓嘎家的院子用铁皮和柴火连接而成，院内外的草长势很好。有一次，副乡长尚林佳跟她的丈夫巴桑开玩笑：“你家院里的草快有人高了，你也不拔掉。”憨厚的巴桑只是笑着。平常都是住在牧场，房子建好后就会搬家。对我而言，走进院落，倒有表里如一的感觉，即山坡上的青草延伸到家中。

提水女孩是巴桑卓嘎。上次去山上找牛，我在牧场见过她。当时屋里人多，我又饿又累，她好像在忙着什么。她是巴桑和卓嘎的大女儿，我想和她聊几句，但没找到机会。今天，她从邻居家提水，再次说明这个棚屋平时无人居住，只能算作客栈，临时住一晚。

卓嘎看到我的到来，以笑容代替招呼。她认识我，我亦无拘束感。她们各忙各的，我在屋内晃悠。

矮屋里的高柜子上放着一个相框，右上方是习近平总书记的头像，其他部分是他写给卓嘎和央宗回信的藏文内容。这封回信，我在快进隆子县城时巨幅宣传牌上看见过，后在玉麦小康乡建筑工地上和乡政府会议室墙上也看见过。而此时，我在卓嘎家看到这封回信，又有全新感受。当初给中共中央总书记写信的人、后来收到中共中央总书记回信的人——卓嘎，就在我面前。看，面带微笑的总书记正深情地看着她，望着我，凝视着玉麦这片土地。

此时的卓嘎，正在擦一只木碗。左手中的碗不停地转着，右手中的抹布来回蹭着。擦完碗，取来一个似乎一碰就掉灰的垫子。她把垫子往木板上一放，算坐上了软座。她从破旧的藏袍里掏出手机。手机的颜色和她身上的藏袍差不多。她划拉几下，里面发出声音：“你拨打的电话无人接听。”她把手机收起来，双手托腮，静坐在那里。一家五口，三个人在这里，另俩人一个是巴桑，她的丈夫；一个是巴拉，她的小女儿。她是在想巴桑，还是在想巴拉，还是俩人交织出现在脑海里？巴桑，那个老实巴交喜欢喝酒的人，在困苦和寂寞中陪伴自己的人，晚上吃的是中午剩的吧？出外放牧离不开他，上山捡柴离不开他，生活中的冷暖离不开他。巴拉，在山南职高读书的小女儿，是早晚都要出飞的鸟儿。秋季开学，大女儿读大四，二女儿上大一，小女儿念高三。自己和她们这样大的时候，经常赶着牛群以牧代巡，守护家园就是守护祖国领土；如今，乡政府定期不定期地组织巡逻，部队按照指令执行任务履行使命，自己的孩子毕业后会以不同的方式建设家园、报效祖国。别想那么多了，国家和政府给了那么多荣誉，自己能做些什么？在这里住着，过着熟悉的生活，孩子们学习上进，有什么比这还好呢？

其米卓嘎用刀刮着酥油块表面的霉迹。成块的酥油可以长时间存放，放太久了，会在表面出现霉迹。经过她的修理，原先看起来影响味觉的酥油块变得光洁起来。她把刮下来的碎渣揉成团放进木桶。工作完毕的她拿起手机，无奈，没有网络。近期由于道路施工等原因，信号经常受到影响。

卓嘎（左二）和女儿等人在玉麦村临时居住的家里。（唐大山 摄）

其米卓嘎即将要步入高等学府，第一次出远门的她，怎么去学校？巴桑卓嘎的返校火车票是8月27日，她对妹妹的入学事宜已有考虑。妈妈不久要去内地进行一个月的参观考察，爸爸要照看家里的牛，都不可能送其米卓嘎上学。怎么办？等到录取通知书来了，根据报到时间定吧。巴桑卓嘎这样想。如果妹妹是九月初报到，巴桑卓嘎给自己的学校请几天假，改签火车票，可以送她上学。如果不是这个时间段，到时再想办法。我对她们说，如果没人能去，我可以送其米卓嘎上大学。

巴桑卓嘎就读的南昌工学院是所具有民族教育特色的院校，有来自四十多个民族的学生，她所在的班有十多个民族。什么是民族大家庭？想不到在读大学期间感受到了。很多同学像她一样，来自边疆民族地区；他们的祖辈像自己的爷爷桑杰曲巴一样，默默无闻而又顽强执着地守护着家园、建设着边疆。入学时，老师和同学只知道她来自喜马拉雅山。读到大三，卓嘎和央宗的事迹尽人皆知，全校师生才知道这位勤奋好学的藏族女孩是卓嘎的女儿。

妈妈名扬全国，巴桑卓嘎在学校也成为焦点人物。她知道，妈妈还是那个妈妈，巴桑卓嘎还是那个巴桑卓嘎，接踵而至的家庭荣誉是对妈妈和爷爷两代人的肯定与赞扬，如果骄傲起来，反而有辱家族名声。

巴桑卓嘎和其米卓嘎倒满开水，把从商店买的食品和饮料装进背包，明天上午要和妈妈一起徒步去牧场。

卓嘎不久会从棚屋移往新居，玉麦会因更多人的奉献而越来越漂亮。

家国情怀

2018年的国庆节过得充实而有意义，我在玉麦见到文友杨年华和蒽青华，陪同他们采访了卓嘎和央宗等人，对从桑杰曲巴那里延续下来的家国情怀作了一番梳理。

溯源

听说玉麦乡有松赞干布修行洞，杨年华提出去看看。

乡长胡学民告诉他："要过河爬山，即使不畏路途艰险，松赞干布修行洞离这里挺远，你只有一天时间，说什么都来不及。"

杨年华取消了实地查看的想法。他纳闷，说莲花生大师在西藏无所不至，很少有人提出质疑，那带有宗教传说色彩。松赞干布在历史上确有其人，他在拉萨建立吐蕃王朝，怎么跑到喜马拉雅山深处修行？

蒽青华是藏族，对西藏历史有所研究。她相信松赞干布来过这里，在此修行过。松赞干布在山南起家，他的雄心壮志是统一青藏高原，建立地方王朝。想成大事的他，首先就要扫平藏南。这里是西藏的后院，必须保证平安无事。他在返回途中，远远看到玉麦河畔的山崖很有特色，近前观察，下有山洞，果然是一处修心养性的好地方。

松赞干布对佛教有所了解，在行军打仗之余注重修行。如今发现了这么一个好处所，于是令大军宿营整休，独自一人进洞悟法。

松赞干布毕竟是政治家、军事家，只能在此短时间修行，很快即挥军北上。后来，随着藏传佛教的盛行，位于玉麦乡的松赞干布修行洞便成为信徒顶礼膜拜的地方。

到清朝，中央政府对西藏的管理进一步加强，整个藏南地区都有清晰的行政区划。

民主改革前的西藏，实行的是政教合一的封建农奴制度，宗教权力甚至超越世俗权力。玉麦正属于这种情况。清朝时期，这里寺庙的隶属关系清晰，喇嘛为位于拉萨的母寺所派，并供奉母寺。

老乡长

国民党醉心内战而无暇顾及边疆民族地区。在外国势力挑唆下，西藏地方政府对中央政府抱有二心。

清末民初，玉麦河谷的居民有两百人左右。据隆子县政协主席索朗巴珠说，人口最多的时候达到三百人。

由于时局的惊扰，本来宁静的玉麦河谷出现骚动，这里人员成分越来越复杂，居民无法平静地生活下去。来此修行的人找不到理想处所，经常有身份不明者光顾松赞干布修行洞。

对居民产生严重影响的，是叛乱分子和土匪的进入。他们到处散布谣言，说红汉人是魔鬼，吃人；金珠玛米是豺狼，喝人血；共产党要民主改革，把牛收走。听风就是雨，玉麦河谷人心惶惶。

有一位老人不为流言蜚语所惑，他叫拉杰。

拉杰以放牧为生。在这片世代居住的土地上，只有生老病死等自然规律的轮回，很少出现人祸。听老一辈讲，当年松赞干布来到这里，他率领的军队没有惊扰百姓。自从来了几个自称藏军的人后，玉麦河谷像被扔进一颗炸弹，再也平静不下来。

看着那些人东奔西窜，拉杰气愤不已。他算见过红汉人。有一年，他去服乌拉差役，见到一个和他年龄相仿的男子。趁着头人不在，他主动询问。男子说，他的爸爸是清兵，由川入藏。部队受到重创后，爸爸迷失在荒野中，后与当地藏女结婚，永久住下来。拉杰与有着汉族血统的男子成为难兄难弟。他想，那个爸爸是四川人的兄弟，算半个红汉人吧，不仅不吃人，还差些被宗本打死。他没见过金珠玛米，听说是军队，有比跑到这里的藏军坏吗？对共产党，他没有概念，只是听到那几个藏兵说怎样不好。

1959 年，出现在玉麦河谷的陌生脸孔越来越多，几乎都是狰狞的。老百姓的心更加惶恐。

正当人们不知所措的时候，有几个人跳出来大叫，与其在这里等死，不如跟着佛爷走。几天过后，村落里的人所剩无几。

拉杰对儿子桑杰曲巴说：“我不会跟着坏话往南跑。前些日子，我在扎日听说，我们国家的名称早变了，叫什么，说不上来，反正朗宗不叫朗宗叫朗县，隆子宗改称隆子县。拉萨的贵族老爷往印度跑。那些对咱不好的人跑了，咱为啥跟着跑？外面发生什么事，我不知道。我知道的是，我爷爷的爷爷就住在玉麦，咱不能离开祖宗居住的地方。”

桑杰曲巴正值壮年，不愿意离开自己温暖的家。妻子扎西是北边三十多公里处曲桑村人，转山来到玉麦河谷，看到桑杰曲巴做事有主意，以身相许。夫妻俩和爸爸的想法一致，不管发生什么事，都不离开玉麦。

桑杰曲巴和爸爸一起试图劝说那些盲目离开的人，没有效果，反被认为是疯子。甚至有人威胁桑杰曲巴，但看到一脸铁青的他，灰溜溜地跑开了。

不久，又有陌生脸孔出现在玉麦河谷。桑杰曲巴不理他们，他们不请自来走进桑杰曲巴家的矮房。

来人主动热情地和桑杰曲巴打招呼，拉家常。桑杰曲巴从没遇到过这样和他说话的人。他有主意，平常对人和气。家里来了比自己还和气的人，桑杰曲巴倒有些拘束。

拉杰告诉儿子："狰狞的脸可憎，和善的脸可亲。我们不知道这些人的底细，时间长了，才清楚他们长的啥心。"

一个月过去了，这几个人吃着自带的糌粑，住在废弃的房子里，不是帮着村民干活，就是与他们一起拉呱。这几个人说自己叫工作组，来这里抓坏人，进行民主改革。直到此时，桑杰曲巴才模模糊糊地知道，西藏出大事了，爸爸提到的国家新名称叫新中国。工作组对他说："我们国家的全名叫中华人民共和国。你说新中国就行，好记。"

玉麦村没有农奴主，大家都一样，不需要划成分，不用进行阶级斗争。在这里出现的几个蛊惑人心的叛乱分子，不是玉麦人，早已逃跑。胆大心细的桑杰曲巴抛除顾虑，主动接近工作组里的人。

工作组里都是识字的人。他们教桑杰曲巴认字。桑杰曲巴脑壳好使，他看到工作组里的人写的藏文像一蹦一跳的牛犊，感到很有意思。那些同志告诉他，排成长队的藏文代表着一定的意思，人说话发出声，这些符号表达人想说的话。

桑杰曲巴发誓，要学会这些藏文，掌握它，像工作组的同志那样使用它。

看到时机成熟，工作组决定建立基层政权，成立玉麦乡人民政府，建议由桑杰曲巴担任乡长。桑杰曲巴不明白乡长是干什么的。工作组的同志给他解释，乡长是为全乡人民办事的。同时强调，作为乡长，责任重大，解放军忙着平叛，这里的国土还得由乡长带着牧民一起守护。

桑杰曲巴问："国土是啥？"

工作组的同志想想说："就是这片地方。这是我们的家。不能让叛乱分子破坏我们的家园，更不能让外国人侵占我们的土地。这里一座山挨着一座山，哪一座山都是我们放牧的地方，哪一座山都不能丢。"

那时候，桑杰曲巴才知道金珠玛米就是解放军，国土的概念也牢牢记在心里。

1960 年，玉麦乡人民政府第一任乡长桑杰曲巴，就这样站在玉麦大地上。

支　前

冬天来了，桑杰曲巴决定和村里的几个年轻人像往常一样去趟巴布和达尔巴。

他们来到塔克新附近，受到外军阻拦，被告知，再往前走，将被抓起来。

一向温和的桑杰曲巴，气得脸发青。他想抗争，被同伴拉住。

回到家里，他想不通，听爸爸说，十多年前，玉麦人可以去喜马拉雅山脚下摘香蕉，那是自己的。现在怎么连塔克新也去不成？塔克新属玉麦乡，作为乡长，自己不能出入辖地，真是生不如死。

桑杰曲巴找到工作组的同志，要问个明白。工作组的同志同样愤慨，尽可能地向他说明历史和时局。邻国独立前是英国的殖民地，独立后没有痛定思痛，反而蓄意按照殖民主义者的险恶用心向中国政府要求所谓的新国界麦克马洪线。中国历届政府都不承认什么麦克马洪线。邻国趁着中华人民共和国成立不久，国内国际要做的事情太多，不断蚕食藏南地区。

当时，西藏在边平叛边改革。中国中央政府本着和为贵的思想劝告友邦，友邦反而变本加厉，大肆蚕食藏南地区，甚至越过喜马拉雅山分水岭北犯。

1962 年，忍无可忍的中国军队进行反击，玉麦乡被推向反蚕食战争的前沿。

战争开始，解放军来到玉麦。寺庙空无一人，他们驻扎在那里。

桑杰曲巴是一乡之长，积极投入支前工作。他能熟练地运用藏语，懂简单的普通话。他熟悉这里的地形，在一定程度上掌握外军出没规律。他提供的一切，有助于解放军痛击来犯之敌。

扎西带着孩子，忙完家务，到解放军驻地帮着烧水做饭、缝缝补补。桑杰曲巴顾不上家。他往往是吃几个糌粑团，喝几口酥油茶，猎枪往身上一背，抓起一把风干牛肉，边吃边向部队营地走去。

搬运弹药，他一马当先；担任翻译，他责无旁贷；投入战斗，他奋不顾身。

扎西开始为丈夫担忧，万一有个三长两短，她带着两个孩子怎么办？

桑杰曲巴对她说：“我们在这里生活得好好的，外国兵跑过来抢地盘。毛主席是佛祖，派菩萨兵保护我们。你看到了，金珠玛米那么年轻，为把外国人赶走，有些战士死掉了。我是这里土生土长的人，有什么可说的，要守住咱的家。”

扎西听了，泣不成声，最后轻轻叮嘱他：“外国兵多，乱打枪，你小心点。”

桑杰曲巴左手按着胸前藏刀，右手拉拉挎在肩上的猎枪带子，深情地看着妻子和一双儿女，说句“知道了”，跨出门外。

他性格内向，话语不多，平常多用行动代替言语。与解放军战士在一起的日子里，他也是这样。他认为哪些工作需要做，或者能做些什么工作，经过请示后，手脚麻利地完成。

战士们喊“师傅”，他脸红；喊“叔叔”，他觉得自己还年轻；喊“乡长”，他不适应；喊“民兵营长”，他说没几个人；喊“哥哥”，他就特别高兴。

国　旗

自从解放军来到玉麦，桑杰曲巴发现有两面旗帜非常神奇。猛一瞧，都是红色；仔细看，上面图案不同。一面红旗上有颗大些的星星，旁边有四颗小星围着她；一面红旗上画了三笔，不是藏文，不像经文。开始，他没在意。日子长了，他发现部队官兵对两面旗很敬重。在升五星红旗时，大家举手敬礼，齐声唱歌。另一面旗帜，部队出发，有人把它扛在肩上，走在前面。

慢慢地，他从指战员那里了解到，五星红旗是国旗，把她插到哪里，哪里就是我们的国土；我们的国土在哪里，哪里就要插上五星红旗。升旗时唱的是国歌，提醒我们时刻把祖国装在心里，灾难深重的中华民族只有奋起抗争才能站起来。另一面旗帜叫军旗，上面写的是“八一”两个字，旗到哪里，我们的军队就出现在哪里；军队前进到哪里，旗帜就插到哪里。

有些拗口，桑杰曲巴理解不了那么多，但有一点他清楚，五星红旗飘扬的地方，是中国；蚕食者看到解放军的旗帜，就跑了。

在部队驻地，他每天都能看到营区前飘扬的国旗。在家，他经常站在屋前痴情地看着国旗。就是一面旗帜，太神奇。他从小到大熟悉的是风马旗，知道凡是有藏族的地方，就有五彩经幡；看到山上、树上、石头上扯着五彩经幡，就知道有藏族人存在。房前竖起风马旗，佛祖保佑平安。他家的风马旗一直竖在那里，叛匪熟视无睹，外军视而不见。五星红旗往玉麦乡一插，叛乱分子惊慌失措，外军往南逃窜。这是为什么？难道国旗上有一种法力，让坏人见旗丧胆？

工作组的同志告诉他：“你说得对。国旗上的法力是中国共产党和人民军队，是共产党领导人民建立新中国，解放西藏，进行民主改革；是人民军队保卫祖国，打败来犯之敌。”

桑杰曲巴想不明白，又好像明白了，站在那里自言自语：“我跟着部队，看到军旗够厉害的。解放军夺回一个山头，军旗往上一插，外军就不敢上来。国旗更厉害，外军没看到中国国旗，听说玉麦乡飘扬着五星红旗，就打消了干坏事的念头。国旗是佛祖，不是佛祖哪有那么大的法力？”

与他交谈的同志说：“佛祖是宗教信仰。国旗与它不是一回事。佛祖用的是法力，国旗靠的是中国共产党的领导和人民军队的力量。两者不能混为一谈。”

刚明白一些的桑杰曲巴又蒙了：“国旗不是佛祖，共产党是佛祖，金珠玛米是菩萨兵。”

看着桑杰曲巴忠厚的样子，工作组的同志理解他对共产党和解放军的心情，知道他对国旗的敬仰。一时解释不清有什么关系？愿意把共产党当佛祖，认为国旗上有法力，是他的真实想法。

部队打了胜仗，接到命令，准备后撤。

桑杰曲巴，这位不善言语的汉子，来到旗杆下，双手抚摸着这棵十多米的高山松。它的顶端，是那面熟悉而敬重的五星红旗。

指战员决定，为桑杰曲巴，不，为玉麦乡举行一次特殊的升国旗仪式。

部队官兵列队肃立在这片土地上，桑杰曲巴站在他们前面。

这是桑杰曲巴第一次参加升国旗仪式。

随着指战员的一声号令“升国旗，唱国歌”，全体官兵齐刷刷敬军礼，唱起雄壮的国歌。

桑杰曲巴熟悉国歌的旋律，不会唱，右手像军人一样指向耳际。

他脸发烫，泪在涌。

他的脚下是国土，前面是国旗，背后是人民军队。

国旗是祖国的化身，在前面引领着我们。背后有强大的人民军队作支撑，我们才能稳稳地站立在国土之上。一定要让五星红旗永远飘扬在玉麦上空。只要国旗存在，就说明国土牢固。

熏　陶

桑杰曲巴一家人在玉麦过着原生态的生活。现在说起原生态，很多人羡慕向往。先不说那时的原生态，就是眼前的玉麦乡，来到这里的人过上十天半月，不发疯才怪呢。天天阴雨连绵，手机只能作时钟用。西藏电视台的泽仁拉姆说，2017年底来到玉麦村，从这头走到那头，一千二百六十一步。她用脚步轻而易举丈量了九户居民的生活空间。

桑杰曲巴原生态的生活环境，远没有陶渊明笔下的世外桃源那么美。他家的生活来源是几头散养的牛和偶尔打来的猎物。扎西每年编些竹器。来年五六月份，桑杰曲巴把竹器带到县城换些糌粑和盐巴。在大雪封山的日子，他们的衣着和饮食或许比野人好些。

政府没有忘记他们，在曲桑村为他们盖了房子。那里的生活条件好得多。在政府帮助和亲戚劝说下，桑杰曲巴一家搬到曲桑村。

人们开开心心过日子，桑杰曲巴却沉默不语。住在洞村的弟弟来开导他，也没能使他在曲桑村安安稳稳住下来。

他怎能安心？玉麦村那么大的地方，没有一个居民，时间长了，还能回到那里吗？那里是家呀，他爷爷的爷爷生在那里住在那里死在那里，到了自己这一辈，离开了，将来死了，是进不了天堂的。

他有些魂不守舍。只过了一个冬季，他就离开曲桑村，向玉麦村走去。途中，他哼起百唱不厌的民歌：

扎日神山下的玉碓和玉麦啊，
是个吉祥的地方。
玉碓灵草满山，
玉麦秀水遍地。
进出玉麦千难万险，
留在玉麦草丰水美。
我希望做一只轻盈的小鹿，
在这吉祥的乐园快乐地生活。

到了玉麦，出乎桑杰曲巴的意料。他不敢相信自己的眼睛。当他再次来到熟悉的地方，用高山松做的旗杆被砍成几截，国旗没有了踪影。

他蹲在那里无声地流泪。

他原先以为，是我们的地方，插上国旗就保险；现在才知道，国旗下面没人站着国土同样危险。他后悔，后悔自己搬走；他愧疚，愧疚自己短暂离开。

扎西，一直信任他的妻子，不会说安慰的话，把一碗冒着热气的酥油茶端到他面前。

桑杰曲巴看着孩子，坚定地对妻子说："再也不走了，死也要死在玉麦。这里有柴火，我们能取暖；有牛，我们饿不着。有火有牛，我们能活下去。可怜了这几个孩子，和我们一起过着野人的生活。"

考虑到孩子，桑杰曲巴有了新想法，联想起工作组和解放军教他学文化的情景，他决定教孩子认字。

想到知识的重要，桑杰曲巴立即行动起来。他找来晾干的枯木，加工成薄板，用来写字。孩子们的启蒙课，就这样开始了。

住在玉麦，见不到国旗，桑杰曲巴觉得心里没底气。

解放军来玉麦前，桑杰曲巴没见过国旗，没有什么感觉，日子就那样一天天过去。后来，潜到玉麦的叛乱分子挥舞着花里胡哨的旗子，没人感兴趣。

自从解放军在玉麦升起五星红旗，感觉就大不相同了。那面旗帜颜色纯正，图案简洁。微风把旗帜吹起来，有规律地摆动着，看起来悦目，想起来心暖。

中国的土地上不能没有国旗，玉麦乡不能没有国旗，家门前不能没有国旗。

到哪里得到一面国旗？这可难住了桑杰曲巴。

扎西看他有心事，问又不说，只好在生活上多些照顾，在感情上给予体贴。

又是一年春来到，南山上的雪消失在树林中。

桑杰曲巴交待扎西："玉麦河的水涨了。你在家看好孩子，放牧不要走远，牛儿知道咱的家。"

手牵驮着竹器的牦牛，走了三四天，桑杰曲巴来到县城。他想用卖竹器的钱请面国旗。他不想用"买"字。像请毛主席像一样，他要请面五星红旗。但县城里三四家商店问了个遍，都没有国旗。

他感到失落。如果这一趟不能把国旗请回去，就要等到大雪封山前入冬的那一趟。这一趟请不到国旗，下一趟也没把握。

怎么办？桑杰曲巴在满是泥土的街上走着。猛一抬头，看到县委机关大院里迎风飘扬的五星红旗，他停住脚步。国旗是布做的，颜色有两种，会剪五角星就可以。他这样想着，一个念头冒出来：只要买到两种颜色的布，问题就能解决。

他返回商店，找到红色和黄色两种布料。营业员以为他给妻子买布料，向他推荐其他颜色的料子。

桑杰曲巴只认红和黄两种颜色，其他颜色看都不看。

在返回路上，他看着搭在牦牛身上的糌粑袋，想着请回来的毛主席像和买到手的布料，走起路来真不觉得累。少言寡语的他，对着山上积雪唱起来：

请来毛主席，
满屋亮堂堂。
门前升国旗，
心中多欢畅。

想着毛主席，
干活有力量。
看着国旗飘，
晚上睡觉香。

听到主人唱歌，牦牛也高兴地哞哞叫起来。

成年累月的厮守，桑杰曲巴和牦牛成为互诉衷肠的好朋友。起初，牦牛觉得纳闷，好多人在这种情形下，口诵经文祈求佛祖保佑。主人为啥唱的是毛主席和国旗？哦，想起来了，在他心里，毛主席是佛祖，国旗上有经文，风一吹，全国人民都保佑玉麦。

桑杰曲巴听到陪伴他的牦牛叫，更加高兴。他想：“部队每次升国旗，大家高声唱国歌。我在路上说心里话，老朋友听懂了，哞哞地为我伴奏。”

又是三四天，桑杰曲巴回到玉麦的家。孩子围拢来，看爸爸带回来的东西。

卓嘎和央宗高兴得直拍手。她们欢呼着，这肯定是给女孩子做花衣服用的。

坐在旁边的扎西面带笑容缝着衣服，看到眼前一亮，她停下手中的活计，把头伸过来。“这么好的布料给孩子做衣服？不可能！”

她更压根没往自己身上想。她猜测，丈夫买这些布料一定有大用处。至于做什么用，她不可能猜出来。

看着孩子的高兴劲和妻子有些迷惑的脸，桑杰曲巴说：“卓嘎、央宗，你们长大了，好衣服有的是。我要用这两块布料做国旗。没有国旗，别说好衣服，住在这里也不踏实。”

卓嘎和央宗一听，都感到有些泄气。看到爸爸严肃的样子，她们模模糊糊意识到，肯定有比花衣服重要的事情。

卓嘎小心地问：“国旗长得啥模样？”

桑杰曲巴用手比画着：“这块大红布是它的身子。用这块小黄布剪出一颗大星和四颗小星，大星是国旗的眼睛，能看到前面的路；小星是你们，都跟着她走。”

央宗高兴地向妈妈要剪刀，她要剪星星。

扎西疼爱地看着孩子：“金珠玛米住在咱这里的时候，寺庙前的那面国旗可大啦。每颗星星都有五个角。你们的爸爸用这些布料做国旗，还是我来吧。等你们长大了，都能剪出好看的五角星。”

扎西拿起剪刀，停在空中，她在想那些五角星的样子。

桑杰曲巴从半空中接过她手中的剪刀，放在一旁。他说：“我们这是第一次做国旗，要像。红布尺寸要得当，黄星大小要合适。我先在布上量好，标上记号，再动手做不迟。”

桑杰曲巴把红布平整地铺在桌面上。扎西做着辅助工作。孩子们像小鸟一样围在桌旁，目不转睛看着爸爸妈妈的动作。

足足用了半天时间，桑杰曲巴才完成这面国旗的制作。

第二天上午，阴雨连绵的老天爷知道玉麦乡要发生大事，桑杰曲巴举行升国旗仪式，令雨神稍息。时至今日，玉麦乡每有重大活动，多数时候天气都给力。虽然似神话，但每每被验证。

为了牢固，桑杰曲巴把国旗的边缘缝在精心挑选的竹竿上，然后用牦牛毛捻成的绳子把竹竿绑在屋顶上。

他觉得光把国旗升起来还不够，要像部队一样举行仪式，向国旗敬礼。他让扎西和孩子与自己站成一排，告诉孩子跟他学。

他面向国旗大喊一声敬礼，举起右手，行个军礼。这个动作，在支前日子里，他曾悄悄模仿过很多次。如今面对国旗敬起礼来，他的动作是规范的。

平时，除了教认字，卓嘎和央宗很少听到爸爸说话，更难听到他大吼。突然听到爸爸大喝一声，姐妹俩吓得一哆嗦。她们不知道“敬礼”是什么意思。抬起头来，看到爸爸的动作，她们把小手举起来。

从爸爸做国旗到升国旗，卓嘎和央宗年龄不大，却记住了整个过程。从那时起，她俩知道了国旗在爸爸心里的位置，意识到国旗对她家的重要。

守　护

玉麦河谷有了五星红旗，桑杰曲巴心里舒坦多了。

想起部队留下的国旗被人破坏，他觉得升起国旗并非万事大吉，要保证五星红旗在玉麦上空飘扬，必须有人在玉麦的山水间行走。

桑杰曲巴坚定了巡山决心。

这将是一次长途跋涉。他暗自发誓，不管用多长时间，都要走到传统线，就是累死在那里，身下也是中国的土地。

一次在塔克新遇到蚕食者，他躲在大树后，想用猎枪打死哨兵。但又冷静一想，那样做得不偿失，自己站在中国土地上，为什么像做贼一样躲起来？真正的贼却堂而皇之地在这里游走。

桑杰曲巴清醒了。他抹去头上的树叶，整理下衣服，从树丛里出来，走在踏过无数遍的小路上。

哗啦啦一阵响声，几支枪同时对准桑杰曲巴。他是穿行过枪林弹雨有主见的人。他肩上挎着猎枪，不打算取下来。他不会做适得其反的事情。

又出来一堆蚕食者，拿着枪神色慌张地扫视周围。当确定只是桑杰曲巴一个人时，才恢复常态。

蚕食者问桑杰曲巴来干什么。桑杰曲巴气不打一处来，本应该是他质问蚕食者在这里干什么，现在反而成为被盘问的对象。他机警且口气坚定地说："在家门口打猎。你们怎么在我家门前安营扎寨？"

"哈哈哈……"一个军官模样的人说，"你家门前？这片地方早成为我家门前啦。不要再往前走，否则就……"那家伙摇摇手中的枪。

桑杰曲巴明白，在这种情况下，来硬的不行，与强盗无道理可讲。

时隔半个月，他背起糌粑袋挎着猎枪去巡山。这次，走到曲木松多，他看到了外军旗子。桑杰曲巴不害怕，如果害怕，他不会坚持住在玉麦。他没有顾虑，虽然老婆孩子靠他支撑，想得再多，能解决眼前问题吗？能保证全家平安吗？

看着外军旗子在前面摇摇晃晃，桑杰曲巴愤慨不已。

回到家后，他彻夜难眠。这样巡山，所起作用有限，走过的地方，要有标识，才能体现出家的范围。

用什么来体现？就地取材。桑杰曲巴在外军可能出现的地方，挥起藏刀，砍下一截截木桩，用石块狠狠地砸下去。露出地面的部分像一只只愤怒的拳头，似乎在说，这是中国的土地，外国人胆敢侵扰，决不客气。

忙活了一阵，他坐在石头上休息，吃口糌粑，喝口溪水。

天快黑了，他要考虑晚上住宿的地方。他心中有数，走到哪个位置，哪里有树洞可住，哪块大岩石下可遮风避雨，都一清二楚。长期在喜马拉雅山中穿梭的人，野外生存能力超出特种兵的想象。

今晚住树洞。这是一棵他小时候就熟悉俩人合抱粗的高山松，五六年前在树身出现一道裂缝，慢慢形成可容一人的树洞。它的枝叶依然伸向天空，证明它的生命力较强。有经验的人看看树干和根部，能判断树洞是否安全。

桑杰曲巴摘下斗笠，放在洞口，把身上类似蓑衣的雨具搭在上面。这些都是用牦牛毛编织而成，戴在头上穿在身上，有些笨重，但防雨效果很好。树洞内部高近两米，他在里面伸伸胳膊转转身。下面被他踩得较为平坦。坐在掉落的木屑上，他嗅到松木的清香。即使光线很差，他也知道这棵树木质的颜色。在玉麦乡的原始森林里，高山松和黄木比比皆是，类似的树洞并不稀罕。累极困乏的他，坐在树洞里歪着身子睡着了。

临近天明，他做了一个梦。在他楔下的一根根木桩上，一面面国旗飘动着。蚕食者要拔木桩，看到五星红旗止住了。他们认为，这么多的五星红旗附近，可能隐蔽着解放军，如果莽撞地去动中国国旗，会付出沉重代价。

他为自己的梦想激动，可到哪里弄到那么多国旗？

有一次，桑杰曲巴去扎日乡开会。在会上，领导问同志们有没有要解决的困难和问题，他提出能否给玉麦送些国旗。

上级了解桑杰曲巴的政治品质，被他的爱国精神所感动，专门向玉麦赠送了一叠国旗。之后，只要桑杰曲巴去开会，都能收到一叠鲜艳的五星红旗。

巡山路上，桑杰曲巴把国旗挂在险要地方。他选择一处显眼的位置，把国旗牢牢系在树枝上。风儿一吹，树枝轻摇，五星红旗飘扬起来。

在浓绿的山中，有一面红色旗帜飘扬，桑杰曲巴的心潮随之澎湃。当年，解放军把五星红旗插上喜马拉雅山，和平解放西藏；如今，玉麦居民把五星红旗挂在深山老林中，用行动守护中国领土。

接　力

桑杰曲巴注意到，每年入冬时节，蚕食者上山侵扰的频率增多。

玉麦乡的地势北高南低。以乡政府所在地为基点，冬季到来，北边很快大雪封山，越往南积雪越少，到了塔克新就犹如春天。

蚕食者根据天气特点和路况，采取不同方式侵扰玉麦。

有一年的初冬，玉麦河谷一片银白，龙嘎加萨仍无飞雪。桑杰曲巴照例去巡山，却很快转回来。

他发现家附近出现了蚕食者，有在此搭帐篷的意向。他的大脑飞速旋转，必须把这一情况报告解放军。

桑杰曲巴下定决心后，对着扎西和孩子说："不要怕，这是我们的家。害怕的应该是他们，他们是偷吃牛犊的豺狼。我们害怕，是替他们壮胆；我们胆壮，他们就会心虚。我相信解放军很快就会来到。到时候，他们逃跑都来不及。"

听着爸爸的话语，卓嘎和央宗懂事地点点头。她们相信爸爸的话，相信金珠玛米很快就会飞过来，把坏人打死。

客观地说，蚕食者选择这个时段上来，是根据玉麦的天气研判而周密策划的。

桑杰曲巴来不及吃午饭，沿着玉麦河向西北跑去。

刚出家门时，积雪只有一指厚。到了玉碓，积雪没了脚脖。越往前走，积雪越厚。这是大雪开始封山的时候，一般情况下，不再有人往返于扎日和玉麦之间。

帽檐上带着冰花，内衣却被汗水浸透，桑杰曲巴在傍晚赶到扎日乡解放军驻地。

解放军感到情况严重，此事不可忍，一边向上级报告，一边集合部队出发。

蚕食者做梦也没想到，解放军半夜赶到玉麦村。他们躺下还没来得及做梦，便慌里慌张地逃走了。

扎西和孩子都没入睡。怎么能睡得着呢？家门口趴着狰狞的豺狼，桑杰曲巴能不能找到解放军？她们一直担心着。

听到外面叽里呱啦的喊叫声，扎西明白情况有变。她从屋里探出头，向豺狼的帐篷望去。卓嘎和央宗纷纷伸出两颗小脑袋，顺着妈妈的目光看。

在交叉乱照的电筒光下，一个蚕食者提着裤子跑出来，不知绊到什么东西，扑通一声跌倒。卓嘎捂着嘴笑，央宗跳到外面拍起手来。

扎西和孩子朝山上看去，几束电筒光快速地向这边移动着。她们知道，解放军到了。如果蚕食者晚跑半小时，就会成为解放军的瓮中之鳖。

桑杰曲巴和解放军一起回到家里。

卓嘎和央宗对着爸爸说："爸爸真厉害。"

桑杰曲巴抚摸着她俩的头说："是金珠玛米厉害。"

那位腰别手枪的指挥员说：“在这片土地上，我们是主人，他们是贼。贼来偷东西，我们当然要把他们赶跑。”

桑杰曲巴每次巡山前，都会交待卓嘎和央宗：“我该回来的日子没有回来，你们要想办法去扎日告诉解放军叔叔。”

桑杰曲巴知道，蚕食者对他恨之入骨，又拿他没办法。他认为，自己不做无谓牺牲，只有活着，才能巡山，才能保护家园。想到蚕食者可能用卑劣手段置他于死地，为防不测，他做了最坏打算。

每次巡山，他都要带上两三面新国旗。风吹雨淋，山中的国旗旧了，坏了，他小心取下来，换上新的。如果原先挂的国旗没有破损，他就把新国旗带回来，以备下次使用。

如果问桑杰曲巴一共挂了多少面国旗，哪怕是概数，都是无法统计的。他这次巡山是这条路，下次巡山可能是另一条路。他这次在龙嘎加萨挂上一面国旗，下次可能在曲木松多挂上两面国旗。越是有蚕食者出没的地方，使用的五星红旗越多。

卓嘎和央宗慢慢长大，她们要跟着爸爸一起巡山。

开始，桑杰曲巴不带她们去。他是胆大心细的人。他一个人巡山，来去无牵挂。如果带着两个女孩子，万一水淹了，石头砸了，被狼糟蹋了，都是有可能发生的事情。

有时，实在拗不过她俩的央求，桑杰曲巴带着她们在附近转悠。从长远考虑，要有意锻炼卓嘎和央宗。

1978 年，扎西的离世，对桑杰曲巴来说是个重创。妻子得的是胃病，今天看来，这只是一般性病症。而在当时的玉麦，竟成为无药可治的大病。看着妻子疼痛难忍，与其盲目坐等，不如出去求医。他牵来牦牛，在背上铺上氆氇，把妻子抱上去。妻子疼得直不起腰，骑不住牦牛。桑杰曲巴让她趴在牛背上。

懂事的牦牛知道女主人的痛苦，尽量平稳迈步。冰天雪地里，这个速度，是折磨人的速度，既折磨牛背上的病人，也折磨无可奈何的牵牛人。不幸还是发生，到三安曲林乡，扎西永远离开了丈夫，几十年的风风雨雨，就这样走到尽头。

桑杰曲巴比谁都清楚，自己再坚强，如果没有妻子的默默陪伴，他在玉麦也难以践行对国土的守护。

送走妻子后，第二年，十四岁的小女儿活生生在雪地里冻死，对桑杰曲巴又是个沉重打击。

桑杰曲巴痛定思痛，感知到医生的重要性。他把这个希望寄托在小儿子嘎尔琼身上。多年后，嘎尔琼没有辜负爸爸，成为山南市藏医院的一名医生。

桑杰曲巴明白，终有一天，自己会老去。看着已长大成人的卓嘎和央宗，他要把她俩培养成能独当一面的守护者。

到了冬季，牲畜从夏季牧场转到山下。这个季节，雨水少了，曲木松多直至塔克新一带，很少落雪，是蚕食者频繁出动的时间段。

桑杰曲巴带着卓嘎和央宗，把牛尽量往南赶。开始，姐妹俩有些怕。爸爸告诉她们：“别说龙嘎加萨，就是到了喜马拉雅山脚下，还是中国的土地。”

话虽这样说，桑杰曲巴看着两个女儿，仍然不放心，给她俩指出哪里是相对安全的地方。

交待好女儿，桑杰曲巴又去巡山。他牵挂着女儿，从不考虑自己的安危。

一路上，他检查着自己楔下的木桩、挂上的国旗和刻着的文字是否正常。木桩被拔了，他重新楔上；国旗破损或者不见了，他再次挂上；树身上的藏文被人抹了，他举起藏刀几下刻出“中国”字样。

三十多年时间里，一家三口，爸爸带着女儿，日复一日、年复一年守护着玉麦的山山水水。

成　家

岁月让桑杰曲巴渐渐变老。

他话不多，心很细。随着卓嘎和央宗年龄的增长，他要留意一件事，就是女儿的婚配。

女大当嫁是内地的说法。在西藏，既有嫁出的女儿，也有入赘的女婿。

如果在其他地方，卓嘎和央宗何去何从没有关系。而在玉麦，特殊的地理位置决定她俩只能坐地招夫。

没人要求她俩那样做，桑杰曲巴是这样想的："偌大的一片土地，三十多年来，我家三个人在这里居住。如果卓嘎和央宗嫁出去，剩下一个孤老头子。时间把我吞噬，没有人居住的玉麦村，不等于贼来了想拿什么就拿什么吗？如果有人入赘，卓嘎和央宗不必离开玉麦，还能壮大这里的力量。我有主意，还要听听孩子的想法。"

听了爸爸意味深长的话，卓嘎说："爸爸想好的事情，自有道理。"央宗调皮地回答："老乡长下的命令，哪能不服从？"

每年夏季，都有人转扎日神山，玉麦是出口，他们必定出现在桑杰曲巴家里。这里只有他一户人家，转山人在荒山野岭中看到他们，真是宾至如归。

桑杰曲巴留意着未婚男子。卓嘎和央宗的朴实、能干与甜甜的笑容，确实使几个青年男子流连忘返。当知道姐妹俩的想法时，又一步三回头地离开。

他们离开的原因，不在于是否入赘，而在于入赘地点。如果换个地方，他们会快乐地留下来。一辈子住在玉麦，他们受不了，受不了阴雨连绵的潮湿天气，受不了大雪封山的漫漫冬季，受不了对山自语的窒息，受不了有可能窜上来的蚕食者。

姐妹俩一如既往地放牧。桑杰曲巴没有灰心。他认为，那些年轻人不愿入赘他家是可以理解的。他相信，总会有些青年的想法与他一致，只是那个人还没在玉麦出现。

三安曲林乡的巴桑来到玉麦，那一年，他三十岁，未婚。桑杰曲巴见他忠厚老实，有意把他留下来。

桑杰曲巴对他说："巴桑，我家有一百多头牛，都在山上。有时候，卓嘎和央宗找牛都累哭了。我老了，爬不动山。你能不能帮忙放牧？多长时间没关系。如果感到不习惯，随时可以离开。"

憨厚的巴桑乐意干这活。爬山是他的强项，找牛是他的特长。

在牧场，巴桑高兴地赶着牛，卓嘎快乐地挤着奶。他俩都不善于表达，并不妨碍两颗心的碰撞。

桑杰曲巴看在眼里，乐在心里，不久就把卓嘎和巴桑的婚事办了。

结婚后，夫妻俩另居一处。

有了巴桑的加入，玉麦乡的巡逻队伍壮大了。起初，桑杰曲巴带着他熟悉地形，提示注意事项。很快，巴桑掌握巡山要领，成为桑杰曲巴的接班人。

有时，卓嘎让爸爸留在家里，自己与巴桑一起巡山。

到了那棵两个人都抱不过来的大树前，夫妻俩的肺都快气炸了。

爸爸在树身上用藏文刻的"中国"字样，被蚕食者抹掉，在原来的位置出现"INDIA"字样。一向腼腆的巴桑怒不可遏，挥起藏刀，三下五除二清除了英文单词。

树身被刮得像平板一样，在上面刻字并不容易。巴桑和卓嘎你一刀我一刀耐心地在上面刻着。当“中国”字样再次出现在树身上时，俩人相视一笑，击掌庆祝。

在玉麦这个家，巴桑的特长得到充分发挥。他巩固着桑杰曲巴走过的巡山路线，与卓嘎和央宗一起把牛赶得更远。

不久，性格活泼的央宗也遇到意中人。

随着卓嘎的女儿和央宗的儿子的出生，和过去的三十多年相比，玉麦村的人口翻了一番。

天有不测风云，人有旦夕祸福。沉浸在幸福中的央宗遇到五雷轰顶的事情，丈夫因车祸离她而去。

放牧要继续，日子还得过。擦干泪，央宗重新出现在牧场。

她的儿子索朗顿珠对我说：“爷爷担心着我的妈妈。他把注意力放在我身上。爷爷是我人生路上的启蒙老师，这是我长大后才意识到的。他也是我的第一个藏文老师，他写字的情景，我现在仍记得。爷爷去巡山，要带我去。巡山又远又累，我不想去。他对我说，去南山采伐竹子，回来做弓箭。他说到做到。我孩童时的玩具，都是爷爷做的。大学毕业后，想起爷爷的话，我选择留在玉麦。”

2001 年，桑杰曲巴去世。

那些日子里，卓嘎和央宗每天早晨起来，像看到爸爸背起糌粑袋出门的情形；夜幕降临，又像看到爸爸满身泥水地走进来。

2003 年，政府重修寺庙。来自隆子镇的仁增晋美是木工。寺庙离央宗家不远。平常有生人出现，卓嘎和央宗会在第一时间掌握情况。要知道，卓嘎在 1988 年接替爸爸任玉麦乡乡长，央宗前后担任了十七年的副乡长。她们有高度的责任感和敏锐性。当然，凡是来到这里的人，也很快了解了她们。

施工方负责人与央宗有远亲。他知道央宗的婚姻家庭情况，也清楚仁增晋美的为人和技能，有意撮合他们。仁增晋美在情感上有与央宗类似的经历，一个大男人带着女儿过日子着实不易。

央宗和仁增晋美都有重组家庭的意向。此时，央宗想起爸爸的话："我生在玉麦，死在玉麦。不管过多少年，发生什么事，你们都不要离开这里，都要守好这片地方。"

明白了央宗的意思，仁增晋美爽快地回答："这不难，我带着女儿过来。两家合为一家，玉珠卓玛有了哥哥，索朗顿珠添个妹妹。我和你，是他们的爸爸妈妈。"

许久不见笑容的央宗恢复了开朗性格："想得美。你可不可以在这里落户，还要看能不能得到批准呢。"

她的眼神告诉他，他已成为玉麦乡永久性居民。

写　信

卓嘎和央宗曾有不理解爸爸的时候。看着灰蒙蒙的天，听着淅淅沥沥的雨，姐妹俩向爸爸提出一个问题：我们为什么不搬出去?

桑杰曲巴凝望着南方："玉麦永远都是我们的家，只要我们住在这里，偷食的贼别想过来一步。我相信，我们这里不会永远只有三个人。以后，会有越来越多的人来到玉麦，在这里安家落户。我不知道能不能看到，你们肯定能看得到。"

卓嘎和央宗一向相信爸爸的话。姐妹俩可以肯定的是，她们会遵循爸爸的意愿，永远住在玉麦。

1996 年，白玛坚才一家搬到玉麦。桑杰曲巴在有生之年看到这片河谷地带户数的增加、人口的增多。像桑杰曲巴一样，白玛坚才话不多，心地善良。外界知道他是邮递员，新华社报道卓嘎和央宗的事迹后，是他一次次用马匹把全国多地写给俩姐妹的求爱信驮到玉麦，总量一麻袋没装完。

又过了十多年，玉麦村户籍人口有九户三十二人。

在这十多年时间里，有了名副其实的乡政府，党组织委派乡党支部书记，政府委任专职乡长。公安边防派出所在这里挂牌，人民军队在这里驻扎。让老百姓高兴的是，玉麦乡是全县人均收入最高的乡。这里没有贫困户，玉麦村居民集体步入小康生活。

想着爸爸的话，看着发生的变化，卓嘎和央宗抑制不住自己，有一种给中共中央总书记习近平写信的冲动。

姐妹俩到乡政府说出想法，得到全体工作人员的赞同。中国共产党第十九次全国代表大会召开在即，这是向总书记汇报边疆民族地区发展成果的好事。

卓嘎和央宗想给总书记说的话太多，一时不知从哪里说起。经过反复思考，姐妹俩理出脉络：先说一家人以牧代巡的情形，再说玉麦乡发生的变化，最后把玉麦人民的愿景写出来。

姐妹俩的文化水平有限，而且是用藏文写信。

总书记牵挂着藏族人民，可他不认识藏文呀。好不容易写出来的信，要让总书记一看就明白。

卓嘎和央宗拿着这封用藏文书写的信，再次来到乡政府。

这里是她们熟悉的地方。她俩已退休，但她俩是乡政府变迁与发展的见证者。

卓嘎从爸爸那里接任乡长职务的时候，玉麦河谷就她家一处房子，歪歪扭扭，四处透风。她的办公地点就是她的家。说实在的，她基本上无公可办。换个角度看，她的公务和天一样大，是持之以恒地以牧代巡。在她的视野里，天有多大，地就有多大；玉麦有多少山水，天正好盖住。

后来，政府为这里的居民盖好了安居房。卓嘎家的房子发挥了多功能作用。那里是她生活起居的住所，门旁挂着两个牌子，一个是中共玉麦乡党支部，一个是玉麦乡人民政府。

直到来了公派乡干部，乡政府有了专用的办公场所，才和卓嘎的家实现公私分开。

年轻的工作人员都是受过教育有文化的人。卓嘎和央宗羡慕他们，全力支持他们开展工作。

工作人员敬重卓嘎和央宗。他们向姐妹俩了解玉麦的前世今生、风土民情，特别是巡山情形。

卓嘎和央宗的眼前，好像铺展着一幅不断变化的画卷。一边想着，一边走着，她俩很快来到乡政府。

在工作人员帮助下，那封言辞恳切充满热情洋溢的信很快译成汉文。

信写好了，怎么寄到北京？在乡政府建议下，按照组织程序递交中共中央。

信上交以后，卓嘎和央宗一连几天睡不好觉。信能送到北京吗？总书记那么忙，有时间看封牧民写的信吗？信上说的话，有没有不合适的内容？

姐妹俩嘀咕着，甚至有些后悔给总书记写信了。

转念一想，随它去吧，就当没有写信这回事，该干什么接着干什么。

光 环

2017 年 10 月 18 日，党的十九大召开。卓嘎和央宗绷紧神经，把全部精力投入维稳和守护国土上。

也许有人说，现在玉麦乡党政军警样样都有，用不着老百姓巡逻吧？卓嘎和央宗从来不那么认为。半个多世纪前，没有任何人安排，她们的爸爸就踏上了巡山之路。姐妹俩从懂事时起，就知道牛是守护国土的卫士，没有任何人要求，她们尽量把牛赶得远些。在人力资源奇缺的玉麦，牛发挥了意想不到的作用。蚕食者看到成群的牛在山坡上悠然吃草，断定这片土地的主人在附近，垂头丧气地走开。

现在条件好了，卓嘎和央宗也不忘初心，坚持与村民一起巡逻。卓嘎的丈夫巴桑和央宗的丈夫仁增晋美都是乡里的联防队员，与乡政府组织的巡逻队一起巡逻。

有当地居民参加的巡逻队，既机动灵活又有象征意义。他们可以按照固定路线前行，可以在领土上自由穿梭。土地属于谁？住在其上的居民有发言权。桑杰曲巴一家两代人用行动表明：家是玉麦，国是中国。

24 日，党的十九大胜利闭幕。按照乡党支部的要求，卓嘎和央宗积极学习党的十九大精神。

28 日，习近平总书记给卓嘎和央宗回信。卓嘎和央宗像平常一样做事。回信在路上，玉麦乡的日子一如既往。

29 日，星期日。玉麦乡党支部书记达娃的心再也平静不下来。

接到第一个电话，他感到奇怪；接到第二个电话，他觉得纳闷；接到第三个电话，他才恍然大悟：他摊上大事了，玉麦乡遇到喜事啦！

这一天，打给他的二百八十六个电话，问的都是同一个内容：你们乡有没有叫卓嘎和央宗的俩姐妹？

这一天，达娃忙得一塌糊涂。他召集全体工作人员。有人不解地问："书记，今天是双休日呀！"

达娃郑重其事地告诉他："昨天也是双休日，总书记可没闲着，给卓嘎和央宗写回信呢。"

卓嘎和央宗简直不敢相信自己的耳朵。姐妹俩惊喜地问着对方："真的吗？总书记给我们回信啦！"

玉麦乡沸腾了。乡政府工作人员兴高采烈，居民穿上节日盛装，簇拥着卓嘎和央宗，一起聆听回信内容：

卓嘎、央宗同志：

你们好！看了来信，我很感动。在海拔3600多米、每年大雪封山半年多的边境高原上，你们父女两代人几十年如一日，默默守护着祖国的领土，这种精神令人钦佩。我向你们、向所有长期为守边固边忠诚奉献的同志，表示崇高的敬意和衷心的感谢。

家是玉麦，国是中国，放牧守边是职责，你们这些话说得真好。有国才能有家，没有国境的安宁，就没有万家的平安。祖国疆域上的一草一木，我们都要看好守好。希望你们继续传承爱国守边的精神，带动更多牧民群众像格桑花一样扎根在雪域边陲，做神圣国土的守护者、幸福家园的建设者。

十九大刚刚召开，党将带领各族群众创造更加美好的生活。我相信，在大家的共同努力下，玉麦这个曾经的"三人乡"，一定能建成幸福、美丽的小康乡，乡亲们的日子也一定会越过越红火！

习近平

2017 年 10 月 28 日

11 月的玉麦，天寒地冻，但挡不住媒体宣传报道的热情。

姐妹俩应接不暇。直到此时，她俩才明白爸爸当年的预言得到印证："我相信，玉麦乡不会永远只有三个人。以后，会有越来越多的人来到玉麦乡，在这里安家落户。"

卓嘎和央宗喜极而泣。她们一会儿面向北方，饮水思源，那里是玉麦河的发源地，收到的回信正是从那个方向辗转而来；她们一会儿面向南方，守土有责，祖国江山如此多娇，姐妹俩会一如既往地守护着玉麦的山水。

她们在内心深情地呼唤：爸爸，归来吧，看看玉麦的发展变化；藏南，醒来吧，祖国的版图里一直有你。

本　色

荣誉接踵而至，奖项纷至沓来，卓嘎和央宗忙得不亦乐乎。

我从六月底来到玉麦，多次见到卓嘎和央宗。牛已转场，她们从夏季牧场搬回玉麦河谷的家。我容易见到她俩。

有一次，采访者想知道桑杰曲巴一共挂了多少面国旗。央宗告诉他，老人每次巡山的路线不同，挂国旗的地点既固定又不固定。固定的是可能出现摩擦的地方，必须保证国旗长在；发现新情况及时挂国旗，是不固定的情形。把破损的国旗换下来，有时所带国旗全用完；如果一切正常，不用更换，把新国旗带回家以备下次巡山使用。没有具体数目，她不能乱说，概数也不行。

给我印象较深的，是卓嘎和央宗的笑。由于受早期生活环境的局限，她俩几乎听不懂普通话，只会说些简单词汇。

不管卓嘎还是央宗，当客人进屋时，她俩都会自然地招待，然后接着做手中的活计。如果需要拍照，她们也不会停下来。对采访者来说，这些生活场景求之不得。

生活中的卓嘎和央宗，在衣着上，不失牧妇本色。特别是在牧场，她们衣服上不缺泥巴和牛毛。在饮食上，每天酥油和糌粑少不了。无论夏季牧场的居所还是玉麦河谷因建新居临时搭建的房子，卓嘎和央宗家里都充满浓厚的生活气息。在卓嘎家里，各种常用器具像博物馆中的陈列品一样摆满屋子，一串串奶渣像艺术品一样挂在绳子上。如果有人想要，十三块钱一串尽管拿。央宗家开了个小店，施工人员可在那里买泡面、饮料和日用品等。想投色子也可以，只可娱乐，不能赌钱。

由于一直坚持放牧和巡逻，卓嘎和央宗的脚下功夫很好。夏季牧场与玉麦村之间有十多公里路程，她们往来徒步从不皱眉头。卓嘎五十七岁，央宗五十五岁，有些年轻人不想走的路，她们轻轻松松就走下来。

几十年过去，巴桑还是原来的巴桑，妻子耀眼的光环似乎和他没有关系。剧组或者电视台摄像，卓嘎被“拉来扯去”，不管巴桑在不在附近，都没有他的份。

他喜欢喝酒，不是与众人畅饮，而是独自小酌。时至今日，依然如此。桑杰曲巴生前疼他，劝他少喝酒。俗话说，疼闺女爱女婿，巴桑心甘情愿与卓嘎一起过日子，桑杰曲巴高兴还来不及呢。

不管巡逻还是上山找牛，巴桑都是健步如飞。走的路多，鞋子自然磨损得快。看着一双双不能再穿的鞋，桑杰曲巴默不作声地用牛皮为巴桑做了一双鞋。没有什么式样，巴桑穿在脚上合适。尽管料子是牛皮，穿了几个月，巴桑还是把鞋子磨破了。桑杰曲巴看着他说：“巴桑呀，你的脚太有穿透力了，要不要我用石头为你做双鞋子？”

仁增晋美是个多面手，掌握的技能很多。多年过去，仁增晋美还是那个仁增晋美。没有条件的时候，他发挥特长，自己做家具。如今条件改善，很快搬进新居，绝大多数家庭购置家具，仁增晋美坚持自己做。他说，自己做的家具，看起来开心，用起来顺手。

几十年来，卓嘎和央宗默默奉献，几乎无人知晓；如今，俩人名扬全国，生活轨迹却没紊乱。

巴桑（左二）、白玛坚才（左三）等人在仁增晋美（左四）夏季牧场的家里。（唐大山 摄）

卓嘎是全国人大代表，担任西藏自治区妇联兼职副主席职务。见过她的人，从衣食住行和言谈举止，丝毫看不出上面列举的头衔。说到卓嘎，必提央宗，虽是名人，接触过她的人都感到亲切无比。

卓嘎和央宗对荣誉的把握，令人钦佩。有人一心想出名，成名后就偏离方向，昙花一现，很快就被抛进茫茫人海。卓嘎和央宗坚持放牧巡边一件事，从没想过出名。名扬天下不忘初心，世人对她们更加敬仰。

只要把握住方向，坚持做有意义的事情，无人知晓心自安。荣誉来了，心静如水，不想流芳千古都难。

传　承

桑杰曲巴是一位普通牧民，我不想神化他，也没必要神化他。我不说他料事如神，玉麦乡的发展却正在验证着他生前说过的话。

当玉麦河谷只有三个人居住的时候，他告诉卓嘎和央宗，以后会有人来。

上世纪末，他健在的时候，看到白玛坚才来了，扎西曲杰来了……

今天，玉麦河谷的居民有九户三十二人。新居建成后，玉麦村的户籍人口将增加到五十六户一百九十七人。

居民增加了，乡政府工作人员是怎样的状况？

桑杰曲巴和女儿卓嘎相继担任乡长期间，自不必说。后来有了公派干部，而十多年前的工作和生活条件很艰苦，没来过玉麦乡的人难以想象。

如今，玉麦乡政府有干部职工二十多人，而且不是想来就来的地方，政治素质不过关、工作不努力、吃不了苦、耐不住寂寞的人，没有资格在玉麦乡工作。

近年来，不说区内，就是区外向玉麦乡政府申请来此居住的也大有人在。当然，狭窄的河谷地带可容纳的居民有限，大多数想在此安家落户的人只能到此一游，以遂心愿。

目前，不说这里的工作人员，区内其他地方的干部都以曾有玉麦乡工作的经历为荣，年轻干部以能去玉麦乡工作为理想选择。

桑杰曲巴如果有灵，按照藏族说法，他的躯体不在了，魂仍在玉麦上空，想想玉麦的前世，看看玉麦的今生，不苟言笑的他会情不自禁地开怀大笑。

西藏居民有悬挂国旗的传统与习惯。居民往往攀登梯子爬上房顶插国旗，有时与风马旗混在一起。悬挂国旗，一要醒目，二要安全。玉麦新村的设计方案公布后，卓嘎和央宗向设计方建议：新村民居错落有致，插国旗的位置和标准最好统一。

设计方按照卓嘎和央宗的建议对图纸作了微调，指给居民看，解释给居民听，大家一致赞同这样做效果更好。

卓嘎和央宗之所以想到民居上如何挂国旗的细节，与她们孩童时期受到的家庭熏陶有关。几十年来，一家三口人的主要内容是放牧和巡山。女儿放牧的附近，有国旗招展；爸爸所到之处，有国旗飘扬。小时候，她们熟悉爸爸缝制国旗的模样；长大了，与爸爸一起把国旗悬挂在巡山路上。没有宣传口号，没有硬性灌输，卓嘎和央宗对国旗的敬仰、对国土的守护和对家园的热爱，得益于爸爸的言传身教。

先后搬到玉麦居住的白玛坚才和白玛次旺等人，都在做着与卓嘎、央宗相似的事情。白玛坚才每次从县城回来，用马匹驮来村民需要的生活用品、乡政府短缺的蔬菜等。没有人特意告诉他那样做，多年来为乡政府驮运物资都是免费的。白玛次旺年轻，会说普通话。发现异常情况，特别是疑似蚕食者，他会踏着桑杰曲巴的足迹，翻山越岭去扎日乡报告解放军。时代进步了，社会发展了，条件改善了，今天，不需要白玛坚才再牵马踏雪驮运物资，不需要白玛次旺再去徒步送信，但有一种内在的力量驱使全体居民自觉主动地守护国土、建设家园。

居民如此，在玉麦乡工作生活的其他人也是这样。这片土地的神奇就在这里。不管来自何方，只要怀着中国心，一踏上这片土地，就被一种热情拥抱，就被一种精神感染。

2019 年 3 月 6 日，十三届全国人大二次会议西藏代表团媒体开放日结束后，女代表卓嘎（中）等人在人民大会堂西藏厅用手机自拍留念。（旦增西旦 摄）

我在玉麦已住三月有余，还要继续住下去。走进路旁溅满泥巴的板房，白玛次旺看出我的疑虑，开门见山地对我说："这里的门不用锁，玉麦没小偷。我们防的是大盗。"

他不是幽默。这是当地居民对玉麦现状的认知和切身体验。什么是小偷？无非是盯着财物的梁上君子；什么是大盗？是那些窃取邻居土地的蚕食者。

玉麦没有小偷，说明这里民风淳正；玉麦要防大盗，说明这里反蚕食斗争依然存在。

有国才能有家。作为一名参加过反蚕食战争的老民兵，桑杰曲巴一生坚持守护国土，他不仅把五星红旗插在巡逻路上，更把"中国"两字铭刻在心里。

放牧守边是职责。作为爱国精神的传承人，生于斯长于斯的卓嘎和央宗，誓言终老于这片土地，因为她们体内流淌着桑杰曲巴的血液。

时代楷模

2018年10月19日晚，我与大家一起在玉麦乡政府临时会议室收看CCTV-1《时代楷模》栏目。

来玉麦之前，我对卓嘎和央宗是陌生的；在中共中央宣传部授予她俩“时代楷模”称号之时，我对她们是熟悉的。

火炉旁的巴桑（向世宁 摄）

昨天下午，我信步走进卓嘎家的临时住处。门开着，炉子里生着火，巴桑坐在屋里。为了表示礼貌，我顺手敲了两下门，高声喊道：“巴桑哥哥。”

将近四个月的时间，特别是牧民从夏季牧场搬来后，我俩经常见面。他能使用简单的普通话交流。

与外面相比，屋里稍暗。他用笑声表示对我的欢迎。

他半躺在低矮的床上，看到我，坐起来。与前一段时间相比，屋里收拾得整洁了许多，中间摆张藏式桌子。

他们的这个家，我来了十多次了。这一次，在桌子上，我发现了一件仍在使用的古董——木碗。木碗里放着一只勺子，用它来抓糌粑。说是古董，因为巴桑告诉我，它是卓嘎的爸爸生前用过的器具。

这只木碗特别大，我左手捧着它，右手拿着碗盖，仔细端详着。在卓嘎一家人看来，它是一只尚在发挥作用的生活用具，看到它，老人的形象会出现在眼前；使用它，是从老人手中接过使命和责任。在我看来，这只木碗如今已不是一只普通的木碗。将来，它会被放在陈列馆里，让无数人看到它，联想起使用它的主人桑杰曲巴。

按照这只木碗的容量，在里面抓出来的糌粑团，恰好够三人食用。这只木碗什么时候出现在桑杰曲巴手里，不得而知。我想象到的是这样一个场景，桑杰曲巴伸手从袋子里抓些糌粑放进木碗，削块酥油投进去，加些清茶。然后，他的左手扶着碗，右手拇指微翘，其他四根手指沿着碗的内侧按顺时针方向不停运动着。木碗在动，手指在动，转几圈后，他抓起一把湿糌粑在手心里一攥，再捏几下，一个糌粑团躺在那里。偎在身边的卓嘎和央宗眼巴巴地看着。

桑杰曲巴把捏好的糌粑团放在一旁，接着捏第二个、第三个……直到碗里的糌粑全变成坨坨。这时，卓嘎和央宗不用等爸爸发话，不管是他的目光还是流程的结束都告诉她俩，可以吃了。

这只木碗，里面装的是一家三口的伙食，还承载着玉麦这片土地的命运。

以前，我对"国之本在家"的理解是泛泛的，甚至想，偌大一个国，怎能与一个小家庭维系在一起？从卓嘎家的这只木碗，我读懂了这句话的含义。我不能说这只木碗盛得下中华人民共和国，但我敢说这只木碗装得下玉麦乡。

上世纪后半期，桑杰曲巴用这只木碗挽住玉麦乡的大片土地。此话怎讲？桑杰曲巴不把艰苦生活当回事，坚持在玉麦河谷维系着这个家，他把脚下的土地当回事。喜马拉雅山深处有个中国人的家，蚕食者犹豫了。特别是这家的主人桑杰曲巴，穿得破破烂烂，却一身凛然正气，令蚕食者望而生畏。想想他身后的那个国，蚕食者悻悻而去。

桑杰曲巴用一处简陋的住房支撑起一个家，承继着玉麦乡的族谱，诠释了“国之本在家”的内涵。

老人的生命走到终点，那只木碗仍在发挥着作用。它的功能，不是用来吃饭，而在于它的象征意义。有更多的中国人在这里吃饭，这片土地才能守得牢。

在时代楷模发布厅，卓嘎和央宗有泪水，有笑容。泪水里有家庭的酸楚和不幸，笑容里有玉麦的幸福和未来。

有人问我，桑杰曲巴一家三口坚持在玉麦住下来，当时有没有守护领土的意识，有没有提高到国家的高度？

我是这样理解的，要结合桑杰曲巴的个人经历、生活环境和情感世界来剖析。在民主改革中，桑杰曲巴被任命为玉麦乡乡长，接受党的教育，在上级政府的指导下做工作。那时的他得到培养和锻炼，有了一定的思想觉悟。

在 1962 年的反蚕食战争中，他是一名民兵，参与支前甚至直接参加战斗。这段个人经历很重要。那时的桑杰曲巴年近四十，正是壮年，每天和解放军在一起，耳濡目染，在潜移默化中知道这片土地一直是中国的，中国军队为国家利益而战。当时，具有乡长和民兵双重身份的桑杰曲巴，手持猎枪，与解放军战士一起穿行在密林中。在这种环境中成长起来的桑杰曲巴，必然受到深刻影响。后来，解放军撤了，没有撤的是他大脑中的意识：保家卫国。当然，他知道个人的力量非常单薄，甚至微不足道。他清楚的是，如果玉麦河谷连微不足道的个人都不存在，无异于任由豺狼蚕食这片土地。个人的力量虽然有限，但他从没畏惧过。他内心有坚定的信念：如果发生意外，驻扎在扎日乡的解放军会来救他，会来救这片土地。

在桑杰曲巴的情感世界里，玉麦是祖祖辈辈居住的家，生于斯终于斯。俗话说，金窝银窝，不如家里的草窝。桑杰曲巴在玉麦的住所，用草窝来形容倒很贴切。考虑到玉麦的艰苦情形，政府为他们在曲桑村修建住房，在当时堪称金窝银窝。桑杰曲巴在金窝银窝里辗转反侧，还是想念原先的草窝，冬天一过，旋即搬回玉麦居住。

难能可贵的是，桑杰曲巴把家与国的基本理念教给了卓嘎和央宗。姐妹俩对爸爸有过不理解，央求过爸爸搬出玉麦这个山窝。待茅塞顿开后，她俩不仅理解爸爸，还无怨无悔地与他一道坚守在几乎与世隔绝的深山里。

半个多世纪过去，事实证明着蚕食者贪婪的本性，也证明着桑杰曲巴一家人坚持在玉麦河谷居住的意义。事实胜于雄辩，桑杰曲巴一家留在玉麦，他们以实际行动保卫国土，这是千真万确的事实。仅凭这一点，卓嘎和央宗获得“时代楷模”称号是对父辈的慰藉，是对自己的肯定，也是对后辈的勉励。

每个时代都有具体内容，而守护国土是所有时代共同的使命。桑杰曲巴的可贵之处，在于他对家的理解和对国的认识。特别是在边疆，如果离开出生成长的地方，而那个地方一旦被他国吞食，自己只能望家兴叹。桑杰曲巴用一生实践印证了“国之本在家，家之本在身”。

“皮之不存，毛将焉附？”在桑杰曲巴的观念里，领土是国存在的根本。没有领土，国无处可寻，民无处安身。有了领土，要有人长期居住，否则领土有丢失的危险。他的理念是：人在，地就在；家在，国就在。

对照玉麦村的旧貌与新颜，我们赞叹桑杰曲巴的毅力与远见。

昔日的一家，今天发展为五十六户；曾经的三口，如今有一百九十七人；过去零落的几间石房，当前是一排排融传统与现代为一体的新居；多年徒步的羊肠小道，而今柏油路上汽车奔跑；那时有国无防，此刻人民军队在身旁；以前有事望天兴叹，今朝遇急瞬间救援；数载寂寞难有人说话，此时一机在手视频联天下。

祖国疆域上的一草一木，我们都要看好守好。长期的坚守为后来的发展提供了前提、打下了基础。作为神圣国土守护者和幸福家园建设者，这里的党政军警民正以磅礴力量塑造着新玉麦。

河谷里的玉麦新村（周帅军 摄）

初识达娃

一名男子打着电话走进屋里。

额头上方的头发上卡着太阳镜。这是高原人的经典动作，阳光强烈时，用以保护眼睛；阳光不强，往上一掀。玉麦几乎没有太阳，对他而言，这一习惯却沿袭下来。左脸上有颗黑痣，有黝黑的脸庞作衬托，虽不明显，仍让人容易记住他的面部特征。黑色羽绒服与不胖不瘦的中等身材搭配合适。脚上的运动鞋，挺干净，像刚换的。

互相看一眼，我未言语。他不失时机地说句“你是西藏日报……”我接道“唐大山”，随即示意他接着打电话。

听电话内容，大概是本来两秒钟可以搞定的事情，却颇费周折。拉萨的妻子提取住房公积金需要他的身份证复印件。他手机里就有，因为网络原因发不出彩信。

驻村工作队的满川用眼神告诉我，他是乡党支部书记达娃。

未来玉麦，即知其名；来到玉麦，又闻其事。

达娃善谈，表达能力较好。

打完电话，他用手指着近旁沙发说：“你坐这边，好交谈。”

我对他简要介绍了个人情况与此行目的。

他爽快地表示：“这是好事。媒体人愿意体验巡逻，会有切身感受，能够明白蚕食与反蚕食的斗争不是纸上谈兵。你身体状况怎么样？”

我自信地说：“速度也许不行，但我有耐力。”

他提示：“耐力必须有。我们巡逻一次需五六天时间，一旦出发，没有回头路。这五六天的补给要背上，还有睡袋等必需品。你把自己用的东西背着就可以。”

巡逻，对达娃来说，已成常态。路况与情况，他均熟悉。他的意思，参与者负重前行，我能照顾好自己不掉队，就是合格的。

拿鞋子来说，我问他穿运动鞋合适还是雨靴较好。他说：“运动鞋鞠浅，灌水；雨靴太滑，危险。要穿高帮鞋，像绑腿一样，蹚水蹚泥爬坡，都可以。多备几双袜子。”

作为闲情逸致的爬山，我经常参与；作为履行使命的巡逻，这还是第一次。好不容易有这个机会，我不能错过。艰难险阻在所难免，意外也可能发生。我来这里干什么？深入生活。达娃等人巡逻正是他们日常工作的组成部分。

我渴望的巡逻先就这样敲定了。

我们没有主题地交谈着。

他说：“我家在拉萨，我的户口早已迁到隆子县。老婆原先在乡下，现在变成城市人；我在城市出生，如今却成了‘乡巴佬’。”

我知道，他在玉麦乡已工作八年，先前在同县的另一个乡任职。说起对玉麦的了解，当数达娃。

达娃畅谈着玉麦村人口的增殖：“上级征求我对搬迁户的意见，我说，不要懒汉。玉麦村原有的九户人家，想着致富，比着过日子。民风朴实，这里没有酗酒现象。如果搬进来的是懒汉，天天提着酒瓶摇摇晃晃，不如不来。还有，青壮年优先。他们在这里安家落户，生儿育女，一代接一代才能守住玉麦、发展玉麦。”

说到安居乐业，他有见解：“玉麦小康乡项目完工，也就是说，政府给老百姓盖好房子，他们拎包入住。住下之后，是天天靠政策吃饭还是要政府帮扶？这都不是长久之计。要不了多久，会养出懒汉来。实现就地脱贫，必须有产业。全村有三百多头牦牛、黄牛和犏牛，以后会增加到六百多头，要综合考虑牧场的科学利用。我们有大畜，没有小畜。羊、猪，还有家禽类的鸡等，都可以在这里养殖。我从广西、云南回来，感觉那里的黑山羊可在我们这里饲养。绵羊不行，毛长；黑山羊毛短，有可能适应这里的气候。这里山间路边很多草自生自灭，不喂羊太可惜，喂羊出效益。”

我有直观感觉：“来玉麦这么长时间，只看到白玛次旺家有只公鸡。在这里，像你所说，可能养猪切合实际，见效快。”

他满有把握地说：“选一处平整些的地方，办成天然养猪场。猪是杂食动物，对环境没有特殊要求，这里是原生态。打个比方，林芝的藏香猪二十五元一斤，玉麦养的猪要三十五元一斤。人们为什么争着买三十五元一斤的？因为是定量出售，根据实际情况，规模就这么大，每年出栏的数量可以确定，都是订单式。小猪正长着，已有买家等候。”

“还能为居民提供就业岗位。”我接道。

达娃笑了：“这是关键所在。居民在家门口上班，收入看得见、摸得着。有业可乐，安居自然成为长久之策、定邦之本。”

我想起玉麦已被确定为自驾游路线，于是扯到这个话题。

想不到达娃在这方面早有考虑：“自治区旅游发展厅的人问我，在发展旅游方面，如何定位玉麦。我说，自然人文景区。自然，从隆子县城过来，沿途崇山峻岭，悬崖峭壁，植被渐变，瀑布增多。

到了玉麦，阴雨连绵，这本身就是一道景观。一路走来，尽览喜马拉雅山的多种风情、多副面孔。人文，你看，富有民族特色的小康村建设，并不显得突兀，与环绕其旁的群山融为一体。这里原有融住宿、餐饮和商店于一体的人家，现在都已改造升级。藏餐家家有，旅游全藏式，还有那些蕴含着当地元素的物件，可以慢慢品味，感悟其中的人文情感。”

达娃深有感触地说：“以前说如何发展玉麦，不现实。为什么？一条羊肠小道，夏季泥石流、山体滑坡说堵就堵，冬季大雪一下不用考虑出去的事。那样的交通条件，人难以进出，车子开不进来，如何发展？一冬不缺糌粑就挺好。今后大不相同，我往来多次，曲玉公路对质量要求很高，考虑到沿途的地质状况，该加固的加固，该保护的保护，后期养护到位。路通了，人员才能交往，物资才能交流，边疆与内地才能交融。”

对玉麦的前景如此看好，我问他有没有没实现的心愿。

他当即答道：“有。按说，党和政府这么关注玉麦，我们该知足。又一想，在冬季，日拉山那一段仍可能被大雪封住，在特定时间段内难以通行。如果在那里打个隧道，进出玉麦的路就能四季畅通。”

达娃的愿望能否实现，我想，虽需时日，但早晚会被国家和政府重视，有所考量。

参与巡逻

渴 盼

卓嘎和央宗的事迹之所以感人，是她们在艰难条件下以牧代巡。玉麦的牛，中国的地，她们以特有的方式宣示主权，守护家园。

二十多年前，卓嘎和央宗收到过成麻袋的信。写信者有西藏的农牧民，也有其他省区的青年。他们被卓嘎和央宗的事迹感染，愿意扎根玉麦、建设玉麦。

我要到卓嘎和央宗居住的地方看看。我们都是国家的主人、社会的主人，真正体现在哪些方面，一时难以说清楚。那时的卓嘎和央宗可能说不出大道理，但她们的的确确是玉麦这片土地的主人。土地是中华人民共和国领土，她们理所当然成为国家的主人；她们在这片土地上居住生活，是社会的主人。要找到存在感，就要通过合适的载体。在玉麦，国家的存在感是山山水水，是一草一木，是国人在这片土地上活动的痕迹。

我要去玉麦，去见见卓嘎和央宗，去触摸那块沉寂又喧嚣的土地。沉寂，因为它位于喜马拉雅山深处；喧嚣，因为有人对它叫嚣。无论在沉寂中坚守还是在叫嚣中反击，都能体现出卓嘎和央宗的家国情怀。

我来了，在连绵不断的雨中来到玉麦。雨水冲刷着我的脸庞，淋湿我的衣服。玉麦的雨呀，尽情地下吧，你有许多话要说，有泪水，有骄傲，有笑容。像卓嘎和央宗一样，无论你对她们说什么，她们都是对你笑着。有什么比永恒的笑更坚强？蒙娜丽莎的笑，倾倒世人。卓嘎和央宗的笑，驱散深山中的沉寂，带来玉麦乡的希望。与挂在墙上的蒙娜丽莎相比，卓嘎和央宗有怒目而视的时候，那是因为他国之人亵渎玉麦的山水。谁能想到，弱女子的愤怒能喷射出“力拔山兮气盖世”的豪举。卓嘎和央宗的美，在于对山水的感情，在于与国土融为一体。

崇尚美，还要感知美。既然来到玉麦，就要在广袤的国土上行走，就要触摸这里的大自然。

达娃来到玉麦八年，将组织他参与的第七次巡逻。第一年初来乍到，先是熟悉情况；从第二年起，他每年都会组织一次巡逻。乡政府组织的巡逻，与当年卓嘎和央宗以牧代巡既有相似之处又有不同特征。不同特征是乡政府组织的巡逻队由政府工作人员和当地居民组成，能更加鲜明地体现国家意识，增强领土观念。

我郑重提出请求，志愿参加巡逻队。乡政府爽快地批准了我的请求。作为乡党支部书记的达娃说：“这是好事。主动参加巡逻，可以亲身感受一下卓嘎和央宗的爸爸桑杰曲巴当年巡山的艰辛与危险。”

毫无疑问，达娃是巡逻队队长。明知巡逻艰苦甚至危险，达娃还是乐此不疲，年年参加。

在喜马拉雅山中巡逻，对我来说，是可遇不可求的事。我要巡的是世界最高的山脉，我脚踩的是中华人民共和国最厚的土地。当我凝视中华人民共和国这片版图时，心情激动不已。

我盼望着乡政府组织的巡逻队早日出发。

准 备

巡逻与一般的爬山有根本不同，尽管巡逻途中要爬很多大山。

说起来，是条件改善的缘故。桑杰曲巴巡了一辈子山，有什么准备？他看到的是武装到牙齿的外国军人在中国领土上蹦跳，他的装备是手中用作拐棍的枯枝和背后快要瘪了的糌粑袋。

时代不同了，而初心不能变，巡逻的装备要适当添置。别误会，我们说的装备是巡逻途中的必需品,有狼子野心的人才会舞枪弄炮。

先要解决的是鞋子问题。千里之行，始于足下。我们的巡逻路线有七十七点九公里。只看数字，说明不了问题。如是高速公路，半个多小时车程；如是一般公路，徒步一天走完没有问题。而这里的路没有可比性，它是西藏东南部特有的路，由喜马拉雅山的皮肤褶皱而成。达娃说，要穿高帮鞋。

在此之前，我不知高帮鞋为何物。顾名思义，鞋帮高些，可以走泥路蹚浅水踩乱石。妻同样不懂什么是高帮鞋，央求好友高大姐相助。

鞋子买好了，却无法送到玉麦乡。在拉萨司空见惯的快递，在这里却行不通。为难之际，正碰上副乡长尚林佳要去拉萨学习，问我是否需要捎东西。真是机缘巧合，求之不得。经过翻山越岭，妻买的高帮鞋终于来到玉麦乡。

巡逻途中，休息至关重要，睡袋是必备之物。我多年前即知这个东西，没使用过。达娃开始答应为我借，后来他的姑父尼玛次仁从拉萨赶来参加巡逻队，我让其一并购买。

向世宁好似半路上杀出来的程咬金，一个几天前只身探访玉麦的山外来客，听说乡政府组织巡逻，和我一样坚决要求参加。

他的经历奇特。他是四川巴中人，爷爷是老红军，父亲参加过抗美援朝，他十六岁高中毕业参军到新疆戍边。1995年，他受组织委派援助西藏，单位是西藏青年报社。恰在此时，上级组织抽调他去参加中国'99昆明世界园艺博览会的筹备以及其他工作。二十多年过去，他没到过西藏。在退休之前，五十六岁的他向组织请求复工，完成当年援助西藏三年的工作任务。2018年7月29日，他去西藏自治区党委宣传部报到，待岗。在此期间，他自驾闯到玉麦。

向世宁在新疆、云南等边疆民族地区待的时间较长，来到西藏，乃是人生第一次。在玉麦乡巡逻，对他是多么有诱惑力的事情呀！换个角度说，作为曾经的军人，要到可以到的最远地方，体验与收获都是无与伦比的。

巡逻的必需品有了着落。达娃问我和向世宁的身体状况如何。我明白，自己的身体状况欠佳，勉强算得上一般。为了打消他的顾虑，我说决不拖大家后腿，保证不影响行程。向世宁说自己是老兵，没有克服不了的困难。

他甚至为我担心。我生于平原，长于平原，他是大巴山之子。与我相比，在登山方面，他有天然优势。我心中既有底也没底。所谓有底，我的一辈子可能只有这样一次在喜马拉雅山中巡逻的机会，长距离徒步，开始吃力，慢慢地能赶上他们。所谓没底，除了我和向世宁，其他都是当地人，这里是他们的生活环境，在登山技能上，我没资格与他们比。

达娃说，这次巡逻与以前不同。以前巡逻队多由村民组成，他们登山如履平地，野外生存能力较强。这次队员除了白玛坚才是村民，主体是乡政府工作人员。与村民相比，他们登山与野外生存技能均略逊一筹。

吃的东西，我与向世宁不用操心。达娃准备了午餐肉罐头和压缩干粮等食品。行进时大家分开带，共餐时大家扎堆吃。

几乎天天下雨，雨具必不可少。我打算带伞，虽然知道走到一定程度伞是累赘。向世宁去商店买雨衣，已脱销。

达娃说，找块塑料布，往身上一披，既实用又透气。

我和向世宁一起去建筑工地，跟施工人员商量要些塑料布。一位施工人员往旁边地上一指说，那都是，需要多少随便剪。我和向世宁一边道谢一边动起手来，雨具就这样轻而易举落实了。

一切准备就绪，就等待出发时刻的到来。

出　发

按照约定时间，8 月 30 日早晨，我和向世宁准时来到乡政府。

如约而至的，还有毛毛雨。驻村工作队队长布琼匆匆忙忙去卓玛拉宗家买饼子。

十多分钟后，他提着两大袋和两小袋回来。他对着我和向世宁说：“这两小袋饼子是卓玛拉宗为你俩准备路上吃的。她还问你俩有没有睡袋和背包。如果需要，她可以提供。我告诉她，你们已经买了，请她放心。”

向世宁感动得连说谢谢。我明白，卓玛拉宗提供的是白玛次旺的睡袋和背包，他是乡联防员，经常与大伙一起巡逻，这次因事外出，没能同去。

公路施工方要爆破，前一天罗布占堆等人把乡政府的皮卡车和天然饮用水厂施工负责人杨运洪的车子开到夏季牧场，以避开乱石阻路的地方。

中交公司安排两辆车子送我们上山。

我以为送到牧场附近，谁知不到两公里停下来。原来，公路施工方分段爆破，已到最近的一个爆破点。我们看到前面拦路的石堆，只好下车。

雨没完没了地下着。我和向世宁披上塑料布，管用。顿珠打的是带柄雨伞，既可挡雨，又可作拐杖用。其他人的衣服虽有防雨功能，都淋得一塌糊涂。

我们小心翼翼地从石阵中穿过。在全体队员中，我的背包最轻，负重约三十斤。开始背在身上，没觉得太重。走一段距离，爬坡、泥泞、淋雨、负重，每一样都够恼火的，四者集于一身，情形可想而知。想起“天将降大任于斯人也，必先劳其筋骨，饿其体肤，苦其心志”，心中稍安。又一想，年近半百无出息，以后能有什么出息？虽有大器晚成之说，如今时代迥异，这样的人几乎绝迹。别想那么多了，牢记深入生活之心，继续往前走吧。

巡逻队员爬坡。（向世宁 摄）

为了少走弯路，我们爬上一个陡坡。向世宁被景色与惊险所震撼，用相机和手机交替拍摄。同行者告诉他，还没到巡逻起点机甲寺，快些赶路，风景与惊险在后面等着呢。

在带不带相机问题上，达娃说，太重，抵得上一个人的口粮，用手机拍摄就足够用了。在向世宁没到来之前，我暗下决心，背相机。我本无拍摄技能，与手机相比，相机效果好些。向世宁坚持带相机，对他来说，相机好似战士手中的枪，犹如执法记录仪。在带不带长镜头方面犹豫不决。我思前想后，支持他带长镜头，由我背着。原因是，他拍摄专业，我不用带相机，用长镜头捕捉到的画面更远更佳。他表示，无论什么图片，都可与我资源共享。

来到牧场仁增晋美家，知道央宗去山南市看牙病。我们在这里算是吃午餐，我和达娃等人吃糌粑，向世宁和几个年轻人一起吃方便面。

我们的车从曲玉公路二标段开进由国基建设集团施工的一标段。路基有好转，我们欣喜若狂。谁知路没过半，国基建设集团也在爆破，我们只好在车中等待。

等到国基建设集团的车来接，我们再次从石堆上跨过。因为彼此相熟，达娃与司机交谈起来。

达娃讲了识别熊胆的方法。用一根针刺破熊胆，放在温水中。沾在针上的胆汁如果像烟一样直直地往上扩散，证明熊胆为真。他的生活经验丰富，识别贝母的方法简单易行。伸出左手，虎口摆平，把贝母放在上面，如果直立不倒，是真的；如果立不住，则为假。

司机是山西人，他讲了在曲玉公路一标段施工遇到的难处。有些施工人员修护坡墙，工程干一半，放弃工钱，要上路费就走。为什么？这里阴雨天太多，一些人受不了，给多少钱都不愿意干。在我看来，无论从路况还是天气来说，一标段都比二标段好些。由于赶工期，白天黑夜不停歇的雨让施工者望天兴叹。进入九月份天气会好转，但工期不等天呀。

车到扎日乡曲桑村，在路边藏餐馆见到等着搭车的央宗。尼玛次仁和群倍带着我和向世宁的装备在此等候。

傍晚，我们一行十一人来到机甲寺。这是个知名的地方，我们巡逻的起点在这里，转山人也从这里出发。

达娃与寺中喇嘛相识多年。此行的十一人中，只有达娃、白玛坚才和顿珠来过这里。看着焕然一新的机甲寺，喇嘛热情地开门引领我们到里面参观。

出了机甲寺，在喇嘛住处二楼上有一个佛堂。他用藏语向大家解说。

喇嘛双手捧起供奉在佛像前的一块奇形怪状的黑石，详细说明它的来历与作用。话毕，他用黑石在众人头上摩擦一下。

机甲寺（向世宁 摄）

我多次见过这种仪式，有祈福之意。每逢这种场合，我都把机会让给他人。

喇嘛为众人祈福的执着行为让我感动，他不愿遗漏在场的任何人。我勉强伸过头配合他用石头蹭一下。

黑石的功能发挥后，喇嘛接着捧起一块大象的颚骨，如法炮制。我不再谦让，和众人一样，让他用大象颚骨在头上触碰。

我向来尊重宗教，但对它的仪式敬而远之。这次在机甲寺遇到的喇嘛，办事认真，连我这个凡夫俗子也享受到祈福。我不信佛，仍愿佛祖保佑我在巡逻途中不迷失方向，不出意外。这与信仰无关，只是一种心情。当年，毛泽东在进京途中，遇一高僧。高僧请他抽签，他抽过之后，笑而不问结果，结果已在他心中。他离开西柏坡与广大共产党人一起创建中华人民共和国已成定局。我参与的这次巡逻同样如此。喇嘛祈福意在佑我中华，期盼喜马拉雅山两侧的中国领土能够早日融为一体。

晚饭是古突，藏语意为“面疙瘩”。寒风冷雨中，围火炉而坐，喝着这种用牛骨头汤熬制而成的面疙瘩，浑身热乎乎的。

晚上住在寺庙的简易旅馆里。我和向世宁想着交费，便问同行人。他们说，这个旅馆不收费，靠信众的供奉来经营。

这是我人生第一次住过的免费旅馆。

跌　跤

早上六点，大家匆忙起床，简单吃些食品，冒着小雨打着电筒钻进达瓜西热山中的原始森林。

天亮了，向世宁移步换景，每一处都让他迷醉，都需用相机记录下来。我相信他的拍摄技术。他在新疆当兵时学会拍照，后师从侯波和徐肖冰夫妇。侯波是毛泽东的专职摄影师，徐肖冰是延安时期走出来的抗日战地记者。

六天的行程，我们刚刚开始。照我和向世宁的速度，肯定不行。我提示他，尽量少拍，赶路为主，无限风光在前头。

他对我说，参加这次巡逻不容易，恐怕一生只能体验这一次，不走回头路，如果不用影像记录下来，太可惜，也缺少说服力。

我何尝不想让他多拍？以后说不定还能用上他的图片。他更是雄心壮志，想把联合国教科文组织的一个项目“人类的记忆”在西藏落地。是呀，用影像印证藏南地区是中国固有领土，正是人类的记忆。

照这样一路走一路拍，六天的路程恐怕要延长到十天。这是不现实的。

中午扎堆吃饭时，达娃发话了。他对我和向世宁说：“你们这个速度会拖垮整个队伍。如果还这样走，你们到第一个山口就返回。车子仍在机甲寺，你们开回去就行。”

我和向世宁均表示要将巡逻进行到底。

达娃说：“精神可贵，毅力可嘉。但我们今晚无论如何都到不了预定住宿地，只好就地住宿了。”

我和向世宁都为影响整体行程感到内疚。向世宁表示，无论如何都会坚持走下去。达娃告诉他，到晚上十一点，也不能走到目的地。

附近有一废弃铁皮屋，达娃决定住在里面。

门锁着。布琼在附近找钥匙。罗布占堆从裤兜里掏出一串钥匙，逐个实验。忽听啪的一声，锁居然开了。众人欣喜若狂，竞相伸头察看。待看清后，大失所望。房子的空间尚可，上部挂满大小不一的被子，地上堆满杂物。别说睡觉，连下脚的空隙都难找到。

达娃略一沉思，他让向世宁、尼玛次仁和我先走，他们扯些房里的塑料布留作晚上住宿用。

河谷浅水中出现一对黄鸭，一只站在石头上故作沉思状，一只在旁边扑棱着翅膀作表演状。尼玛次仁说，黄鸭会像鸳鸯一样成对出现。

向世宁让我掏长镜头。我半真半假地说，不掏，西藏黄鸭有的是，等见了野羚牛，肯定要用长镜头抓拍。

我虽然这么说，还是掏了出来。

上上下下，一直沿河谷而行。

一个多小时后，出现了十多只岩羊。我和尼玛次仁在前面走，向世宁在后面跟。我俩不用担心他，他的后面还有扛塑料布的人。

我以为岩羊见到人会跑，事实上，它们无视我俩的出现，照样走走停停低头吃草。尼玛次仁咩咩叫逗引它们。它们似乎知道是玩乐，几只岩羊抬头望望，随即俯首甘为青草忙。

尼玛次仁说，以前由于偷猎，很少有人在这个地方见到岩羊。这些年来，政府保护力度加大，岩羊改变了对人的看法，知道我们不会加害它们，才那样逍遥自在。

一对黄鸭水中戏。（向世宁 摄）

逍遥自在的岩羊（向世宁 **摄**）

又走了好长时间，远方的经幡告诉我们，快到山口了。山口右侧，排列着一组锯齿状的山峰。

尼玛次仁说，那是二十一度母峰。以前，藏传佛教信徒总是祈求来世圆满；如今，信徒正在享受今生幸福。要说来世，是为子孙后代祈福。

我站住仔细数那一组山峰的个数，比较明显的有二十一个，还有不太明显的小峰夹在其中。我明白，山峰是自然界的山峰，藏传佛教信徒把度母的个数附于其上。犹如转山，藏传佛教信徒和苯教信徒都在转，前者按顺时针方向转，后者按逆时针方向转。无所谓谁对谁错，是信仰与认识不同使然。

翻过山口，云雾缭绕，凉风袭面，细雨重来。

走了不知多长时间，罗布占堆赶上来。现在变成他俩在前面走，我在后面跟。道路是唯一的，崎岖蜿蜒有痕迹可循，只是走得快慢不同而已。

正庆幸一路走来无歧路，前面偏偏出现岔道。岔路口竖着一块牌子，上面写着“此去转山路”五个字，方向对着上面的路。看痕迹，下面的路走的人多些，尼玛次仁和罗布占堆毫不迟疑地沿着上面那条路走去。落在后面一百多米的我看到人证物证俱在，跟着走过去。

我们的巡逻路线与藏传佛教信徒的转山路线大体重合，性质不同。巡逻是守护国土的一种方式，转山是藏传佛教的一种习俗。

云雾越来越浓，能见度越来越低，五分钟后，尼玛次仁与罗布占堆走出我的视野。

莫愁前路无知己，羊肠小道通古今。乱石越来越多，泥土消失殆尽。在淮北平原，石头贵得论斤卖，真是家乡无石、脚下无土。

面对歧路的作者（向世宁 摄）

让我紧张的是，原先尚可辨认的痕迹在乱石中无处可寻。

往前胡乱走一阵，觉得不对头，决定止步。路错了？如果前方无路，尼玛次仁和罗布占堆该返回来呀。

我驻足良久，环顾四周，进行判断。右侧是深谷，震耳的涛声告诉我，下去即被波浪卷走。前方是山峰和峭壁，看似无路可通。怎么办？我想起后面有更多的人，便向左前方稍高的乱石堆上攀爬，以便及时看到过来的人。

在荒山野岭中，求生本能促使我吼叫。半小时左右，我听到回应，出现两个模糊身影。仔细辨认，是顿珠和满川。他俩遇到和我一样的情形，迷路了。好在俩人作伴，精神上有依靠，心理上没有恐惧感。我奇怪，顿珠是第二次参加巡逻，应该熟悉这段路，为什么也会迷路？后来达娃说，一是路标被风吹转方向，二是苯教信徒也在垒玛尼石。对藏传佛教信徒来说，垒玛尼石，既是信仰的体现又可将其作路标。苯教信徒按逆时针方向转山，对不了解宗教仪轨的人而言，他们垒的玛尼石反倒成了迷魂阵。

我看到他们俩，顿感有救。

兴奋的我跌跌撞撞往下爬。周围乱石林立，举步维艰，如做到心平气和，手脚并用，可以安全通过。此时的我没有克制住自己，手忙脚乱，一个趔趄，向前扑去。前方一块巨石静悄悄等候我的到来。本能使我丢掉拄的木棍，手伸到面前遮挡。

没有疼痛，只有动感。我的面部贴在石头上。我意识到牙会掉，至于掉多少来不及思量。牙齿是比较坚硬的，但和喜马拉雅山的石头相比，差远了。

我把头抬离石面，用手摸牙齿，有一颗松动，旁边的牙有豁口。把手缩回来，指头全是血，原来下嘴唇给磕破了，但仍然感觉不到疼痛。

顿珠在下面喊着，让我慢慢过去。我高声应答，让他们等着我。快到跟前，我说牙掉了半个，没人相信。我的神态和平常开玩笑的口吻，让人认为我仍在开玩笑。

满川指着下边说，往下走二三十米有小路通过。顿珠指着来时的方向让我返回。向世宁坐在不远处的石头上，等待大家弄清路再走。

一会儿，达娃从另一条路走过去。和他一起的人根本没过来，避免了闹剧与危险。

生　火

天是湿的，地是湿的，喜马拉雅山是湿的。

巡逻途中，生火成为每天必做的大事。

成年男子出门要带藏刀。有时见扎西曲杰胸前斜挎把藏刀，白玛坚才上山也是如此。当时想，一拃长的小型藏刀是生活用具，一尺多长甚至更长的藏刀有什么用？可能仅用于装饰吧。扎西曲杰走在大路上，是一位普通老人，如果胸前挎把藏刀，就是老牧民形象。大家见到的白玛坚才，山区平凡一男子，如果藏刀往胸前一挎，就生出喜马拉雅山男子的彪悍来。

徒步几次深山后，发现藏刀不仅有装饰作用，还发挥实际功用。小路上树枝挡道，藏刀一挥，瞬间通畅；枯树横在路面，用藏刀砍几下，跨越的人不会打滑；如遇到特殊情况，藏刀成为护身器具。

巡逻途中，藏刀的用途是砍柴。

我们生火的地方，海拔有四千米左右。这一高度，多是杜鹃丛生区域。盘根错节的杜鹃，由于天气原因，很难开出花来，却是高原生火的好材料。

每次快到住宿地的时候，罗布占堆和顿珠都会冲到前头。开始不明白他们为什么突然加快脚步,后来才知道他们是去做准备工作。

杜鹃是野外生存者的最爱。巡逻队员砍柴有选择性。他们挑那些枯死的杜鹃砍伐。我曾试过这些灌木的韧性与硬度。在攀爬中，如能找到哪怕小指头粗的杜鹃枝，都能省却许多力气，还有较高的安全性。以我的能耐，用刀砍枯枝，会震疼虎口，收效甚微。

罗布占堆和布琼等人，瞅准枯杜鹃的根部，扬起藏刀，啪啪啪连续几下，枝条便与地面分离。修理砍掉的灌木，是一种享受，藏刀的作用发挥得淋漓尽致。把杜鹃枝条剁成长度相当的小段，用哈达扎成一捆，往肩上一背，砍柴这一步骤大功告成。

我多次见过他们的劳动场景，想参加，但又感到心有余而力不足。准确地说，在巡逻途中，我没砍过柴，也没背过柴。连把自己身子驮起来都吃力的人，根本没能力做这些活。

生火不是容易的事。柴火是湿的，不能直接点燃。罗布占堆拿起用饮料瓶装的柴油，往柴火上洒。布琼用打火机点燃，轰的一声，火苗蹿起好高。柴火的湿表里如一，往往是柴油燃尽，尚未生起火来。旁边的白玛坚才手里拿着一支燃着的蜡烛，把上次未燃尽的碎枝小棒拢在一起，轻轻点着，然后鼓起腮帮慢慢吹。

柴油的量有限，不能一次性用完，要想着全程。两边都有人用嘴吹火，火苗时起时灭，柴火时红时暗。

看着火堆旁的人被烟熏得流泪，坐在不远处的达娃动起脑子。他抽出藏刀，削去废弃饮料瓶的底部，把一个塑料袋捆扎在上面，然后把瓶嘴对着火堆，快速攥握，喷出一股气流。这样，人的嘴不必接近火堆，用这个简易的鼓风机取而代之。

受达娃启发，罗布占堆把取水用的折叠式塑料桶拿来，像拉手风琴一样当作鼓风机用，功效明显提高。

每次生火，都是一次考验，考验生火者的耐性，考验他经受烟熏的程度。

每天天不亮，白玛坚才悄悄起来，用嘴咬着小电筒，手持蜡烛生火。早上的柴火比前一天晚上的容易点燃。前一天晚上用的是湿柴火，次日早上大部分柴火被烤干。当然，也有不利情形，前天晚上烧起来后，火堆上方挂满湿衣服，旁边放一圈湿透的鞋子和袜子。早起生火，要先把脏鞋臭袜移开。

即使这种情形，也让人感到欣慰。有的住宿地周围只有草甸，没有杜鹃丛。那时特别想念杜鹃，就是因为它的柴火功能。放心，住宿地所选之处是有所考虑的，不远处必有一丛丛杜鹃存在。

说是不远，也要走五六百米。在海拔四千多米的地方，背着一捆湿柴火行走，天上飘着雨，挺费劲。

有一次，罗布占堆扛来一根两米多长直径三四十厘米的朽木。放下后，他扬起藏刀，对着中间呼哧呼哧猛砍一阵。碎屑乱飞，没断为两截。几人把木头搭在墙上。顿珠搬起一块四五十斤重的石头，向着朽木中间砸去。大木头动动身子，裂开两条缝。多吉次仁重新搬起那块石头，朝着同一地方使劲砸。只听吧嗒一声响，朽木一折为二。

先把朽木放在旁边烘，吃完饭后放在上面烤。尼玛次仁从没见过这种烤火架势，一连几声感叹，用这么粗的木头烧火，住在拉萨的，没几人享受过。

离开住宿地前，巡逻队员把卫生打扫干净。特别是生火的地方，达娃叮嘱，有些木头没烧尽，周围不要连着杂物。巡逻队员尽可能把蜡烛留下，方便后来者使用。

中午有两种情形，一种是各自为战，吃自带的干粮；一种是用高山炉生火，扎堆共餐。

野外生存，对火的感受颇深。它让瑟瑟发抖的我渐生暖意，让一喝生水就拉肚子的我喝上了热茶，让在石屋里睡觉的我不再寒冷。温馨的是，每天晚上的一堆火，让巡逻队员围坐在一起谈天说地。

吃饭

人是铁，饭是钢，一顿不吃饿得慌。以前当儿歌唱，在巡逻途中才真正体会到。

到机甲寺的当天晚上，大家重新整理行囊，吃的东西一大堆，有人认为巡逻结束也吃不完，但想到十一个人要吃六天饭，又觉得必须带这么多才有保障。

达娃强调，每个人都要带一盒午餐肉罐头和一盒压缩干粮。午餐肉罐头大家共餐时分吃，压缩干粮在遇到特殊情况时可以充饥。每人两盒米饭，它既重又占空间，头两天把它吃完。

次日早上，背包上身，达娃问我背得重不重。我笑着说：“背得动。到时走不动，我可以求助。”

他笑着说：“你走不动，其他人也都差不多了。别说求助，投诉也没用。”

8月31日，巡逻开始，我和向世宁属于第三梯队，走得不快，也累得不轻。将近十一点，来到一块巨石前。有一片晾晒的树枝，尽管湿湿的，还能凑合着烧。

生火烧水。（向世宁 摄）

达娃说，今天中午有柴烧，以后几天中午就无柴可烧了。这是巡逻途中的第一顿，在这里吃顿热乎饭。

费了好大劲，才把火生起来。

对我来说，有了热水，便犹如有了一切。我的肠胃是无法与向世宁的相比的。他把冷水当饮料，可以一杯接着一杯喝；我视生水如泻药，喝上几口准拉肚子。群倍提着壶为大家一一倒上开水。我把缸子递过去，示意他多倒些。出发以来，我只喝了一口矿泉水，感觉冰凉，在嘴里焐了一大会才咽下去。

这里的海拔为四千二百七十九米。水是沸腾的，虽然烫嘴，但离一百摄氏度还差得远。喝热水，是对我这类人而言的，多数人渴了，捧口溪水就喝。这是纯净的矿泉水，瓶装水的质量反而没有这种在山间流淌的水可靠。

每人一份自助米饭，盒底有袋石灰粉，加些水就能把米饭烫热。

布琼手里拿着胶皮袋，里面倒进糌粑、酥油和清茶，开始揉搓。只有两三分钟时间，他把手伸进袋中，抓起一把，一攥，一个糌粑团就躺在手心了。旁边的人接过来，像吃烤熟的小红薯一样津津有味地吃起来。

在玉麦期间，每天早上，我都与糌粑为伴。带上糌粑去巡逻，是简单而实惠的充饥物。出发的时候，多吉次仁双手交叉抱着一袋糌粑，真够辛苦的。现在，一大袋分作几小袋，三四人均摊，好多了。

晚上，住的条件不怎么样，却有个钢筋锅。无论到哪里，白玛坚才都是一直背着烧水壶，烧水不成问题。能不能做成饭，要看运气。实际上，有锅也是用来烧水。背的都是成品，无饭可做。

晚饭后，罗布占堆宣布煮稀饭。有人说，巧妇难为无米之炊，没有米怎么煮稀饭？罗布占堆说，带的盒饭里都是米。

我已吃饱喝足，没在意，也没当真。

第二天早起，众人吃完饭整理行囊。快要出发时，罗布占堆感慨："昨晚煮的稀饭这么多，现在热好了没人喝。"

这对我却是个诱惑，大声说："我喝！"

顿珠端起锅往缸子里倒。我端着满满一缸子稀饭急促地喝着。有些烫，不是几口就能解决的。尼玛次仁背起包拄着棍走出石屋。我知道自己走得慢，不想拖大家后腿，又贪恋稀饭。我清楚，在巡逻途中能喝上稀饭的几率太小了。稀饭熬得粘稠，里面有肉，喝到肚里舒服耐饿。

终于把稀饭喝完，石屋前只剩我一人。

后来证明我的贪嘴是正确的。十一人的队伍走得分散开来，我的前面有一拨人，后面有一拨人。大部分时间，我都是独自行走。

在一片荒野中，我打开手机一看，中午一点，该吃午饭了。

幸好有溪水。我把盒饭取出来，加水让它使劲烫。第一盒米饭因经验不足没热透。这次我把八至十分钟延长到二十分钟，用缸子舀些水放在上面压着。结果一举两得，我吃上热乎乎的米饭，也喝上了温水。

天没黑，大家来到住宿地。罗布占堆用刀割着干牛肉，不慌不忙地切成小块。开始以为他就这样吃下去，后来才知道是要煮糌粑粥。

熊熊烈火烧起来，湿透的鞋子烘起来，锅里的糌粑粥咕嘟咕嘟响起来。

大家都说多煮会。酥油、糌粑、干牛肉，三者组合是什么味道？饥肠辘辘的人早被弥漫在空气中的香味馋着了。

迫不及待的我终于等到了开饭时刻。我的缸子倒得满满的，连端锅分饭的人都感到惊诧。他往缸子里倒饭的时候，我不说停，也不往回缩缸子，直到倒满为止。我在饭上的贪婪，众所周知。我往往拿出死猪不怕开水烫的姿态，甘为“饭袋”。

四千多米的海拔高度，饭还烫人。常言说“心急吃不了热豆腐”，我是心急喝不得糌粑粥。幸亏带来了一根筷子，我用它搅拌散热，还可把牛肉拨拉到嘴里。

再看众人模样。有用小勺一口一口舀着喝的，有用细枝当作筷子用的。在这种场合，无所谓卫生不卫生。全程只见有人洗脸，没见有人刷牙。能找到一根细枝当筷子，就已算幸运了。

9月2日的晚饭，是在一个叫颇章的地方吃的。说是居民点，却无人居住。我想，这可能和玉碓类似，只是牧民偶尔来季节性居住吧。

向世宁从背包里掏出午餐肉罐头，让我开。我抽出罗布占堆面前的藏刀，胡乱地在罐头盒上戳两下。达娃看到，说：“那把刀不能开罐头。你就是把它戳成筛子，也倒不出午餐肉。拿过来，让白玛坚才给你打开。”

我连表歉意。罗布占堆拿着刀，看看刀尖，没说什么。

一会儿，罐头原路传回来。向世宁接过罐头，让我吃。我怕吃了闹肚子，不敢吃。他吃了半盒，把另一半盖好放在旁边，说第二天早上正好可以吃完。但由于体力不支，第二天，向世宁为了不拖巡逻队伍的后腿，请达娃给他指条近道独自返回乡政府。糟糕的是，他半途迷了路，在原始森林中待了三天两个晚上。我9月5日傍晚到乡政府的时候，居然没见到他。

最终找到了他，幸好他毫发无损。

巡逻途中的最后一顿午餐，是在灿烂阳光下进行的。

说是午餐，已到下午三点半了。多吉次仁掏出最后一盒米饭。达娃说：“这盒米饭给大山吃吧。内地来的同志，能走完这条巡逻路的人是凤毛麟角。这说明，大山是个有目标的人。”

我们从石屋里拽出两大块塑料布，铺上脏被子，吃着牛肉干。以前我吃牛肉干，嚼得费劲，而这次吃牛肉干，觉得很好咬，尽管门牙被磕掉一块。

住 宿

巡逻途中的住宿条件，和以前相比有所改善，但仍很简陋。

在机甲寺旅馆住的那天晚上，感觉被子脏兮兮的，有人索性把睡袋打开，钻进去。经历巡逻全程才知道，能睡在那样的旅馆，已是超级享受了。

我和向世宁的速度太慢，无论如何也赶不到预定住宿地，只能整体改变计划，下榻一个条件差些的地方。

8月31日傍晚，我和向世宁累得走一步路喘两口气。老天不慌不忙往人间倾倒着琼浆玉液。我的塑料布不知去向，向世宁也懒得从背包里掏出塑料布。我们的衣服直往下滴水，走起来冒汗，停下来发抖。

前方出现一个小屋，我俩内心立刻有了希望，浑身来了劲。看到满川撑着一把伞迎接白玛坚才，便知当晚住宿地就在此屋。

此屋确实简陋，简到有多处地方漏雨的地步。按照正常行走速度，此处应该很少有人住宿，而中午来到这里烧水歇脚倒是个好地方。主屋侧屋连在一起。主屋的一角有三四片彩钢瓦耷拉着。整体看来，与其说是屋，不如说是一圈围墙。侧屋相对好些，是生火睡觉的地方。

空间太小，难以容纳十一人睡觉，我们就把带来的塑料布接在上部搭好。

借鉴动物界规律，我和向世宁、尼玛次仁年龄大的睡在里面，年轻力壮的睡在外边。

该到满川铺睡袋了。他是特警，自愿睡在外围。确实是外围，门口往里潲雨，上面塑料布往下滴水。漫漫长夜，这不是办法。他甚至想到一墙之隔露天主屋里去睡。他开始整理有彩钢瓦遮挡的一角。达娃等人劝他回来。那里丝毫不能遮风避雨，偏屋里毕竟有堆火，温度会高些。

睡在门边的几个年轻人，重新整理塑料布，勉强挤下睡倒。

石屋外貌（向世宁　摄）

我在里面，防潮垫紧挨着石墙，脚蹬的是石墙，睡袋里挺暖和。

一路上住宿之地都是这种由石块石片垒成的石屋。墙体较厚，雨进不来。白天，在屋里透过石头缝隙，能看到外面斑驳的世界。罗布占堆的背包简直是个万宝囊，有高山炉，还有一个带着蓄电池的大灯。在漆黑的旷野中，小屋里显得通亮。如有夜行人，在很远的地方也能看到这个光芒四射的小屋。

灭灯睡觉，很快就有人打起了呼噜。

我心很乱，难以入眠。

明天如果还这样下去，我和向世宁可能会被淘汰出队伍。这千载难逢的巡逻机会，我已经抓住。怎样深入生活？与乡政府工作人员同吃同住同巡逻，我是有深切感受的。我来玉麦这么长时间，仍念想着单位。天天在同一平台的同事，一一跃入脑海。在单位时没感觉到什么，离开单位又胡思乱想。家人，拉萨的家人和内地的家人。孩子从内地来拉萨度暑假。上次见到她还是去年底，如今她在拉萨，我却不能回去。内地的家人听说我去人少得可怜的玉麦村，一直为我担心。我告诉家人不必担心，只有平安返回才有说服力。不是吗？巡逻路上第一天，我的门牙就磕掉一块，另一颗牙齿也松动了。还有同室共卧的这帮兄弟，都不容易，把我安排在好位置，一路上照顾我。

我有起夜习惯。我想憋着，但越憋越有紧迫感。我打着手机电筒，找不到出路。跨过兄弟们的一个个脑袋，感觉不礼貌，被跨的人也不舒服。从他们的腿部穿越，睡袋一个挨着一个，踩到哪一位都不妥。正在为难之际，仍未进入梦乡的达娃抬起头，让我从腿部跨过去。

这一问一答灯光一照，大部分人都醒了。他们扭动着睡袋，看起来挺可爱。

睡袋中暖乎乎的，出了睡袋直打哆嗦，往外面一站，冻得快要跳起来了。

无人区的夜色什么样，我无暇欣赏，寒冷又把我驱回睡袋。

我注意到，十一人中，只有我一人起夜，其他人都是一觉睡到起床。以后住宿的石屋都比这个地方好些，我主动要求睡在外边。自己方便，也给他人方便，何乐而不为？

9月3日上午，向世宁独闯原始森林奔向乡政府。傍晚，我们一行十人下榻石屋。大家取下挂在铁条上的被子。每个石屋里都有这样的被子或毛毯。之前，玉麦乡政府争取资金八十万元组织人员建了这些石屋，便于巡逻人员住宿，转山人也可以住。自带被子的人你放一条，他放一条，慢慢地，每个石屋里都有很多条。这真是减轻自己负重，方便他人休息。

罗布占堆等人砍来柴火，其中有一段粗大朽木，燃起火，烧起水。有人发现一个鼓风机，兴奋地摇起来。

夜幕降临，我们正要铺床，从外面进来五个转山人。他们一进门就认出达娃。达娃在三安曲林乡做过三年副书记，这五位都是那里的人。他们没有坐享其成，而是取出藏刀，砍柴去了。半小时左右，火堆旁又摞起几捆柴火。

村民遇到年轻的老领导，有说不完的话。达娃健谈，村民热情，围着熊熊烈火，谈起两地的变化。

常言说，为官一任，造福一方。达娃在三安曲林乡任副书记期间，有没有为老百姓造福，或者造了什么福，我不知道。我看到的

巡逻队员在四处透风的石屋里谈天说地。（向世宁 摄）

是，他与这五人相遇，彼此是一见如故的老朋友。这已说明问题。

谈兴正浓，门口有人影晃动，三个身披塑料布的人相继入内。

不是石屋太小，实在是人员太多。三个人只能站在门内。达娃招呼大家腾出些空，他们勉强就地而坐。他们是扎日乡曲桑村人。在这个石屋里，没有先来后到，有的是同围一堆火取暖、喝茶、聊天。

该睡觉了，不到三十平方米的石屋，要睡十八个成年人，火堆还占了一片地方。巡逻队员挤了又挤。满川用的是双人防潮垫，为节约空间，我与他共用一垫。

次日早上五点，三安曲林乡的五个人起来生火，他们睡的时间不足五小时。

作者在石屋里写日记。（向世宁 摄）

我旁边是曲桑村的三个哥们。幸亏他们带了被子，这么多人同睡一屋，不自备一些物品还真不行。

巡逻路上的最后一晚，石屋着实宽敞。不是石屋变大，而是只有五人住宿。这一站像第一站一样，多数人中午在此小憩，稍后又接着走，当天到达玉麦出口，可以享受到三五十元一晚的家庭旅馆。

达娃的鞋子不合脚，走起来吃力。我和布琼走得筋疲力尽。多吉次仁和群倍没有多大变化。下午三点半赶到这个地方，大家决定住下，正中我下怀。但如果他们接着走，我也会毫不含糊地答应。我是这样的人，在可能情况下，会与大家保持步调一致。

罗布占堆等人走到这里，稍微休息了一下，给我们烧了壶清茶，留下一些食物，做个记号，继续前行。他们当晚八点半赶回乡政府。幸亏他们提前到达，才知道向世宁尚未回转，当即组织人上山寻找。

我们五人睡得很早，为的是次日早起赶路，以便轻轻松松赶回乡政府。

翻　山

在喜马拉雅山中巡逻，没有脚下功夫，是完不成任务的。

不是上山就是下山，途经十多个山口，不停地翻山，组成巡逻全过程。

从机甲寺出发，一头钻进达瓜西热山。

这是我第三次行走在原始森林中。第一次徒步墨脱县背崩乡江新村，第二次在错那县勒布沟的野狼谷中穿行。这一次与前两次的性质不同。前两次算背包游，这一次是参加隆子县玉麦乡政府组织的巡逻队，是在执行任务。

严肃的任务中也有诸多乐趣。

出发时天色未明，磕磕绊绊随众人前行。天色大亮，发现两头牛不即不离地跟随着我们。向世宁初来西藏，对不声不响的旅伴颇感兴趣。他停下来举起相机对着牛拍照，牛也停下来昂起头看看他。他走牛走，他停牛停。

不管扎日乡还是玉麦乡，这一带人家的牛都是散养。平时任由牛在山上撒欢，牧民偶尔去看一下。牛通人性，像鸡鸭鹅一样，一般不会跑出固定范围。这两头跟着我们的牛，正是这种情况，它们起个大早，是去山上牧场吃早餐的。

像陶渊明《桃花源记》所写，我们沿溪上行，忘路之远近。渔人忽逢桃花林，我们有高大的乔木和丛生的灌木相伴；渔人有桃花欣赏，我们有溪水奏乐。

8月31日上午，森林被抛到身后，溪流依然与我们相随。溪流的模样，让人驻足。到了一定高度，出现一片浅滩或一个小湖，以为溪流的源头在这里，但抬头仰望，发现这是一个高原平台，灌木丛中又一条溪流哗啦啦流下来。

踩着几块石头，摇摇晃晃涉水而过，这是常遇到的情形。多数人顺便在这里洗把脸，喝口清冽的溪水。

我明白笨鸟先飞的道理。每当他们驻足的时候，我都会悄悄从旁边过去，以匀速曲线运动赶超他们。

在这一处，我却走不动了。不是体力不支，而是景色留人。我站在溪水边，下方浅滩中的青草清晰可辨，上方是一丛丛杜鹃。让人赏心悦目的是，在五十米开外的杜鹃丛上有一处陡崖，从上面流下来的水在那儿成为瀑布，然后穿过杜鹃丛流到我脚下。更奇的是，不常见的太阳也露出笑脸，阳光从顶端的瀑布口打过来，其他地方

不即不离的旅伴（向世宁 摄）

都无阳光照射。我知道，这是云层的缘故。哗哗的流水，几丛杜鹃，一条瀑布，一道阳光，在眼前铺展开来，这是可遇不可求的妙境。

果然不出所料，十多分钟后，云层遮住阳光。我依依不舍地继续攀登，河谷中杜鹃丛下的流水永不停歇地唱着欢快的歌。

这样的翻山是一种享受。翻山的经过与人生旅途有相似之处，有成功也有挫折，有享受也有痛苦。

到第二个山口，站在五彩经幡之下，正为又到一个制高点而感到欣慰，往下一看，却顿时傻了眼。

当时想到的，是煤矿的矸石山，我站在山尖，要下去。罗布占堆和顿珠比以往小心了许多，没费多大劲就下去了。我有信心下去，但太陡了，只好臀部着地，歪歪斜斜往下移动。脚下潮湿的石沫有些打滑，后面的背包也在捣乱，不时地在山坡与身体之间蹭来蹭去。

总算下去了。罗布占堆与顿珠没走远，他们怕出意外，直到我下到安全处才舒了一口气。

罗布占堆告诉我下山的方法，与之前听到的不一样。拉萨居民告诉我，上下石阶脚要斜着走，既省力又可保护膝盖。向世宁告诉我同样的方法，脚斜着走，即使倒了，也倒在路上，不会翻向路边深谷中。罗布占堆告诉我，两脚对着前方，走路时略往上抬。这样即使倒了，往后一坐，也不会滚向路边的悬崖。

我无所适从。仔细观察罗布占堆，他昂首挺胸甩步走。他是十一人中唯一不用拐杖的巡逻队员。在坡度不大的地方，他有时抱着膀往前走。这哥们不是表演给我看吧？他负重不低于五十斤。想起来了，他的家和这里一样，都在喜马拉雅山中。

对他行走的方式，我只能羡慕，不敢盲从。遇到坡陡的地方，还是用老办法，斜着脚慢上慢下。速度就这样拉开了，当我费了半小时时间从陡坡下来，他却已在五百米开外了。

“我是一匹来自北方的狼，走在无垠的旷野中……”以前听到这歌声，觉得扯淡；如今一个人走在荒山野岭中，真有些狼咬着冷牙寂寞的感觉。

我三十六岁离开淮北平原，脑子里固有的是平原景色。现在一个人背着包走在海拔四千五百米的小路上，偶然听到一两声乌鸦叫，间有附近山上传来的滚石声音，虽然没有害怕，但心里仍然一哆嗦。前边有开路的罗布占堆等人，离我多远，不知道；后面有压阵的达娃等人，离我多远，也不知道。

一个人走路，我怯的是出现岔路口，或者小路莫名其妙地消失。

我吃过迷路的苦头。每到关键时候，总能出现同行的巡逻队员。

前面的一处陡坡由多块巨大岩石组成。让人恼火的是，这一带不是岔路，路的痕迹没有消失，而是五六条类似的小路近乎平行地通向前方。山口的经幡已能看到，眼前的石路让人不知道哪条是对的。顿珠以前来过这里，他四处张望，判断哪条路可靠。每条路边都堆有玛尼石，令不熟悉地形的人摸不着头脑。

不知道罗布占堆是从哪条小路上去的。他在山口附近歇息。

罗布占堆对顿珠比画着。顿珠爬过岩石，站在上方小路上，又对我比画着。我照着他的指点往上攀爬，终于找到正确的路。虽然正确，也是在巨石中穿行。

到了山口，往下一看，真是条条小路可上来。但是，付出的代价不同。相对说来，我们选择的小路是最佳的。

玉麦乡的巡逻路线不止一条。我们走的这一条和扎日转山路线大体相同，历时较长。另一条巡逻路线对着塔克新方向，可到曲木松多等地。当然，还有其他巡逻路线。

攀援而上。（向世宁 摄）

要翻巡逻路上的最后一座山了。由于时间充足，我们走走歇歇，没感到吃力。

当来到山口的时候，两边有所不同。回望来时的方向，起伏的山峦如巨幅国画《江山如此多娇》。往前看，玉麦沟扭动着身子过来。看不到玉麦村，所有人都知道，它坐落在丛林掩映着的河谷里。

攀　岩

攀岩，本是一项体育运动。在巡逻途中，有两处必须攀岩才能通过。

作为一项体育运动，攀岩者背后系着保险绳。我们在巡逻途中的攀岩，没有保险绳，还要背着一个大包。

9月3日中午，走到一处河谷边，罗布占堆示意在此停下来烧水吃饭。

为什么在此停留？取水方便是众所周知的理由。除此之外，还有什么说法？天正下着雨呀！

这里无柴可烧，只好用高山炉。罗布占堆和顿珠很快用石块垒成灶的形状，放稳高山炉，点燃。白玛坚才把一壶水往上一搁，等着水开。

雨淋湿衣服，水还没有烧开。两把雨伞只起部分作用，要护着炉子。大部分人任由风吹雨打。有人说，多亏向世宁抄近道回乡政府，否则他那身不防雨的衣服早湿透了，不冻病才怪呢。

我的上下牙打架，浑身哆嗦，没有好办法，只有扛着。冲锋衣早已淋湿，它只防几分钟的毛毛雨。我后悔把塑料布弄没了。现在想来，我和向世宁准备的塑料布用法不对，人家是在中间剪个洞往头上一套，身体前后都能顾到。我们往身上一披，在脖子下打个结。看来，我和他都缺少这方面的生活经验。踏上巡逻路后，我俩都没用塑料布，衣服每天都淋个透。

水壶终于冒烟了。有人往里放些茶叶、盐巴等物。这里烧的是清茶，巡逻路上没见过烧白开水的。仔细一想，清茶更好。路上出汗是常有的事，清茶解渴还能补充盐分。

开始倒清茶了。大家纷纷把餐具、小杯等容器伸过去。我捧着大半缸子清茶，哆哆嗦嗦地吃着饼干。有人递过来午餐肉罐头，我用一根筷子划拉来一块。此时连冻带饿，也来不及考虑会不会闹肚子。后来证明，在这种情况下，吃些午餐肉，能补充热能，增加力气。营养没有过剩，不会闹肚子。

午饭吃完，雨停了。达娃指着前方一处陡崖说："看到了吧？

马上要从那里爬上去。”

原来在此吃午饭是有计划的，既可以休息又能增加能量。寒冷已被清茶和午饭驱走。衣服全是湿的，由于好奇和激动，反而忘记了浑身不舒服。

十多分钟后来到跟前。真陡，接近九十度。陡峭的坡面上纵横交错地拴着几根铁条，两根粗绳自上而下垂着。达娃说，这两根粗绳是他拴上去的。之前，只有铁条。从抓握感觉和实用角度考量，粗绳比铁条好得多。现在两者并存，粗绳起关键作用，基本上用不到铁条。

有人问，铁条是谁拴的？在拴铁条之前，人们是怎么攀爬的？

达娃没有正面回答，他笑着说：“只有天知道。”

第一个往上爬的是达娃。他为大家作攀岩示范。

笨笨的我跃跃欲试。尼玛次仁担心地问：“你恐高吗？”

“不恐高。”我毫不迟疑地回答。

这面峭壁需要攀援十五米左右，如果摔下去，则要到八十米开外了。为什么这样说？我们从下面手脚并用攀登六七十米来到绳子下端。脚下所站之处不足半平方米，上面太陡，估计只有岩羊可在那里跳舞。攀岩者要是抓不住绳子，不可能掉在这块立足之处停止，只会弹一下再滚到八十多米远的底部，不死必伤。转山人如在途中出现意外，处理方式简单而神圣。简单的是，把尸体用石头堆起来即可；神圣的是，同行者认为佛祖已经收留他，念几句经完毕。真是该留的留下，要走的接着走。

罗布占堆爬到一半，脚蹬拳头大的石窝，左手抓住绳子，右手伸到半空做个姿势，让在下面等待攀登的顿珠给他拍照。

我在顿珠后面，紧挨着他。看到可以在峭壁上留影，和他商量让我先过去，并告诉他别忘了给我拍照。

我手抓粗绳，脚蹬石窝，不费劲地攀了两三米的距离。可能是因为太兴奋，石壁上有可踩之处，绳子的粗度正好，摩擦力挺大，虽然刚下过雨，攥着不滑。我看着附近的铁条，想抓，勒手。已爬上去的人看到了，高声喊着抓住绳子，不要抓铁条。我双手攥紧绳子，不敢松手，没忘记让顿珠给我拍照，侧身扭头，配合他的拍摄工作。接着往上爬，高高在上的达娃用手机连拍我的滑稽动作。

我对着达娃说，免费攀岩，真好。他大声说，你先爬上来，再说免费的事。这些提醒及时且必要。人高兴时容易做错事。什么叫一失足成千古恨？在这里，手抓不住，脚踩不稳，就可能追随佛祖而去。

爬到顶端，反而要小心。绳子到头，边沿站着先爬上去的人，一边叮嘱正在攀岩的人小心，一边嘻嘻哈哈地用手机拍照。我手舞足蹈地从旁边爬到平地上，站起来，想往下看，不敢重回边缘，怕好不容易爬上来再一头栽下去。

虽然攀岩前担心，爬上去后有些怕，但在整个过程中，由于工具得力，人多胆壮，感到的是兴奋与刺激。

一小时前在雨中冻得哆嗦，攀岩上来后，人人精神抖擞，全身热气蒸腾。想起当年解放军进藏，正是这样，衣服被淋湿，用体温焐干，有时身上冷得受不了，衣服却往外扩散热气。不同的是，他们口粮不足，还要防叛匪。我们巡逻准备充足，安排周密，只需查看沿途有无异常现象。

9月5日，是这次巡逻的最后一天。罗布占堆等人已于前一天晚上回到乡政府。

我们五人五点四十分从住宿的石屋出发。休息充分，大家体力有所恢复，速度可比急行军。

喜马拉雅山的夜空，是那么迷人。远山变成衬托苍穹的黑影，山谷上方，弯弯月儿俊俏无比。接近黎明，月儿收起些许从太阳那里借来的光辉，周围的星星也增加了些亮色。

虽有月色，却照不清脚下的路，也不可能照到脚下的路。泥泞的小路被一人多高的草覆盖，穿行其中，要防两边的草打脸，还要防小路上的石块或横木绊脚。达娃带着头灯，路熟，走在前头。我打开手机电筒，跟在后面。

高草消失，穿越杜鹃丛，进入原始森林。走到十点，都以上坡为主。

终于把原始森林甩在身后，在灌木丛生的山坡，我们来到第二次也是巡逻途中最后一次需要攀岩的地方。

看着造型与上次不同的岩壁，我的心里有些发憷，或许与人数减半有关。

它的陡峭不是直上直下，而是向右上方倾斜。岩石表面没有之前攀爬者踩出的石窝，而是犬牙交错地伸出三四指长的石片。这些石片是天然生出的，不是人为镶嵌的。它的陡峭程度与上次攀岩的地方差不多，垂直高度少些，但左右拉长了。

没有商量余地，无回头路可走，只有再次攀岩，第二次享受免费体育项目。

达娃仍是一马当先。他们有的把拄的棍子插在背包边缘，有的把棍子拿在手中小心谨慎地贴着峭壁爬行。看着在岩壁上蠕动的同伴，我想起壁虎，巡逻队员都是在喜马拉雅山中穿行的壁虎。

我是最后一个往上攀岩的人。他们四位已站稳。考虑到安全，我不会手拿棍子往上爬。

布琼看我犹豫不决，喊道：“把棍子扔上来，对着我扔！”

把棍子扔给他们，是个办法。我有这方面的劳动经验，十多年前在家乡建筑工地干活，砌墙的师傅让我从下面往上扔砖。他怕我扔不准，让我对着他砸。

现在到我施展功夫的时候了。他们四人紧挨着站成一排。我攥着棍子一头，一边喊着提醒，一边像武林高手一样甩两下，第三次猛地向侧上方扔去。就见布琼身子一缩，却没看到棍子飞过去。

我不知道棍子飞向何处，上面传来哈哈大笑的声音。

定睛一看，棍子在半空中的树枝上荡秋千呢。一直紧张却没发现从岩石上方伸出来一棵树，那一簇树枝接住企图升天的棍子。

棍子去了它出生的地方。我的顾虑反而少了，心理上放松许多。

这里只有一根粗绳，铁条也不多。我抓住绳子，还想抓铁条，脚却没处放。

布琼提示，主要靠绳子。达娃大喊，脚蹬石片。我按照俩人的口令去做。担心会断裂的石片完全撑得起我的重量。两手抓牢绳子，身体缓慢上移。壁虎，我是一只在峭壁上蠕动的壁虎。

“抓住上面的哈达，往这边来。”有人大声提醒。我附在岩石上遐思，他们可能认为我在半空中吓呆了。不是闹着玩的，只要是人，很少有“粉身碎骨浑不怕”的。

我抬起头来，发现上部横着一条用哈达辫成的白绳。哈达的功能真多，崭新的时候是献给佛的珍品，日常生活中可做互赠的礼物，用过的哈达可捆扎东西，在这里被辫成绳子作为攀登工具。

危险的地方过去了，往前拽着哈达绳小心走过去就可以。

危险与安全是相对而言的。有人在平路上行走绊倒磕掉牙，是在看似安全的地方出现危险；有人在刀刃上跳舞，是在看似危险的

巡逻队员从岩壁上走过去。（唐大山 摄）

地方安全献艺。攀岩之后的路不好走。窄路乱石只是一方面，有时路面由遒劲的杜鹃根部组成。踩在自然界的根雕上，心不颤抖是胆大。左侧是依山坡匍匐而上的杜鹃枝，右侧是枝叶掩映着的深不见底的峡谷。

走这样的路，心理素质很重要。有人作伴，来不及多想，踏着前面的足迹，莽莽撞撞走过去。

巡逻回来后静想，人生犹如攀岩，哪一脚踩空，都是攸关性命的事情。

森　林

从大巴山来到喜马拉雅山，对向世宁来说都是山，概念却不同。

大巴山美在俊逸，喜马拉雅山雄在壮阔。

参加乡政府巡逻队的向世宁，喜不自胜，这下可以用镜头记录喜马拉雅山的粗犷，捕捉原始森林中的景象了。

以前有人说心有余而力不足，向世宁认为与己无关。待在喜马拉雅山中走两天，他觉得这句成语是对他现状的写照。按说，游览过万水千山的他，虽然已五十六岁，但比尼玛次仁还小四岁。向世宁心想："尼玛次仁能走完巡逻路，我就能走完巡逻路。还有唐大山，他比我小七岁，但名不副实，是平原地区长大的。我早期的生活环境是大巴山，在边疆当过兵，把他甩在后边不成问题。"

实践是检验豪言壮语的唯一标准。他一个多月前进藏，如今负重巡逻，拍摄占用时间是表象，自感力不从心才是本质。

刚上达瓜西热山的那一天，达娃就看出了问题。他对我和向世宁说："看你俩走路的姿势就知道跟不上队伍。如果还是这样走，你们到第一个山口回去得了。不能因为你俩拖垮整个队伍。"

9 月 1 日，我与向世宁慢慢跟在后面。同行者考虑到我俩，走走停停。达娃重申他的想法："明天再实验一天。如果确实体力不行，只有放弃你们。"

9 月 2 日，达娃在后面陪着向世宁，我硬着头皮往前走。我的原则是，大家走，我在走；大家歇，我不歇。在一望无际的原始森林中，我摇摇晃晃地走着；在盘根错节的杜鹃丛中，我扭动着身子走着；在满是草甸的旷野上，我不慌不忙地走着。

永不止步的结果，是我赢得大家认可。急行军，我是落伍者；漫漫长途，我能坚持。我留在队伍里继续巡逻，不成问题。

最后达娃决定，让向世宁抄近道返回乡政府。

作为队长，达娃的这个决定是迫不得已。巡逻的天数与配备的食品是固定的，沿途可以补给的只有溪水。如果整个队伍拖延一天，意味着最后一天无东西可吃，那时真得靠各自的野外生存能力了。从颇章雍错出发有便道通公路，如运气好，还能搭乘去乡政府的车子。正常情况下，当地人徒步六小时就能到乡政府。

向世宁别无选择，走过的路和体力都告诉他，跟不上队伍。既然有便道可回，就走便道吧，于队伍方便，于己有利。

当时纠结的是我。照常理说，向世宁来到玉麦，我和他同居一室。巡逻中，我和他都是申请参加的，非乡政府指定队员。遇到这种情况，我与他同回，才是理性选择。

达娃说这是一条安全之路，向世宁有信心独回乡政府，我有一丝隐忧，担心出现意外。最终，“自私”在心里占据主导地位，我声明与巡逻队一起坚持前行。

向世宁曾两次问我：“你真能走完全程吗？”

他的语气真诚而委婉，话语中有关心，也有能否与他在一起的征询。我把内心两难的想法告诉他，他没再说什么。

他可能是真的不怕，也可能是自我打气：“没什么，我是老兵，什么样的困难和问题都遇到过。放心吧，今晚一定赶回去。”

我不是开玩笑地对他说：“我是大山，翻过第一座山，牙给磕掉半个。你走的是原始森林，即使到公路，也有一段路面水深到膝盖。有车的可能性很小，如果见到，千万不要错过机会，搭车尽快回到乡政府，大家也安心。切记，沿途少拍最好不拍照片。以后有的是机会，回去休整几天，我再陪你拍摄都可以。”我有生离死别的感觉，不敢说出来。他表现出来的是“老骥伏枥，志在千里”的英雄气概。

9月3日，吃完早饭，背包上身，向世宁与巡逻队分手告别。

在这关键的一刻，他仍体现出浓厚的人情味和精湛的摄影技巧。他提议大家在湖边合影。合影完毕，达娃再次指着通向天边的小路说：“顺着那条小路，穿过杜鹃丛，下到谷底，直走下去，就能到公路了。”

向世宁潇洒地挥挥手，我们这边的手也唰唰举起来摇动。

原先由我背着的长镜头交给他，他的负重远远超过我的负重。早上，达娃提醒我俩换背包，意思是尽量减轻他的负重，他说不必。实际上这是出发时达娃说的玩笑话，大伙都累到劲了，别说求助，

向世宁（左二）与巡逻队员在湖边合影。（唐大山 摄）

投诉也没用。话说回来，如果向世宁答应背我的小包，我也会咬紧牙关背起他的大包。这是我事后说的漂亮话。人生没有回头路，当时场景难还原。总之，没与他同回，我至今还很内疚。

心中目标已明确，所用时间也确定了，向世宁带了中午一顿吃的食品。达娃让他多带些吃的，他说不需要。

看着向世宁在山头的身影越来越小，我一咬牙，跟着队伍走了。

结果是，我于9月5日傍晚回到乡政府，却没见到向世宁的身影。

三天两夜一顿饭，向世宁是怎么度过的？

他与我们分开后，开始的小路清晰明朗地穿过草甸，越过山头。走了一个多小时，杜鹃丛如约出现在面前。这样的灌木丛已不陌生，隐藏在下面的小路不好走，毕竟有路可循。

不知过了多长时间，他穿过杜鹃丛，见到乔木。再次走进曾经向往的原始森林。而今不是集体巡逻，而是独自一人摸索着前行。

阴云密布是这个季节的常态，老天裂个缝下起雨是肆意所为。这几天，衣服天天湿，已经适应了。

这里的原始森林，与他之前走过的相似又不同。大树小树长满苔藓，枯木东一根西一棵随处可见。两根木头并排组成的桥，他走过；湿滑的独木桥，他侧着身子斜着脚通过。

夜幕降临，原始森林何处是尽头，他心中也没底，看到公路变成一个遥远的念想。

本来沉稳老练的向世宁，在喜马拉雅山中的原始森林里，有些蒙。他思忖，不能再往前走了，是不是迷路了？他记得，在进入原始森林前，一条小路忽然发了几个岔，每条岔出来的小路，看起来差不多。对一个陌生人来说，怎样判断，如何选择，至关重要。这些小路可能是行人下坡随意踩出来的，走一段距离，最终合而为一；

也可能通往不同方向，有对有错。

向世宁面对歧路，当时迷惑过，已经想不起是怎么走到这里的。

没办法，不敢贸然前行，也不能盲目后退。他怕在黑夜中一错再错，决定就地宿营。

就近找到一棵大树，他有野外生存的能力，不过这样的露宿还是第一次体验。雨不停地下着，他不担心，知道这一带极少出现电闪雷鸣的情况，疲乏到极点的他放心地靠着大树，缓缓脚，节省些体力。

常言说，背靠大树好乘凉。在这个雨水不肯停歇的夜晚，向世宁背靠大树水儿淌。他有睡袋和防潮垫，老天爷不给机会，无法使用。央视纪录频道经常播放野外求生的技能，他看过一些，在这里一招也用不上。

他靠在树上，任由风吹雨打。他睡不着，也不敢睡着。他不担心野兽出没。达娃说过，这里食物链完整，生态是平衡的，即使遇到野兽，你不招惹它，它不会用人填肚子。他害怕的是，万一睡着，不被冻死，也会生场大病。坚持着，坚持站着过一夜，天明再想办法。

昨晚吃的午餐肉早在肚中消耗殆尽，他摸出压缩干粮。对！达娃提示过，在遇到特殊情况找不到可吃之物时，压缩干粮是救命的宝贝。他摸索着撕开包装，把压缩干粮一点点塞进嘴里，慢慢咀嚼。不愁没有水，伸出一只手，一会儿手心里就落下一口水。他望着漆黑的天，也许是密集的树，长叹一声，早上意气风发，晚上就经受了野外生存的考验。

凄风冷雨中，向世宁愣是挺了过来。

记得8月28日，他坐在小群宗家窗户下整理电脑中的图片，不知不觉中被微风吹了一下午，晚上就出现轻微感冒症状。我把从拉萨带来的感康和阿莫西林胶囊给他。在巡逻途中一起相处的日子里，他每天晚上吃一粒感康和阿莫西林胶囊。9月2日晚，恰好吃完用尽。他穿得很少，可见平时身体很棒。参加巡逻时，他仍是那身单衣。他车里备有厚些的衣服，但他认为身上穿着的衣服足够了。从9月3日中午起，他一身上下全是湿的。

天明了，他判断了一下方向，找到走过的路。动身前，他想起应该发几条求救信息。但手机无信号，电话打不出去，信息同样发不出去。尽管如此，他还是编好信息，按发送键。我在9月8日下午听到手机响两声，打开一看，是他于9月4日上午在原始森林中编发的求救信息："昨晚下雨迷路，在山上待了一夜。今天返杜鹃丛，住路边帐篷，烦请刘营长部队巡逻派人将我带出来。谢谢！我在这里等……"

我收到信息时，他已从玉麦驾车回到拉萨。

当时的向世宁相信一定会有人搜救他，必须留些记号，便于来人识别。

他想起沿途见到的玛尼石，便隔一段距离就在路旁垒几块石头。他怕这不够醒目，脱下穿在里面的彩色灯笼裤，反正早已湿透了，撕成一绺绺布条，系在路边树枝上。

向世宁一边慢腾腾地走着，一边有意做标记留痕迹，脑子里想着野外生存的方法。所带食品只剩下一小撮压缩干粮，他没舍得吃完，不知第二天能不能被救出去。他注意观察森林中的一切。

他发现树下有一片菌子。凭经验，断定可以吃，小心翼翼采过来一些。

能不能回到湖边石屋，他没有把握。不知走了多长时间，或许又过晌了吧，他意外发现路旁有一顶帐篷。进去一看，没见到人，

林下菌子（向世宁 摄）

但发现有人活动的痕迹。

他决定不走了，在此住下。来时没见帐篷，回去却有一顶帐篷，说明他又走错路了，至于错到什么程度不得而知。

雨稍事休息。向世宁脱掉湿衣服，在附近溪水中清洗。说不冷是自我欺骗，他浑身哆嗦，快速地拧净衣服，跑回帐篷。如此天气，他的这一番动作，可称为喜马拉雅山中的壮举。

所幸帐篷中有未燃尽的柴火。他掏出打火机，凑合着点燃柴火。人类学会使用火，进化了一大步。向世宁燃着火，陡然觉得换了一个世界。什么是幸福？这次在巡逻中体会很深。穿着湿衣服，又累又饿地走进石屋，围着火堆，喝着热茶，世上还有什么比这更温暖的？

一堆火给向世宁带来安慰。有火，可以生活，要想着法子充饥。

他看看采来的菌子，在帐篷内搜寻。他发现了一个午餐肉罐头空盒，如获至宝。有它，可用来烧水，煮菌汤。再一看，在火堆附近有几包被人丢弃的方便面材料袋。那么几小袋，平常瞅都不瞅一眼，如今成了上好的作料。

他从小溪中舀来一罐头盒水，把洗好的菌子放入其中，配上作料，放在柴火上烧起来。他耐心等待着，让汤多沸腾一会，以便作料和菌子充分融合。

可以喝了，他慢慢抿一口。他吃过那么多的山珍海味，而喜马拉雅山中这种菌汤的味道，还是第一次品尝。他舍不得大口喝，即使菌子，也是用牙齿轻轻撕开，细细咀嚼，缓缓下咽。他的感受，这种菌汤是世界上独一无二的，只有在这种情况下才能享受到。

谈不到吃饱，也不可能吃饱，但他确实喝足了。又折腾了一天，有了帐篷，结束了昨夜与树作伴的状况。他把防潮垫铺好，睡袋展开，美滋滋地钻进去。睡袋的质量真好，躺在里面好像睡在温室里一样。要不是饿得慌，幸福指数还会攀升。

独自睡在旷野中，有足够的时间思考。他想，原始森林中的资源这么丰富，如何加以利用？这里的菌汤，他刚喝过，余味尚在。这些菌子如果放在市场上，不管身价如何，都会被抢购一空。如果把它们收集起来，加工成产品，岂不是可以变废为宝？还有随处可见的水资源，要想办法利用起来。日有所见，夜有所想，不管有没有可行性，他毕竟在思考。

在向世宁思考如何发展玉麦的时候，玉麦河谷的人们也没闲着。

9月4日晚，罗布占堆等人回到乡政府，听说向世宁没回来，立即组织人上山寻找。

白玛次旺熟悉地形，加入搜救队伍。他出发前，妻子卓玛拉宗正告他："找不到向老师，你别回来。"

忙乎到次日凌晨三点，罗布占堆等人也没有发现向世宁的踪影。

9月5日上午，尚林佳带着卫星电话与众人一起再次上山搜救。

他们往上走了很远。尚林佳在泥泞的小路上发现往回走的脚印，断定向世宁是走错了路又往回返。待看到路旁标记，更增强了找到的信心。

他们一边观察一边吼。

已经失去时间观念的向世宁正在摸索着下到半山腰，突然听到远处山下有人吼叫。他的心热起来，对着声音传来的方向喊："你们不要上来，我下去。"

看着尚林佳、白玛次旺等四人累得发红的脸，向世宁百感交集。

尚林佳（左四）与白玛次旺（左三）等人找到向世宁后歇息加餐。（向世宁 摄）

转山

巡逻途中，遇到一些转山人。

转山的时间接近尾声，每年夏季是转山高峰期。

转山分为男性转山路线和女性转山路线。我们所走的巡逻路与男性转山路线大体一致。

转山人的装扮基本相同，背着包，拄着棍子，一块长方形塑料布，中间剪个洞，往头上一套，前后都能遮风挡雨。有穿雨衣者，也有个别人没有任何防护措施，任由大自然洗礼。他们晚上到住宿地，用随身带的藏刀砍柴生火，背包里吃的用的都有。

9月3日，遇到的转山人最多，我们十人与他们八人共住一处，小石屋装得满满的。他们都是本县人，有些人一年来转一次。我们看起来奇险无比的路，他们却觉得熟悉而平常。

转山所用时间因人而异。从机甲寺到玉麦出口，多数人三天可转完，慢些的用时四天，个别人五天转完，快些的两天就可转完。最快的，我见过扎日乡曲桑村的三个年轻人，一天转完。他们简直是岩羊速度。后来想想也能理解，他们年轻力壮，轻装上阵，只带中午一顿吃食，早起晚到，把大多数人用的三天时间浓缩为一天。

我们巡完全程，从8月31日到9月5日，用了六天时间。不仅吃的用的装满一大包，途中还要观察有无来自争议区的珞巴人出现。都是中国人，也要了解他们的情况。如果发现外军活动迹象，要在第一时间上报。巡逻与转山有质的不同。转山人带着宗教信仰出发，巡逻队员是在执行任务。当然，巡逻队员也有信仰，这个信仰是在红星照耀下守护好国土。

玉麦山色（向世宁 摄）

在玉麦期间，我有机会接触了一些转山人。很多时候，他们与我同居一室。

在这里住宿的转山人有男有女，具体路线不同，但都能在玉麦相遇。他们转完主要路线，玉麦河西岸的山可转可不转。有人说，女性必须转，男性可以不转。我体验那条转山路时，是随着一群女性去的。

巡逻回来后，我在家庭旅馆遇到几位隆子县基辅寺来转山的僧人。其中一位叫嘉央格桑，他问我信不信教。我坦率地告诉他，我尊重宗教，正在了解宗教文化，各个教派在我心中是一样的。他说，他们属于藏传佛教噶举派，具体些，是竹巴噶举。

我去过曲水县的珠寺，珠和竹，字异音近，藏文中为同一个字，是龙的意思。在那里，我了解到竹巴噶举是不丹的国教，珠寺是噶举派母寺。我一见到嘉央格桑等人，便意识到他们不是格鲁派僧人，因为他们戴的僧帽不一样。

嘉央格桑告诉我，如果把藏传佛教比作一棵大树，噶举派则是果。为什么这样说？噶举派注重修行，特别是修心。面对一个暴怒的人，自己的心先要静下来。修炼到一定程度，先制服自己，再说服别人。

基辅寺的僧人不是只诵经不干活，他们经常会参加一些体力劳动，劳逸结合，效果较好。

百分之九十以上的转山人按顺时针方向进行，来此转山百分之九十的人是藏传佛教信徒。有一小部分人按逆时针方向转山，他们是苯教信徒。

苯教是西藏的古老宗教，后来由于藏传佛教壮大，它的信徒大幅减少。

转山方向无所谓正向或反向。在藏传佛教看来，顺时针是正向，逆时针是反向；对苯教而言，逆时针是正向，顺时针是反向。有的跟着时间走，有的迎着时间跑，不同宗教对具体物象有不同理解，各自的信徒遵守着各自的教义。玉麦是个神奇的地方，藏传佛教信徒把它作为转山出口，苯教信徒把它作为转山起点，各走各的转山路，又互相尊重。在这里，不同的宗教，同一宗教中不同的教派，还有来自不同地方的人，都能在短暂的交往中和睦相处。这是缘分，既有天缘地缘，更有人缘。

宗教是一种客观存在的社会现象。我尊重宗教，但不信仰宗教。作为一种意识形态，宗教有存在的理由，但它决不能干涉政治、教育和经济等社会层面的事情。西藏区情特殊，在保护宗教正常活动的同时，也要防止宗教狂热。社会发展规律告诉人们，宗教与社会主义社会相适应的内容，应予保护；对社会有消极影响的部分，应予摒弃。

转山这种现象，对信徒来说，是一种约定俗成的宗教仪轨。转与不转，都是各自选择，政府与法律从不干涉。政府出资改善沿途基础设施，便利了转山人的出行与住宿等。

守　土

什么时候出现的转山现象，我不清楚；这种现象将持续到什么时候，我同样不清楚。

我清楚的，是扎日乡一位老者的吟唱：

看一眼神山，
喝一口圣水，
祖祖辈辈呵，
都会围着你转。

眼前的森林，
天边的草甸，
云端雪莲呵，
总是绽开笑脸。

心中的藏南，
祖国的胜地，
深夜入梦呵，

也要与你同眠。

我问老者：“格啦，这是一首老歌吧？”

他摇摇头：“我唱的没有老歌新歌之分，想到哪里唱到哪里。老歌里有新词，新歌里有老话。没必要区分老歌还是新歌。”

“它有个歌名吧？”我让翻译穷追不舍。

老者听懂了我的话：“桑杰曲巴来曲桑村的那一年，我还是个孩子。有人问他为什么回玉麦，他没有回答。在南去的路上，很多人听到他唱着这首歌。如果你要我起个名字，就叫《心中的藏南》。”

我说：“老人家为玉麦的土地操心。”

老者略有愧色地说：“我没达到他的境界。我转的是神山，他走的是国土。现在想想他说的话有道理。明明是咱的山，咱的水，咱的土地，长时间没有咱的人在那过日子，就不一定是咱的了。”

我告别老者。老者转述桑杰曲巴的话，一直在巡逻路上伴随着我。

换个角度看转山，在地广人稀的喜马拉雅山中，客观上起着守护国土的作用。按照传统转山路线，所经之处都是中国领土。当地人常说的转山路线，从机甲寺到玉麦出口，是中转。大转已不连贯，或者说不完整，因为它的大部分路线位于争议区，转山信徒一时难圆大转梦。

所谓争议区，是我国的藏南地区。玉麦村居民知道，天不下雨，路一变好，他国军人就可能上来。这里不是越界不越界的问题，他们的营地在中国领土上。他们上心，偷来的东西，心里不踏实，因为迟早会被主人索去。他们心知肚明，却尽力给世人造成一种假象，企图永久占据非法所得。

他们的肆意妄为不会得逞。桑杰曲巴在世时，一架外国直升机落在他家附近，从里面爬出来的人在山头插旗子。桑杰曲巴一家人持续抗议，终把他们轰走。

藏南地区的现状告诉我们，反蚕食斗争仍在持续，必须军民联防，点面结合。

以这次巡逻为例，无论在体力还是野外生存技能方面，我和向世宁都无法和乡政府工作人员相比。达娃说，乡政府工作人员与村民相比，也差了一大截。要把年轻力壮的村民吸纳为联防员，他们长期生活在喜马拉雅山中，了解这里复杂的环境，只要组织起来，所发挥的力量是巨大的。

喜马拉雅山地形复杂，丛林密布。在这里守护国土，要靠驻扎的部队和当地居民。卓嘎和央宗以牧代巡的事迹之所以感人至深，在于她们以人和牛的客观存在宣示着中国主权。

玉麦村居民对党的拥护是忠诚的，对政府的支持是真心的。他们对国家的概念和领土的认知很到位。这已被无数事实证明。以前即使大雪封山，一旦发现外军侵扰，村民无论如何都会给驻扎在扎日乡的解放军送信。

守土靠武装力量，靠人民大众。近年来，政府注重小康乡村建设，这对兴边富民、巩固国防有实质性作用。

玉麦小康乡建设即将完工，居民在这里安居乐业。守土，需要实实在在的举措，需要万众一心排山倒海的力量。

草　地

小时候听说红军在长征途中爬雪山过草地，想不到在喜马拉雅山中巡逻，这两种情形都有。

看到雪山，是在9月3日下午。前面是什么山，我叫不出名称，或者它本没有名称。像这里的溪流，东一条，西一条，有多少个山峰，有多少道峡谷，就有多少条溪流，只有汇成像模像样的河之后，才有了名称。

云层围着山峰，似乎想向世间展示着什么。仔细一看，有一侧山峰被白雪所裹，美其名曰雪山。远不是理由，主要是它的高，我与它之间不知隔了多少道峡谷。我不可能爬到那里。同行者说，主要是季节原因，再过一个多月，这里到处都是雪山。到了那时，别说人类，连动物都难见到。

途中经过一片雪地，我理解为雪盖更合适。在一处谷底，方圆几百平方米的雪铺得严严实实，周边无路可走，只有从上面通过。雪上乱七八糟印着人的足迹，我照着脚印多的地方踩去。这种看起来是雪、稍下是冰的地方不好走，歪歪斜斜容易滑倒。走到边缘，贴着地面的雪洞有细水流出。

因为位于低洼处，只能说过了一把雪的瘾。对在四季分明的淮北平原长大的我而言，着实一般，但这里海拔在四千五百米左右。

印象较深的是草地，或者说沼泽。

翻过巡逻途中的最后一个山口，看着远处可以辨认的玉麦沟，以为回到乡政府是轻而易举的事。

事实并非如此。尚未下山，就有人指着深谷说，前不久青海玉树的小女孩是从那个地方摔下去的。我不寒而栗，与悬崖峭壁相比，这里不算危险。但跌落下去，没有一二百米难止住。怪不得当时在场的人说，孩子像皮球一样滚下去。

下面的石头路不好走。我这时才理解乡卫生院的医生带着担架却用不上的原因。这样的路况无法使用担架，受重伤的小女孩只能由她的爸爸背着。

走完凹凸不平的石头路后，心想该到平些的路了吧。平路到了，而且平得出奇，眼前是草、泥和水三者俱全的路。

我庆幸最后一天穿上了干些的鞋子。入了草地，穿什么样的鞋子都是同样的结果，湿了个透。草地看起来颇有美感。两边有山，视野开阔，为草地增色不少。草地整体是倾斜的，一边高一边低。它的坡度不明显，远观才能看出来。不知哪来的这么多水，好像整面山都往草地里渗，山坡上一丛丛灌木像滴水灌溉一样往外冒水。草地另一边沿着山谷是一条溪流，乔木长得像人工栽植的一样站成排。这里的一切都是天然的。我想起拉萨的拉鲁湿地。达娃说，拉鲁湿地与这片湿地不同，这片湿地浑然天成，拉鲁湿地带着人为的痕迹。天成也可，人为也罢，只要有成片的湿地存在，就是人和动植物共有的福气。

不管是快还是慢，水都进了鞋子。没什么可选择的，草几乎都是一拃多高，水是同样深，脚往上一踩，高帮鞋当即变成低鞠鞋，水以最快的速度为你免费泡脚。

前面出现一排排铺设的木板，遗憾的是不连贯。走在上面，有些风景区的栈道感觉，只是不敢欣赏远山近景，怕一个闪失跌入水中。

这样的木板有限，一会儿走完。到没水的地方，草似乎少了许多，能看到一片片泥巴。

我从经历的事情中感悟到，人高兴时要想到克制；如不克制自己，接下来的可能是悲哀。草地中的泥巴不可能硬邦邦的。我小心走着，前面的群倍印证了我的想法，他一跃而过，却把鞋子留给我。

我弯腰提他陷在泥巴里的鞋子，像被吸住一样，摇了几下才把它拔出来。

草地面积可观。走一半，见到一道围栏。明白了，这是防止散养的牛漫无目的地走进深山。

这一带的草地是天造地设的好地。在崇山峻岭中能有一块平整的地方，已经不易，它有水有草，岂不是天赐玉麦？本以为走完了草地，殊不知走完这一台阶的草地，稍低些的另一片草地正等着我们继续欣赏。

在高低有些落差的两个台阶交接处，犹如同时收缩的瓶颈，原先慢无声息的水在这里变得欢快起来。待流进下一片草地，它又谦虚得默不作声。

这片草地是用来看的，不是用来走的，小路沿着山脚围它而转。可爱的是有几匹马作点缀。这里的马虽然有主人，但平时主人不料理它们。没有主人的照顾，他们生活得依然有滋有味，饿了吃草，渴了喝水，吃饱喝足撒欢睡觉。而到了冬季，想在茫茫白雪中过上好日子，还得靠主人的眷顾。

一匹马猛地跳起来。我们的到来不会惊扰它们，它们无需警惕人类，这里的人们不吃马肉。原来，它误踏沼泽，一连几个蹦跳才脱离险境。动物与人一样，在看似平坦的地方，如果把握不住自己，就可能陷入泥潭。

走过几根树木搭成的桥，就是瀑布或者说落差很大的溪流。沿溪边下去，玉麦村很快跳进眼里。

雪　莲

雪莲花，我在拉萨的商店里见过，而看到自然界中生长的，还是在这次艰难跋涉的喜马拉雅山中。

在这次巡逻中，有四种植物给我留下深刻印象。一种植物的叶子包裹起来像荷的花苞，一种植物的茎部像孔明灯，一种植物的叶子连成一米多高的塔状。第三种植物叫塔黄，另外两种不知道名称。这有什么关系？一句唐诗“人面桃花相映红”，没人知道那位姑娘的名字，她的笑容却至今让人回味。一句宋词“和羞走，倚门回首，却把青梅嗅”，没人知道小姑娘的名字，她的动作让人想象至今。

第四种给我留下深刻印象的植物，我知道它的名称，却不能准确描述它的形状。

它叫雪莲，开出来的花叫雪莲花。

尼玛次仁指着乱石中一棵不足一拃高的植物说:“那是雪莲花。”

我怎么看都不像。《西藏日报》副刊曾取名“雪莲花”，我想看看它到底长得啥样，在网上搜它的图片。印在脑中的形象，它是莲花状，与它的名称一致。眼前的雪莲花，却丝毫看不出莲花形状。

我不怀疑尼玛次仁所说。后来，白玛次旺看到我带回的雪莲花，一眼就认出来了。他说有一个雪莲花，两个雪莲花。我没听懂具体意思，便揣测，是不是不同时间生长出不同的雪莲花。由于季节等的不同，它们的形状与功效也不同。管它呢，反正我眼前的雪莲花是真真切切的。

我像民歌《茉莉花》中所唱，想采一棵雪莲花，又怕来年不发芽。它的地面部分有少量的叶和茎，显眼的是橄榄球状的花朵。尼玛次仁告诉我，现在不要采，前面有的是，带着重；天总下雨，采下来会很快霉烂，带不回去。他的话有道理，我的背包不算重，但已感到吃力，不想让哪怕轻如鸿毛的雪莲花成为压死骆驼的最后一根稻草。雪莲花长在那里不会霉，离开大地要变质。如果没有这两种限制，恐怕沿途的雪莲花早被人采光，我也不可能见到。

尼玛次仁渐行渐远。我在乱石中磕得嘴破牙烂之后，与向世宁同行。

我模仿着尼玛次仁的动作和口吻重复着他的话："那是雪莲花。"

"真的吗？"向世宁有些不相信。这么珍贵的药材，路边石缝中就有，怎么能让初来西藏的他相信？

得到再次肯定回答后，他举起相机拍了个够。

一路上，雪莲花不是很多，但能见到。大多数是单株出现，偶有双株并列。我注意到，雪莲大多生长在荒凉的碎石中，有水有草的地方反而看不见它的踪影。按照通常所说，它生长的地方在雪线以上。现在看不到雪，既然有这么高的海拔，这个季节，一场风雪随时可来与它作伴。遗憾的是，我难以看到偎雪而立的雪莲花。

雪莲花（向世宁 摄）

向世宁不愿错过品尝雪莲花的机会。他看到路旁被人踩断的一朵，捡起整个塞进矿泉水瓶。晚上，他开始试喝，一个字：苦。既然是好东西，苦又何妨？他想起来就抿一口，随之加进冷水继续浸泡。

他说有神清气爽的作用，再喝，苦味大减。我想模仿，但无法做到，主要是我喝不得冷水。他让我尝一口，我婉言谢绝。

我心里想的，不是要品尝雪莲花，而是带回家，让母亲看看雪莲花的模样。

9月4日，我看到一株躺在石缝中的雪莲，俯下身子把它捡起来。

老天成全我，这天雨很少；老天不必成全我，之后再无雪莲花。后来醒悟，越往下走，海拔越低，都看到树木了，哪里还有雪莲花？

我双手捧起雪莲花，怕装在袋子里焐烂，便插在背包一侧。即使下雨，也是通风的，和它原先生长的环境差不多。晚上在石屋里住宿，我把它轻轻放在石块上。

巡逻完毕，天气特好。我打开家庭旅馆的窗户，把雪莲花放在阳光能照到的地方。一连三天，晒得干干的。

晒过的雪莲花，在外形和色泽上，都有所变化。毕竟，我不是专业采药的。

我要保管好雪莲花，待回内地时，把它送到母亲面前。

喜马拉雅山上有雪莲。做儿子的，可以把雪莲花送给母亲。依偎着青藏高原的喜马拉雅山，会把藏南地区紧紧地搂在祖国怀抱。

雪莲，在艰苦的环境中生存；喜马拉雅山，在饱经沧桑中雄起。

云山雾罩

天色未明，涛声把我唤起。

有人去三沙，听海浪声声；有人去壶口，惊羡瀑布的怒吼……我不用劳神费力，躺在床上，尽享玉麦河的涛声。

我向白玛次旺讨教，在藏语中，玉麦是什么意思。

他说，“玉”是指很多人一起生活的地方，也就是平常说的家乡；“麦”是“下、下面”。“玉麦”的意思是“下面的村庄”。上面有个玉碓，也就是上面的村庄。

我想起先前的地名，按照当地人的解释，得以解答。门瑜，是门巴族聚居的地方；珞瑜，是珞巴族生活的地方；察隅，是僜人等部族繁衍生息的地方。

离我的床铺十多米远的玉麦河，对应的普通话叫家门前的河，或者说家乡河。

多亲切的名字呵！什么是家乡？有人说，居住的时间久了，熟悉的地方，不愿离开的那片土地，就是家乡。这里是深山老林，藏和珞巴等民族一直在这片土地上居住。就是因为世世代代生活在这里，中华人民共和国西藏自治区隆子县玉麦乡第一任乡长桑杰曲巴不愿离开这里。受爸爸影响，女儿卓嘎和央宗坚信，云雾缭绕的山林草地，都是母亲滚烫的胸膛。

推门一望，这是一片静谧的土地，毛毛雨依然落在脸上。我仰望前方，一百多米远的山上，乔木与灌木交错生长，挨着上方是……是什么？是云，太低；是雾，太浓；是雨，太弱。或者说，它是云是雾又是雨。实际上，它是印度洋暖流涌上来的水汽。水汽太多，遇到高山阻挡，在这里凝结为降水。这里的天气预报简单而准确：春夏秋，下雨；冬季，下雪。

离我的板房二十米远的地方，有两处自来水——自山上引来的水，是这几户居民的生活用水。早上，我用它洗脸；晚上，我用它浴足。和拉萨河水差不多，泼在脸上，猛一哆嗦；脚没其中，打一寒战。

今天是7月1日，内地，赤膊尚大汗淋漓；拉萨，穿件单衣；在玉麦的我，秋衣裹身。我感慨祖国之大，同一时间，四季咸具。

在泥巴路上转几个弯，海拔陡然上升，整个河谷地带即在眼下。

它的面积不大，形状像海螺。水汽从海螺口吹入，顺着螺身弥漫开来。

站在这片河谷地带的北端上方，向南望去，玉麦河自西北向东南而流。由于经常发生泥石流、山体滑坡等自然灾害，河水浑浊。这里的水面仅有五六米宽，它的水量充沛，流速不小，声势颇大。水量多，因为有持续的降水；流速大，因落差制造出动能。两者结合，声势自然而然就出来了。

河谷的西侧像华山，但华山缺少云与雾的烘托；东侧似江南，但江南少有云雾持续的动感。山的相对高度不大，却难睹山峰的真面目。云雾自东南缓缓而来，依着山，拂着树，裸露的峭壁若隐若现。视线下移，是另一番景象。在丛丛叠叠的绿树中，云雾从它们的底

像云像雾又像雨。（刘枫 摄）

部生出来，像蒸汽一样漫过树冠，轻轻接着上方连成一片的浓雾雨云。山坡上，树林有层次感，永不停歇的云雾因之生出层次感来。

偶尔，中午或下午，云雾抬升一些，但整体状况不会改观。天空有些许亮光，阳光努力穿透云层，让人看到的，只是对着太阳方向的云亮一些。夏天，这里的人们永远见不到太阳吗？十年九不遇，即使出太阳，也难得长时间的享受。水汽主宰了这里的天地，下雨成为玉麦的常态。

虽经历风雨却能不忘初心的，是国人熟知的上面漆着国旗的石头。这块石头在家乡河的西岸，附近是一片草地，特别显眼。这块石头，是卓嘎、央宗和父辈们爱国爱这片土地的见证。

天籁之音

乡政府所在的这片河谷地带，是玉麦乡的宝地。

睡在板房中，整夜有两种声音相伴，一是雨打顶棚的声音，一是玉麦河的涛声。

这两种声音都与此地的雨多有关。

从古至今，总有一些人想重返自然，过世外桃源的生活。远有陶渊明，一篇《归去来辞》传诵千古。我在咸阳挂职时，听说终南山里有人隐居，喝泉水，吃野果，睡土坯房。真假可辨，真的会长期住下去，假的钻几天帐篷就不辞而别。如今，我只身一人来到人地生疏的玉麦，躺在玉麦河旁，风声雨声波浪声，声声入耳。

早晨起来，走在河边泥泞的大道上，两种声音伴随着我，一是水声，一是鸟声。

出门即见的是用橡胶管从山上引来的水。橡胶管的横截面比拳头略小，水的劲头很大，从里面直喷出来。它的声音清脆而响亮。猛地想起一句广告语：我们不生产水，我们只是大自然的搬运工。来到玉麦，所见之水均来自大自然，所饮之水均为大自然所赐。

同样是水，在不同位置发出的声音不一样。

滴在房顶彩钢瓦的雨水，急时节奏紧而响，小时有所舒缓。落在路面水汪中的雨滴，在溅起一朵水花的同时，不甘寂寞地发出走近才能听到的声音。

玉麦河的波浪声响彻整个河谷。从山坡下来的溪流，像蒸汽火车一样轰鸣不已，散发着喜马拉雅山的雄壮之气。

当然有温柔的。有些水流经倾斜的石面，落下筷子粗的水柱，煞是好看，声音犹如轻音乐。有的水从一堆碎石中冒出来，形成泉眼。在附近施工的人，提两只塑料桶，用舀子一下一下往里灌，用作生活用水。舀水人应了那句广告语，他不生产水，他只是大自然的搬运工。

有草坡的地方，水以另一种形式呈现。它要么顺着裸露的草根滴下来，要么在坡边打个滚跳下去。如果下面有水，它会发出清脆的欢歌声。更多的水珠，悄无声息地润于土壤之中。

与水争鸣的，是鸟声，但在音量上，它逊色得多。

从声音的大小和间歇，可以知道鸟体型的大小。

那种叽叽喳喳不知疲倦的鸟儿，体型比麻雀稍大。有的头顶一抹白，浑身深色的羽毛，腹背均为褐色。与它大小差不多的另一种鸟儿，脖子上有一圈毛呈白色，好像围巾。

有一种和斑鸠差不多大的鸟儿，叫声清脆悦耳，在路旁灌木间跳来跳去，不仔细看，只闻其声，不见其影；注意观察，发现它站在枝丫上，和灌木融为一体。

这些体型不大的鸟儿，都不怕人。像拉萨公园里一样，在草坪间的小道上，经常发现鸟儿走那边、人走这边的情形。人与鸟儿和谐相处，归功于当地千百年来爱护动物的习惯。玉麦的小鸟遵循天道，它们相信来这里的是善良人，是在保护生态前提下改变这里面貌的人。

道路两旁，看不到大鸟。往上或者往下走几步，能听到藏雪鸡

藏雪鸡（向世宁 摄）

的叫声。这种声音低沉，间隔时间长。有时候，似乎感觉不到在下雨，又能看到雨丝在飘，连毛毛雨也称不上。有清风拂面，身旁能听到它的细语。

放眼群山，云雾依然从丛林间冒出，慢慢向西北飘移。它们永远是同一方向。我想，这些云雾，罩在空中，是玉麦的帐篷；落到地面，成为浸润万物的雨露。这里气候湿润终日难见阳光，地面水分不易蒸发。

向餐馆走去，房顶的炊烟袅袅升起，很快接上云雾并与其融为一体。久违了，中国炊烟，玉麦味道。

店主的女儿旦增片多，由于环境的熏陶，会说藏汉两种语言。

在门前溜达的大公鸡仰起脖子叫起来。

我教旦增片多："喔喔喔，祖——国，早上好！"

连教三遍，她高兴地对爸爸说："大公鸡说的是，祖——国，早上好！"

湿润的山

在玉麦无需关注天气预报，这里一年到头雪停了下雨，雨停了下雪。

我自六月底到达以来，天天下雨是常态，不下雨才是例外。很少出太阳，偶尔出太阳的那一天某一时段仍忘不了飘些雨星。

无论走到哪里，路上都可能有水流相伴。从乡政府所在地往下走，有时顺着车辙竟形成两条小溪。有的山涧蹦蹦跳跳跃过横七竖八的朽木穿过涵洞，扑通扑通地跳进玉麦河；有的溪流从竹丛下冒出，横穿路面隐身于河岸的灌木丛。

草，总是水灵灵的；树叶，像刚从水中捞出的。这里是苔藓的世界，地上，石头上，树木上，目光所及之处，都能发现它的存在。合抱粗的朽木睡在地上，它从没离开山的怀抱。它的身上长满苔藓，有些小草来凑热闹，偶尔还站着一棵像模像样的小树。它是一粒种子碰巧落入朽木怀中，贪婪地吮吸着丰富的营养。巧夺天工的盆景无处不在。一块巨石的侧面开出几朵小花，一条朽根的边沿长出几棵小草，一墩墩的兰花随处可见。

苔藓不仅占据着朽木，而且延伸到活树上。雨不分白天黑夜地下着，空气是湿润的，树叶上滴着水，树皮上渗着水珠，这一切都为苔藓肆虐生长提供了条件，有的长成细线的模样。它长得疯狂，从树枝上挂下来拉拉扯扯犹如胡须。有人说，这是树的一种病；有人说，这种像胡须一样的东西有清肺的效用。不管怎么说，树上长胡须，完全是潮湿所致。那些或立或倒的枯树证明着，它们死于过分潮湿。

或许有人质疑，热带雨林中的雨水比玉麦的雨水多，为什么那里的树木就没有这种现象？两地的区别在于有没有阳光。热带雨林多是暴雨，雨过天晴，绿叶可以充分进行光合作用。玉麦整个雨季阴雨连绵，极少有阳光，绿叶难以进行光合作用。喜阴的草类菌类竞相生长，乔木则受到影响。久而久之，那些抗潮湿性能差的树木就会慢慢枯萎。

这里的药材资源丰富，林下有三七，草甸有贝母，灵芝和参类亦不缺乏。每年七月份，是挖贝母的时节。采挖贝母者会冒着小雨，在山上劳作一星期时间。玉麦是隆子县贝母资源丰富的乡，这里潮湿的气候适宜贝母生长。

山石上的滴水别有情趣。在玉麦河谷出口不远的地方，路旁有一处悬崖。每次到跟前，我都是小跑着过去，唯恐巨石从天而落夺去小命。让人胆战心惊的是，附近有掉落的石块提醒着行人危险时刻存在。如果从审美角度看，这里是处好地方。路从悬崖下通过即为一景。具有诗情画意的是，上面一直有水滴落下来，砸在地上噼啪作响，掉在头上心中一惊。转脸看看石壁上的裂缝，赶紧抽身而去。这不是闹着玩的。在西藏，每年都会有飞石伤人甚至致命事件发生。风景虽好，生命至上。

视觉之美取决于石块的形状和水量的大小。有的石块平滑且水量小，水沿着边缘滑落，在底部形成一条水柱。有的石块被风化和水腐蚀，像蜂窝一样，水量大的时候，犹如无数条喷管射出来；水量小的时候，连在一起的水珠垂直落下，像挂在石壁前的水帘；水量极少的时候，也不停息，水珠从不同地方不慌不忙滚落。

没有石块怎么办？人类不必操心，水自有办法找到落脚点。一片片草叶成为它们的滑滑梯。更多的水顺着地表下渗，那些裸露的草根被它们恰到好处地利用，成为从天而降的梯子。

我由衷地佩服小草和流水。小草贵在生长的精神。在阳光灿烂的地方，它得意地生长；在阴雨连绵的玉麦，它蓬勃地生长；在城市钢筋混凝土的罅隙里，它挤着头往上生长；在荒野的巨石下，它弯曲着很长的身子也要露出头来。它的生命力倔强得令人目瞪口呆。流水的长处在前行。见过长江、黄河和雅鲁藏布江的人，无不惊叹其水势的激荡或水面的壮阔。在玉麦，不舍昼夜的涓涓细流漫山遍野。由于海拔落差和地势造化，这一带雨虽多却从不泛滥，水虽猛而永不停滞。人阻拦，生态受到影响；大自然阻拦，会出现堰塞湖。地表的流水看得见，地下的流水不停歇。有流水的地方，就会生机盎然。

无论站在玉麦的哪个地方，环顾四周，都能“遥看瀑布挂前川”。初见兴奋不已，在那里数着有多少条。移步换景，就数不清了。有的“飞流直下三千尺”，可以一目了然；有的出现一小段，颇有美感；有的与云端相接，亦真亦假两难辨。山腰出现一段的瀑布煞是可爱。它从树的根部及裸露的岩石上方涌出，根据流经岩石的形状展现出不同的姿态。它太美了，美得人们想攀援而上接近它。它向人们展示部分肌体之后，随即又隐身于丛林之中。它有时似悬崖峭壁上的水帘洞，有时像天上落下的一块玉笏，有时如挂在树梢的一条哈达。

感谢云，是云给这片大地带来充沛的降水。玉麦的云有特点，它从不忽左忽右，忽南忽北。它沿固定路线飘移，大方向是由南而北。在玉麦，它有时是那么模糊。天上飘的是云，山腰缠的是云，山沟里往上升腾的还是云；丛林上方移动的是云，包裹树身的是云，从树根冒出的仍是云。在这里，我确实分辨不出云、雾和水汽的区别。清楚的是，它为玉麦制造出半年雨水半年飞雪。其实，云、雾和水汽都是天气元素，没必要再去区分。

感谢喜马拉雅山，是它提供了云聚集的空间和场所。位于青藏高原边缘的喜马拉雅山，它南坡的地势有利于大洋气流的涌入与抬升。暖湿气流在玉麦上空形成云，降为水。审视中国地图，这片地形的颜色与形状十分醒目。黄褐色块不仅显示着海拔的高度，而且告诉人们这片土地的居民属于黄皮肤的中国人；地形的脑状结构说明，这片土地与中国的中枢神经连在一起，是中国人的情感所在。

玉麦的云具有向心力，任何外力都无法改变它前进的方向；玉麦的水不忘初心，无论流到哪里都没忘记发源的地方；玉麦的山浑身湿透，由表及里浸润着中华的根。

转到玉麦

与城市里的宾馆相比，这里的家庭旅馆未免简陋。而对于来到玉麦需住宿的人而言，有一张床和被子，还奢求什么?

数百年来，这里是扎日转山信众必经之地。转山人夜宿何处?有一处四面透风的低矮石屋，他们认为佛在护佑。到了玉麦，简直是在天堂享受。家庭旅馆里有厚厚的床垫、暖暖的被子，配有电热毯。转山人喝杯甜茶，吃顿热饭，围着火炉聊天。

店虽小，客人来自四面八方，身份各种各样，有施工人员，有生意人，有公务员，有媒体人，也少不了转山信众，还有来挖贝母的。

七月中旬的一个傍晚，风雨中有二十多人骑着摩托而来。几个家庭旅馆一下住得满满的。应该会有人住进我的房间，毕竟有三个铺位空着。不知道是老板有意交待还是他们不好意思，总之没人住进来。我在里间，他们在外间。他们聚在一起有说有笑，聊得热火朝天。既然我是深入生活，只要与玉麦有关的，都是我关注和了解的内容。

我走出来，说声“扎西德勒”，他们礼貌地回应。我接着问:“你们刚转山回来?”一个穿红上衣戴着帽子的年轻人说“挖贝母”。他们有的数着钱，有的翻看身份证。

他们聊到很晚才睡。次日早上天还未亮，听到他们说话。等我七点起来时，已人去房空。

后来得知，他们来自加玉乡和雪萨乡，得到玉麦村的同意，到这里来挖贝母。他们是同乡甚至同村，有些还是一家人。看样子，不是三五天的活。在山上，他们有分工。

见到这些人，我才知道玉麦是贝母产地。贝母属于药材，治疗咳嗽效果良好。据说，鲜贝母一斤能卖四百多元。这是玉麦经济的一个组成部分。

家庭旅馆为来来往往的各色人等提供方便，生意因而兴隆。

有一次，和店主的一个亲戚聊天，他在湖南上大学。我听到一句话：转山是旅游经济。

他有亲身经历。他利用暑假为亲戚帮忙。每逢转山人来到，都能赚到每晚四五十元的住宿费，饭食方面的消费也不少，没有强制消费。这里的生意人是淳朴的，赚的是良心钱。

随着曲玉公路的贯通，玉麦的人流量将急剧上升，发展旅游经济是已规划的事项。到那时，转山人多了一重身份：游客。远方而来的游客，有可能转山，不一定与信仰有关，在于体验当地文化，体验自我挑战。

在以前相对闭塞的时候，转山还能为男女青年谈情说爱提供一个外部环境。

农牧区特别是牧区，居住点相距较远且人口稀少，有的乡只有几百人。在这样的地方，适龄青年婚配是个问题。转山为其提供一个与外界沟通的桥梁。

这说的是以前。如今的玉麦青年不用为婚姻之事犯愁，玉麦已与外面的世界连在一起。

向往玉麦的人越来越多。想当初，卓嘎和央宗的事迹经过新华社报道，仅内地飞来的信件就要用麻袋装。这可辛苦了邮递员白玛坚才和他的那匹马，都是他牵着马一步步驮来的。

玉麦青年懂得知识的重要，正在通过上学来充实人生。玉麦村第一个大学毕业生央宗的儿子索朗顿珠已走上工作岗位。这里人口不多，但上学比例很高。

玉麦，一个具有诱惑力的名字。

无论你来居住、工作、旅游或做其他事情，只要转到玉麦，就是你的福气所在。

那贡姐妹

说起玉麦，自然要提到那贡三姐妹。在玉麦村老九户中，三姐妹占了三分之一，三个家庭的人口数占全村人口总数的三分之一强。来到玉麦的人，会在不经意间见到她们，那贡的两个妹妹大群宗和卓玛拉宗都是店主。如果不知道那贡是谁，没关系，她的丈夫白玛坚才，对，玉麦乡的邮递员，早已名声在外。

搬迁

玉麦村民都知道白玛坚才与卓嘎是远亲，而到底是什么样的亲属关系，很少有人说得清。白玛坚才的儿子贡久旦巴告诉我，白玛坚才的爷爷与卓嘎的爷爷是兄弟。

他们的祖上什么时候开始出现在玉麦河谷，只有寺庙、老松和玉麦河知道答案。村里的寺庙有六百多年历史；山上老松有千年树龄；板块一碰撞，喜马拉雅山抖抖身子，玉麦河就出生了。

历史与现实交织在一起。玉麦乡自出现居民以来，就与周围的乡密不可分。特别是玉麦村与扎日乡的曲桑村，由于地理位置上的关联，千百年来，曲桑村有人搬到玉麦村居住，玉麦村有人搬到曲桑村居住。时至今日，两个村庄大部分人是家人或亲戚关系。

玉麦村的白玛次旺说，曲桑村百分之七十的人是他的亲戚。我不相信，便走进曲桑村牧场第一家餐馆吃面，男主人叫索朗巴珠，我说住在玉麦白玛次旺家。他脱口而出："白玛次旺是我的亲戚。"

来到贡觉家，我说住在白玛次旺家。他指着妻子说："她和白玛次旺的老婆是亲戚，都是朗县人。"

不必列举了，这些偶遇足以说明玉麦村和曲桑村人同宗、地同源。

白玛坚才就是这样一个与曲桑村、玉麦村甚至朗县都有关联的人物。

我不相信婚姻是上天安排的，白玛坚才与那贡的结合是机缘巧合。

白玛坚才出生在曲桑村。古往今来，在喜马拉雅山的这片区域，曲桑村的位置是优越的。县内交通，从三安曲林去扎日，这里是必经之地；县际往来，从朗县的仲达镇到隆子县，进来就是曲桑村。

白玛坚才未满十八岁就做着邮递员的工作。早期取邮件，白玛坚才要经过朗县登木乡。当时靠脚板出行，来到登木乡相当于到了中途驿站。登木乡那贡家是一个人口众多的大家庭，光姐妹就有十一人。那贡排行老大。

爱情的前奏是你来我往。白玛坚才在登木乡出现，没有引起谁的注意。那贡来到曲桑村，注意到这个有些面熟的腼腆小伙。

那贡不是来相亲的，她是和同村姐妹一起转山的。

藏传佛教信徒有转山的传统。公元十三世纪前后，元朝僧人吉布益西多吉为了弘法，跋山涉水奔藏南而来。来到扎日河上游，被河水阻住。对岸居民知是活佛弘法途经此地，自发抬来松木搭桥接其通过。活佛过来后，面南而立，喃喃自语：“尚未踏上藏南的土地，尽尝菩萨遍洒之甘露。佛祖保佑，大皇帝赐我力量，我必使藏南子民知佛法之所在。”

活佛手持经卷，问村民：“此村何名？”

一老者答：“祖祖辈辈居于此，未尝想起命名。请活佛赐名。”

活佛回过头来，看着刚刚走过用松木搭成的桥，随口说道：“曲松村。”

曲松，藏语意为“经桥、佛桥”。今天，为了和曲松县在字面上予以区别，遂叫曲桑村。

活佛开辟的转山路线，至今信众不断。

转扎日神山，起点是机甲寺，玉麦村为出口。不管哪里来的转山人，必须经过曲桑村才能到达机甲寺。曲桑村因此繁盛起来。

那贡来到曲桑村，在此住了一晚，次日去机甲寺，踏上转山路。

和许多转山人一样，那贡每年来一趟。

一回生，两回熟，性格开朗的那贡与白玛坚才热络起来。

白玛坚才不善表达。没关系，有句俗语说，男追女，隔座山；女追男，隔层纸。男人跨山累弯腰，女人捅纸很轻巧。那贡是捅纸的姑娘。

在那贡眼里，白玛坚才忠诚可靠，而且做着令人羡慕的邮递工作。既然那贡捅破了这层纸，看起来傻傻的白玛坚才心里乐开了花。

那贡一心相许白玛坚才，但是恋家。她向白玛坚才提出要住在娘家。白玛坚才也恋家，不想离开曲桑村。

那贡的脑壳足以攥住白玛坚才的心。她对心上人说：“你在曲桑，我住登木。我们结婚了，一年来看你一次。听人说，天上的牛郎织女一年在鹊桥上相见一次。你哪里都不用去，在曲桑村等我，我每年来转山，顺便在活佛走过的桥上与你见一次面，连家门都不用进，你看怎么样？”

反应再迟钝的人，也经不起爱情的敲打。白玛坚才答应去到女方家居住。

那贡家太热闹，热闹得白玛坚才无所适从。不存在歧视，也没人捉弄他，像生活在女儿国中的他，在熙熙攘攘中坐着不自在，站着又茫然，总是不知道该干什么，或者不该干什么。

后来，那贡也有些不适应这个家了。没有原则性问题，十多口人在一起过日子，时间长了，不是勺子碰着碗，就是碗碰锅沿。即使什么矛盾也没有，有时哪个丫头吃饭咬了舌头，大呼小叫，满屋子热闹得一团糟。

当初白玛坚才硬着头皮来，如今想回去又张不开口。无奈的那贡提出搬离娘家。当初她坚持住在登木，如今只好主动撤离。

一年多的登木生活宣告结束，白玛坚才高高兴兴地与那贡一起重返曲桑村。

久违了，曲桑，让他日思夜想的地方。

绵绵细雨中，白玛坚才外出收送邮件；袅袅炊烟中，那贡为他驱寒送暖。

白玛坚才对做生意毫无兴趣，放牧和打猎却都是好手。经常来玉麦，他感觉这是一个好地方，放牧可让牛儿任性爬山，打猎可让嘴儿天天尝鲜。他冒出搬到玉麦居住的念头。

与白玛坚才是本家且长一辈的桑杰曲巴，看出了他的心思。此时的桑杰曲巴，大儿子贡觉结婚到曲桑村居住，小儿子嘎尔琼在外求学，偌大的玉麦村，只有他和两个女儿在此居住。自己年事已高，玉麦要有新鲜血液注入，人多力量大，这样家园才能建设好，土地才能守得住。白玛坚才是本家侄子，人可靠，能吃苦耐劳。

白玛坚才把寄到玉麦乡的信件等物交给桑杰曲巴后，说出考虑已久的想法。老人盯着他的眼睛有两分钟，坚定而爽快地点头同意。

白玛坚才搬到玉麦的心落了地，回到曲桑又被那贡给悬了起来。

在曲桑过得好好的，突然要去玉麦，那贡想不通。她对丈夫说：“你说玉麦是个好地方，想去自个去吧。听人说，天上的牛郎织女一年在鹊桥上相见一次。你想去哪里就去哪里，我在曲桑等你，你每次取送邮件经过这里，顺便来家里吃些糌粑喝碗酥油茶烤烤火。我们一年能见好几次呢，你看怎么样？”

白玛坚才愣了一会，随后慢腾腾地说：“又拿牛郎织女忽悠我。上次你要住登木，我跟你去；这次我决定搬到玉麦，该你跟我走了。牛郎听织女的，织女也有听牛郎的时候。”

经过几年相处，那贡对丈夫已有全面了解。这个男人，乍看起来，没脾气，没主见；一旦决定了的事，牦牛都拉不回头。上次她讲牛郎织女的故事，他还年轻，勉强遂了心愿；这次跟他讲牛郎织女的故事，他成熟了，不肯改变主意。

牛郎带不走织女，织女要跟着牛郎。俩人感情很好，邻居常听到那贡的笑声，没听过他们拌嘴。那贡不想过天上牛郎织女的日子，她要过人间甜蜜恩爱的生活。最终，像当初白玛坚才硬着头皮去登木一样，那贡硬着头皮与丈夫一起来到玉麦河谷。

这一年是1996年，那贡和白玛坚才都是三十一岁。

帮　手

与白玛坚才一起来到玉麦的，还有扎日乡的扎西曲杰。

刚来到这里，那贡完全不适应。看着丈夫和扎西曲杰搭棚子，她的心不好受。

无论在登木还是曲桑，都有现成的家呀。丈夫居然看中这个鸟不拉屎的地方。那贡想着不能说出的话："你个闷葫芦，三天不放一个屁，也感觉不到不舒服。我是爱热闹的人。别说一天，就是半天，没有说笑，我都受不了。照这样住下去，你能憋成精，我会憋出病。"

心这么想，看着冒雨搭棚的人，她还是心疼。她抓好糌粑，准备好甜茶，劳累的人需要补充能量和水分。

慢慢地，那贡感觉到，这里除了人少，生活方面和曲桑村没有多大差别。桑杰曲巴告诉她，这里的人会多起来。她不太相信，但仔细一想，老人说的是实话。去年玉麦村一家人，今年她家搬来，全村有两户啦。听扎西曲杰的想法，他很快也要搬来住。

桑杰曲巴对白玛坚才说："以前不知道有氧气，老了听来这里的干部说，西藏的氧气没有内地多。玉麦乡像西藏的江南，原始森林多，氧气和内地差不多，对人的身体健康有益。"

白玛坚才回家给那贡一学，那贡似信非信地说："什么氧不氧的，我在登木、在曲桑、在这里，感觉都一样，头在哪里都不晕。"

白玛坚才说："你在高原长大，当然头不晕。"

那贡回道："你是中国人，住在哪里都舒服。"

白玛坚才认真起来："你不是中国人吗？"

那贡知道丈夫犯犟劲了，认真地回答："别以为我啥都不懂。政府让咱在这里住，因为咱是中国人。外国兵想过来，让金珠玛米挡住了。他们是外国人，怎么能随随便便来中国的地盘？"

白玛坚才笑了："你开始不愿来玉麦，我以为怕吃苦受罪。住段时间才发现你的觉悟比我高。"

那贡笑了："什么觉悟不觉悟的，咱是老百姓，在哪都是一辈子，看好自己的牛，守住自己的地，就行了。"

第二年，扎西曲杰搬到玉麦长期居住下来。

随着牛的增多和生活的需求，那贡的劳动量越来越大。白玛坚才在家里是个"靠不住"的人。说靠不住，因为他既要奔波在邮路上，又要和卓嘎的丈夫巴桑等人一起巡山。挤牛奶，加工酥油和奶渣，编竹器，带孩子，都由那贡这位家庭主妇承担。

回到家里，白玛坚才干的尽是男人的活，诸如捡柴、劈柴等体力活。别以为捡柴是轻而易举的事，说清楚了，非一人之力所能完成。这里不缺枯死的树，合抱粗的枯树亦能见到。村民把它拖到山脚，用锯锯成段，用斧头劈成块，堆成堆，晾干，用来烧火做饭取暖。

一句话，那贡需要帮手。请人帮工，要支付工钱，而且有钱也不一定能请到人。桑杰曲巴等了几年才请到三安曲林乡的巴桑帮助放牧，后来入赘，帮助卓嘎帮了一辈子。

那贡跟丈夫商量："活太多，请帮工不如找自家人。"

白玛坚才知道妻子累，也在想着这事，听了她的话有些丈二和尚摸不着头脑："自家人？咱家没有合适的人呀。"

看着丈夫傻乎乎的样子，那贡笑了："叫群宗来挺合适。"

白玛坚才这才反应过来，对，妻子娘家人力资源丰富，赶紧表示欢迎。

群宗家里以务农为主，来到玉麦，在姐姐帮助下，很快学会了牧场上的活计。

扎西曲杰的儿子次仁曲杰，和群宗年龄相仿。群宗的出现，让他喜不自胜。

在玉麦这个地方，青年男女找对象不是容易的事，资源有限呀。

朗县飞来只金凤凰，小伙子岂能错过良机?

群宗看起来腼腆，但熟人之间，让人感受到的多是活泼的一面。次仁曲杰需创造机会，才能美梦成真。

牧场上，就那几家人，都住在附近。群宗挤牛奶，次仁曲杰看到那贡和白玛坚才没出现，便对着她扮鬼脸，做着各种滑稽动作。群宗装作没看见，不理他。

次仁曲杰有的是法子。俩人都往山坡上赶牛。次仁曲杰悄悄捡起一个石子，猛地举起向群宗家的那头公牛砸去。手法的准与狠，使公牛一蹿老远。本来有秩序缓步爬坡的牛群，顿时像遭捅的蜂窝一样乱哄哄的。群宗慌了手脚，甩着乌尔朵，也不大起作用。次仁曲杰像英雄一样跑上跑下，一会儿就让牛群重归安静。群宗感激地看着他，他潇洒地扮个鬼脸。这个鬼脸得到回应，群宗调皮地也向他扮个鬼脸。

从那以后，俩人相遇，就心有灵犀了。

次仁曲杰也有失算的时候。一天中午，群宗在小路旁挤牛奶。次仁曲杰看到了，想引起她的注意。他本想往前走几步，又觉得离那贡的住处太近，要是撞上，不太好。他吹口哨，学鸟叫。不知是劳动太投入还是困乏，群宗居然没注意到他的存在。他使出看家本领，捡个石子，想着往哪里砸，既不会有太大动静，又能让群宗发现他。

他认为砸盛奶的桶合适。石子砸在桶侧，对桶和牛都没有伤害，声音不大，还能让群宗感知到。

他相信自己的抛石技术。想好之后，他在考虑力度的大小。这个距离，力度小，砸不到位；力度大，石子会反弹伤着心上人。他攥着石子来回运动了几下，然后瞅准目标，一甩手，石子飞了出去。

他在甩手的瞬间，期待着群宗扭过头来对他粲然一笑。

不幸的是，他听到群宗的一声尖叫。揉眼一看，糟了，群宗跌坐在地上，盛奶的桶倒了，她的脚上都是牛奶，牛哞的一声跑开了。他精心挑选的石子没有砸中桶，而是打在了牛肚子上。

次仁曲杰不顾一切地从隐蔽处跳出来，冲过去，想把群宗扶起来。

他的手刚碰到群宗的肩膀，就被听到叫声的白玛坚才看到了。白玛坚才的第一反应是，群宗遇到了坏人，尽管这个坏人他熟悉。他顺手拿起门旁的笤帚，要打次仁曲杰。

次仁曲杰知道白玛坚才的脾气，一看势头不好，抱头就跑。

闻声出来的那贡看到眼前的一幕，没有发作。她慢慢走到妹妹跟前，对着妹妹的眼睛看了一会。那眼神分明告诉她，妹妹遇到的

大群宗（中）与卓玛拉宗（左）、小群宗（右）在一起。（刘枫 摄）

不是坏人，而是意中人。

那贡是过来人，读得懂妹妹的眼神，那是妹妹心灵的窗口。

事不宜迟，当晚，那贡就向丈夫布置了一项特殊任务。直到此时，白玛坚才才明白过来，庆幸手中笤帚没打着那小子。要是打中了，说不定群宗会恨他呢。

一切照着那贡的计划进行。次仁曲杰和群宗体体面面地结合在一起。扎西曲杰一家顺理成章地与村里其他人成了亲戚。

眷恋

次仁曲杰的妹妹与群宗重名。为把她俩区别开来，大家称呼时分别加上“大”和“小”，大群宗是嫂子，小群宗是妹妹。

次仁曲杰脑瓜好使，有经营意识。在发家致富上一旦有了想法，很快就付诸行动。

来到玉麦的人当天很难出去，不得不在此吃饭住宿。次仁曲杰在家里开了个商店，弄出一个简易的家庭旅馆，由大群宗全权负责。

在相对闭塞的环境中，是转山人拉动了玉麦河谷的经济发展。

每年夏季，用双脚兑现信仰的转山人走到玉麦出口，已是累饿冷集于一身。在这里吃顿热饭，睡个好觉，离开时买些食品带着，幸福指数陡然上升。

信众就是这样，明明知道转山不容易，甚至有危险，偏要去经受一番，再享受吃饱睡好穿暖，有一种满足感。

大群宗家的旅馆条件简陋，但对于满身泥水的转山人来说，赛过星级宾馆。一张床铺 2018 年的价格为三十五元，比星级宾馆少个零。来此投宿的除了转山人，也有其他情形各异的人。

次仁曲杰不满足坐地盈利的生意，他觉得男人应该在外面闯。说干就干，他买了辆大货车跑运输。玉麦村的这位运输专家，一年中的大部分时间都在外奔波。

那贡千辛万苦培养出来的帮手，变成次仁曲杰家做生意的能手。看到小两口经营有道，日子过得滋润，那贡心里高兴。

白玛坚才一如既往地牵着马匹运送着邮件和物资。那贡能干，还是料理不了那么多的牲畜和家务活。

她感到劳累时，又想起娘家丰富的人力资源。

她和丈夫再次说起帮手的事。不大说话的他幽了一默："算了吧。大群宗在家旁边挤牛奶，能让狼拖跑。再让你的哪个妹妹来做帮手，早晚会被老鹰叼走。"

那贡正儿八经地说："我想好了，这次叫卓玛拉宗来，她十岁，没人招惹她，随随便便帮上十年八年忙。再说，村里没有二十岁以下的男孩子，有啥不放心的。"

家里事，一向都是那贡说了算。事实证明，她是正确的。大群宗女大当嫁，是情理中的事，在玉麦成家，与她作伴。

听了妻子的分析，白玛坚才点头同意。

很快，卓玛拉宗被接到大姐那贡家上岗。

小姑娘模样可爱，聪明伶俐，做起事来，谁见谁赞。

放牧的男孩子叫牧童，看牛的女孩子是牧女。在那贡调教下，卓玛拉宗很快就适应了牧场生活。

虽是姐妹关系，那贡就像带自己的孩子一样带卓玛拉宗。姐姐做着重活脏活，妹妹做着轻活碎活。时间过得真快，一晃几个年头就溜走了。

每年十二月，大雪封山。往北，与曲桑村阻隔；往南，无大雪所困，可以活动的空间有限。

接下来的半年里，除了坚持巡山，村民只能待在玉麦河谷。他们过的是世外桃源的生活，尽管没有桃树。

闹市里的人，向往世外桃源，世外桃源中的人却苦不堪言。漫长的冬季对白玛坚才影响有限，能帮着编竹器、做家务活。那贡却有些待不住，没有欢声笑语，算过日子吗？哪怕见到转山人，也能带来些说笑。外国人见不得，万一见到，她会立即告诉白玛坚才。白玛坚才会毫不迟疑地冒险踏雪翻山去报告驻扎在扎日乡的解放军。

在这个季节里，可怜的是卓玛拉宗。大姐像妈妈一样关爱照顾她，而随着年龄的增长，少女的心需要更多内容来填充。

这里没有同龄人。刚来这里，两个姐姐是亲人，牛犊是玩伴。铺天盖地的白雪告诉她，冬天来了，新鲜面孔不再出现，村民回归在火炉旁。大姐教她编竹器，大姐夫为她在炉子上烤土豆。在百无聊赖的日子里，这是幸福的生活场景。她想念登木的家，那里喧闹不已，有人跟她吵吵闹闹。在这里，她想吵闹几声，但缺少吵闹的对象。她想疯疯癫癫往外跑，可是雪原迷茫了她的双眼。

那贡知道，桑杰曲巴的小女儿活活冻死在雪地里，和卓玛拉宗的年龄差不多吧，都快长成人了。所以卓玛拉宗的活动范围春夏秋冬都在大姐视野内。

那贡注意到，卓玛拉宗的性格与自己相似，在生人面前，较为内敛。她对这个妹妹满意、放心，偶尔又会见她发呆。

她有时对着牛犊说话：“牛犊牛犊不要怕，豺狼来了快找爸。牛犊牛犊快长大，深山老林都是家。”

她有时跟大牛絮叨：“去年小牛到我腰，今年小牛有我高。小时盼望快快长，大了才知有烦恼。”

她有时跑到河对岸大石旁，大石上漆着一面鲜红的国旗。开始她觉得好看，后来知道那是国旗。她会对着国旗说一番：“冰天雪地一片白，玉麦数你最鲜艳。我想站在星星下，放牧巡山都壮胆。”

漆有国旗的石面有较大的坡度，大地一片银白，上面却很少积雪。卓玛拉宗看到，偶尔上面落些雪，有一位老爷爷会过去清理。

卓玛拉宗对这位老爷爷既熟悉又陌生。熟悉的是，每天多次见到他，他不说话，很少闲着；陌生的是，他如果在雪地里见到她，会不眨眼地盯着她。有几次，老爷爷好像喊着哪个女孩的名字走过来，反正不是卓玛拉宗的名字。遇到这种情形，卓玛拉宗心里有些怕，扭身往家跑。回头一看，站在雪地里的老爷爷有些发怔。

卓玛拉宗指着老爷爷向大姐描述着。一向欢快的那贡明白了，看着老人，她的心有些堵，不知什么时候，眼睛湿润了。

卓玛拉宗有些奇怪，问大姐怎么啦。那贡告诉她：“人老了，都这样。眼前的事记不住，脑子里装的都是以前的事情。不知道他想起什么。你看，石头上的那面国旗，是他漆上去的。他在巡山路上挂了几十年的国旗，一直挂到走不动。他每天都看插在房顶的国旗，去保护石头上的国旗。看着吧，即使以后他老糊涂了，对国旗都不会糊涂。”

诱人的五月天在期待中来临。山顶仍戴着雪帽，玉麦河唱起欢快的歌谣，村民露出笑容。

玉麦村的天气周而复始：雪停了下雨，雨停了下雪。

尽管下雨，卓玛拉宗也是高兴的，能见到远道而来的转山人，还有在这里待一两天又消失的陌生人。

一天傍晚，白玛坚才牵着白马驮着邮件回来。同来的是个二十多岁的青年，白玛坚才让卓玛拉宗喊他白玛哥。白玛哥有些害羞。他皮肤白白的，牵来的也是一匹白马。他的白马驮了很多商品。

白玛坚才对那贡说："他叫白玛次旺，是曲桑村的，想来玉麦开商店做生意。"

白玛次旺不慌不忙接着说："阿佳那贡，我知道这里有商店。我卖的东西尽量不和阿佳群宗一样。有些食品类的东西，如果一样，会和这里的商店一个价。雪化了，路通了，来这里的人多起来。我在这里过段时间，看看生意怎么样，很快就回曲桑村。"

白玛次旺在包里翻着五颜六色的商品。他拿出一条帮典送给那贡，挑出一条围巾送给卓玛拉宗，把一袋食品塞给那贡的儿子。

卓玛拉宗瞟了一眼那条围巾，真好。她是个聪明而有自尊的姑娘，躲到一旁看着大姐。那贡爽快，顺手接过围巾，对着仨人说："我在曲桑村住的时候，白玛次旺有没有二十岁？才五六年，要不说，我都有些认不出来啦。再一看，大模样没变。卓玛拉宗，白玛次旺为我们每人准备了礼物。这是你的，还不说声谢谢？"

卓玛拉宗走向前，大大方方地说："谢谢白玛哥。"

白玛次旺反而有些不好意思："不谢。就是没想起给白玛坚才哥哥送什么东西。"

白玛坚才一笑："在曲桑村的时候，我对你说不要多想，你到玉麦就是大家的好礼物。"

的确，白玛次旺的到来，受到村民的普遍欢迎，包括开商店的人。

在白玛坚才等人的帮助下，白玛次旺搭了个简易棚子，用作商铺。

白玛次旺面相诚实，待人和气，给人留下的印象很好。

收了生意，白玛次旺经常到那贡家烤火，喝甜茶。

白玛次旺长卓玛拉宗十岁。此时的他俩，一个是值得信赖的大哥哥，一个是活泼可爱的小妹妹。

大概一个月的光景，商品兜售完毕，白玛次旺向那贡一家告辞，回曲桑村。

之后的几年里，白玛次旺总会带来花花绿绿的商品，卖完就离开。

出落成大姑娘的卓玛拉宗，渐渐引起转山到此单身青年的注意。那贡和白玛坚才都意识到了，开始为她的未来考虑。所谓未来，卓玛拉宗不清楚，那贡犹豫不决。那贡的大脑里模模糊糊有三条路：回登木；在曲桑村找个人家；留在玉麦。

这样的未来在兑现之前，和没考虑差不多。但有一点可以肯定，那贡开始把卓玛拉宗的事放在心上。

又是一年五月天，在卓玛拉宗的期待中，白玛次旺出现了。

在此之前，要说恋情，是不存在的。在卓玛拉宗眼中，白玛哥就是白玛哥，她压根没往那方面想。想让白玛哥出现，因为熟悉白玛哥，白玛哥关心她，每次都会带来合意的小礼物。

白玛次旺的生意照常开张。

与以往不同的是，白玛次旺来那贡家的次数减少了。那贡注意到了，但没太在意。与丈夫说起，白玛坚才的理解是：白玛次旺生起炉火，自己做饭，就不好意思来打扰了。

卓玛拉宗和以往一样经常去白玛次旺的商铺里转悠。那贡没发现什么。倒是白玛坚才给妻子提了个醒：“白玛次旺会不会欺负卓玛拉宗？”

那贡想了一会，肯定地说：“不会。卓玛拉宗活泼，能把握住自己。白玛次旺比她大十岁，他的皮肤再嫩，也只适合做哥哥。他做不出对不住我们的事。”

这一年有些特别，两个月后，商品卖净，白玛次旺也没有回曲桑村的意思。磨蹭到秋天，他才来向那贡一家告辞。

话少得可怜的白玛坚才对白玛次旺说：“卓玛拉宗到了谈婚论嫁的年龄,你回到曲桑村后,留意有没有合适的小伙子。拜托你啦！”

谁都想不到，不大问家事的白玛坚才说出这样的话。他是真诚的，其他人还以为他在破例开玩笑。

白玛次旺支支吾吾：“好的，好的，我知道。”

卓玛拉宗的脸唰地红了，有些不自在，站起身向门外走去。

此时的那贡注意到，卓玛拉宗走路的姿势有些异样，体形有微妙变化。再看看白玛次旺脸上的表情，她明白了。

送走白玛次旺，那贡把卓玛拉宗拉进屋。卓玛拉宗以为大姐会

卓玛拉宗、白玛次旺和女儿等人在临时商铺前。（唐大山 摄）

呵斥她。出乎意料的是，那贡用舒缓的口气说道："白玛次旺年龄是大些，他人好，身材好，主要是没结婚。看来，你早已中意他。他让你开花，我让他在这里扎根，才能保证长远。"

想不到大姐这样理解她的心，卓玛拉宗的眼泪流出来了。她对着大姐使劲地点下头。

就这样，别说第二天，就是第二年，白玛次旺也没有离开玉麦村。

卓玛拉宗和白玛次旺有一儿一女。2018年，卓玛拉宗三十一岁，儿子十一岁，女儿六岁。

来到玉麦的人，谁不羡慕他们这幸福的一家？

扎西家族

玉麦村人口不多，扎西却不少，在老九户三十二人中，有七个扎西。

那么多扎西，先从老扎西说起吧。

老扎西全名叫扎西曲杰，妻子叫次仁措姆，俩人都是六十五岁。按年龄不算大，当时他们却是全村年龄最大的两位老人。

玉麦乡名扬全国后，媒体纷至沓来。很多人想挖掘这里的历史文化、风土人情等，找村里的老人，扎西曲杰当之无愧。

人容易找，采访却不容易进行。他不会说普通话，语言障碍使双方难以沟通。翻译来了，他要么以笑应答，要么感到茫然。总之，基本上听不到他发声。看到镜头对着自己，他不是把头扭向一边，就是把头低向胸前，甚至用双手捂住脸。

久而久之，了解情形的采访者，不再去干扰他的生活。

或许他认为，原来是什么样子，以后还保持什么样子，生活要一如既往地过下去。

1996 年，白玛坚才在玉麦乡定居。彼此都是老相识，扎西曲杰与他同来。

荒凉呵，这里云山雾罩；寂寞呵，这里只有三口之家；艰苦呵，这里几乎与世隔绝。

扎西曲杰对这里不陌生，仔细审视，仍然发出这样的感慨。

他帮白玛坚才搭建临时住处，拜访德高望重的桑杰曲巴老人。

玉麦河谷住着一家三口，桑杰曲巴在扎日乡是妇孺皆知的人物。放在全县视野，很多人都知道他坚守玉麦的事迹。

桑杰曲巴和扎西曲杰都是话不多的人。俩人碰在一起，一天所说的话是几年的总和。鉴于长幼之别，扎西曲杰听得多，说得少。

桑杰曲巴对扎西曲杰的感受表示理解。作为老乡长，他是懂政策的人，预感到政策召唤将会给玉麦带来变化。他考虑更多的是，自己年事已高，这片土地需要注入新鲜血液。白玛坚才三十一岁，扎西曲杰四十三岁，都是巡逻守土的好年龄。

桑杰曲巴想得长远，玉麦的将来，他能设想到，其他人相不相信又是一回事。对于相当一部分人来说，当时玉麦村的状况让人难以流连忘返，更不用说定居于此。

老人的话是诚恳的。来此考察，说明扎西曲杰有搬来的念头。

桑杰曲巴告诉他："我现在说的话，听起来像做梦。要多少年，我说不准。我是看不到了，但你们肯定能看到。今天荒凉，看着无奈的云雾缭绕，有一天会成为慕名而来者的风景；今天寂寞，只有几户人家居住的玉麦河谷，有一天会成为有人想搬进来却无空间可住的热闹地方；今天艰苦，连基本生活都不能保证，有一天会成为衣食住行都不愁的小康村。"

扎西曲杰听着老人的话，看着他的模样，有些痴人说梦的感觉。他知道，七十二岁的老人头脑清醒，想留住自己是真心的，但是否留下来，还是全由自己做主。他心想："真像老人所说，很多人争着来玉麦，到时我有没有机会？像他说得那么好，为什么没有几个人能看到玉麦的未来？”

扎西曲杰有些矛盾，想来玉麦又拿不定主意，这趟是来考察，要回到扎日乡听听老婆孩子怎么说。

在家里，扎西曲杰一向不喜欢民主，但当遇到拿不定主意的事情，又不得不民主。

讨论来讨论去，妻子和儿女均表态：这么重要的事，由他说了算。扎西曲杰如果决定搬到玉麦，妻子儿女会跟着去；如果他不搬，妻子儿女也原地不动。

妻子儿女对自己的尊重，让扎西曲杰有种满足感。问题是，这么大的事，仍然不知道搬还是不搬。问问扎西罗布吧。在内地，一个女婿半个儿；在西藏，入赘女婿就是儿。

扎西罗布是隆子县西部的人，与扎西曲杰的女儿群宗结婚后，在隆子县东部落户。他初中毕业，在扎日乡属于文化程度较高的人，并能处理一般病症，成为村医。

扎西罗布真诚、务实，无论在家里还是村里，都得到公认。在讨论是否搬迁时，他也在考虑。此时他说出看法：“玉麦和扎日，具体在哪个地方居住，对老百姓来说，关系不大，意义却不一样。关系不大，说的是我们在扎日放牧吃饭，到玉麦还是放牧吃饭。两地天气状况差不多，对于我们基本上没什么影响。要说没一点影响，也不实际。目前，这里人多些，生活条件好些。还有，这里驻扎着部队，玉麦没有解放军，遇到紧急情况，住在那里没有安全感。正是这个原因，住在玉麦的意义就体现出来了。同是老百姓，住在安全的地方是过日子，住在危险的地方是守护国土。上次去县里参加培训，我感觉到我们国家注重发展西部，对西藏开展对口支援。说这些好像和咱家不沾边。内地已经发展起来，国家有力量投入边疆民族地区建设。说得明白一些，越是偏远地区，国家投入的人力物力财力就越大。当然，搬到玉麦想好事也不对，万一我判断不准，全家人都失望。我的看法是，可以搬到玉麦住。”

扎西曲杰没有全听懂他的话，大意知道，搬到玉麦是好事。他想起桑杰曲巴的话，俩人说的具体内容不一样，但有两点是共通的：一是人多些，对守护国土有利；二是政府重视那个地方，好起来是早晚的事。

扎西曲杰在这方面领悟得比较好。自己决定去玉麦居住，而对结婚成家的孩子，扎西曲杰让他们自己决定。在家事的磨砺中，扎西曲杰不知不觉发扬了民主。他没有意识到，当把家搬到玉麦时，家事就成为国事，或者说，他的家事与国事紧密地联系在一起。

第二年，扎西曲杰举家搬迁至玉麦乡。

他们的加入，使得玉麦村的人口迅速增加。以 2018 年 10 月为准，扎西曲杰和一儿两女四户十四人，加上在此落户的外孙女，共

扎西曲杰（侧卧者）等人在玉麦村夏季牧场。（巴桑次仁 摄）

有十五人。在老九户三十二人中，扎西家族的人口占全村人口近一半。

来到玉麦变化最大的是扎西罗布。在扎日，他是文化程度较高的人；在玉麦河谷，他是文化程度最高的人，能运用普通话交流。初到玉麦，他干的还是老本行。后来鉴于实际需要，扎西罗布被聘为副乡长，协助乡长卓嘎开展工作。

由于特殊的环境等原因，卓嘎和央宗的文化程度有限，都不会使用普通话。对不懂藏语的人的到访，扎西罗布成为乡政府沟通的桥梁、工作的助手。

当时的乡政府在卓嘎家，一处普通的民居。扎西罗布同样在家办公。谁有个头疼脑热，就找上门来请他诊治。玉麦河谷出现外来人，他也第一时间赶到。如有涉及全村乃至全乡的事情，他主动与卓嘎和央宗商量。在很长一段时间里，全村的事情等同于全乡的事情。时至今日，村务在乡政府工作中仍占相当大的比重。

随着政府机构的健全，玉麦乡有了公派干部，有了专用的办公场所。在玉麦做了几年副乡长的扎西罗布，被组织安排到雪萨乡任专职武装部长。在雪萨任职几年后，扎西罗布调到热荣乡任职。在此期间，他成为国家正式干部。2017 年，扎西罗布调到斗玉乡，任人大主席。

我在玉麦期间，与扎西罗布偶有接触。他的妻子因与娘家嫂子重名，大家喊她小群宗。小群宗家有商店和旅馆，丈夫长期在外地工作，她是名副其实的老板。他们的大女儿在内地上大学，小女儿在区内读高中。

扎西曲杰的小女儿叫拉吉白玛，她是在搬到玉麦后结的婚。丈夫叫次旦扎西，贡嘎县人。俩人因玉麦而结缘。

玉麦的路是出了名的难走。玉麦到曲桑之间，称不上路，准确地说，叫羊肠小道。为把玉麦与外界连在一起，政府组织修建简易公路。

在修路队伍中，贡嘎县的次旦扎西踏实肯干。有些人苦于冒雨在泥泞中筑路，想早些离开这个鬼地方，而次旦扎西毫无怨言，对玉麦的山水情有独钟。

玉麦河谷就这么点巴掌大的地方，玉麦村就这么几户人家。拉吉白玛很快被次旦扎西锁定。都说玉麦偏僻，偏僻的地方怎有这么标志的姑娘？都说玉麦艰苦，艰苦的条件怎能留住凤凰？有了这样的思维，就有相应的行动。他被拉吉白玛永久性地锁在玉麦，结婚成家做生意。

拉吉白玛锁得住次旦扎西的心，锁不住他发家致富的腿。次旦扎西长期在外奔波，为生意忙碌。后来，夫妻俩索性把商店和餐馆转包给亲戚经营，他们一起闯天下。不管事业如何，他们清楚，玉麦有他们的家，牧场有他们的牛，他们永远是玉麦人。

搬家时，扎西曲杰的大女儿已在扎日乡成家。为了不违背爸爸的心愿，大女儿让孩子跟着他落户玉麦。目前，扎西曲杰的这个外孙女在兰州大学就读。

扎西曲杰的儿子叫次仁曲杰，是个长期在外跑大车的生意人。次仁曲杰的妻子大群宗在家经营着商店和旅馆。他们有两个儿子，大儿子读职校，小儿子智障。来到玉麦村的人，对他的小儿子都有印象。他经常骑着儿童车在门前转悠，没有烦恼，只是偶尔喊几声。

扎西一家没有烦恼，玉麦村民没有烦恼。全体村民可以分为两大类，一类是在外求知识的学生，一类是竞相发家致富的人们。

同去找牛

上次去牧场没找到牛，觉得缺些什么。

专门到牧场拍摄的牛学问起牛，卓嘎和央宗都说，她们不知道牛在哪里，能不能找到没把握。

7 月 29 日，村民相约找牛，我兴奋，终于可以见到牛了。

早上七点多，我们坐上巴桑次仁的车。副驾驶座上是扎西曲杰，胸前斜挎着那把出门必带的藏刀。我和四位家庭主妇挤在三人座上。虽然错落有致，但我的臀部只占据着四指宽的座位边沿。放心吧，落不下去，几乎缩成一团的我被严严实实地卡在有限的空间里。

超员！我有这个意识，无奈抵挡不住找牛的诱惑。

施工期间，大部分路段保持着泥泞状态。

我的命在方向盘上，方向盘在巴桑次仁手里。有的弯一次拐不过来，车头顶到路边，后倒，再猛加油，急打方向盘，才能冲上去。我的脑袋几次碰到左上侧的扶手，不严重，但我知道如果不可控的力度加大，将是什么情况。司机习以为常，连安全带都没系。大家的身子一会儿左右摇晃，一会儿前后摆动。我身上冒汗，不是热的，是吓的。以前听说某人把生死置之度外，有的是真英雄，有的是不得已而为之。我属于后一种情况。既然上了车，就由不得我做主，

挤牛奶的央宗（唐大山 **摄**）

一切交给司机了。对当地司机，我放心又担心，放心的是他们长期在这种环境中驾驶经验丰富，担心的是人生遇到一次意外便宣布玩完。

我默不作声，车里充满欢声笑语，甚至彼此开着玩笑。看来是我大惊小怪。

坐了一个多小时的过山车，来到夏季牧场。在这里见到牛，很是幸运，牛平时都在深山中。

下车看到附近有几头牛。央宗坐在牛身旁挤奶。她的衣着和劳动状态，让人一下感受到牧场的气息。我手指相机，示意可否拍照，她点点头。这半年多来，她和姐姐卓嘎适应了媒体采访、拍照、摄像，尽可能地予以配合。这是生活中的她。地上的泥巴、天上的小雨以及她提桶挤奶的样子，让人看不到照在她身上的光环，只能感受到她是一位牧妇。

来到卓嘎家，巴桑正在整理裤管。他的脾气很好。第一次见到他时，白玛次旺和他开玩笑，他不愠不火，总是笑嘻嘻的。他喜欢喝酒，经常醉醺醺的，但遇到正事，一往无前。何必苛求他？想当年，两个女子在旷野放牧，他来到此处相助，与卓嘎结为夫妻。放牧中有男子的身影，巡山时有壮汉的出现，生活中有丈夫的陪伴，这一切，对于卓嘎来说，足够了。

另一位加入找牛的男子是白玛坚才。他是一位邮递员。2017 年

3月，大雪封山，道路不通。白玛坚才驮着乡政府的生活物资艰难地走到牧场，然后由这边的人开车接过来。乡政府付费，他不收，工作人员逢年过节慰问他。他中等个头，看起来壮实有力，腰间的那把藏刀，增添了几分英雄气概。我知道他的一条腿受过伤，但没看出来。

由于牛群移动没有规律，我们分为男女两组，以便尽可能多地找到它们。巴桑次仁建议我加入女组，她们去的地方海拔低些。但我表示与男组同行。

我们一行五人走了半小时，有人发现豺的粪便。巴桑次仁说："这种和狼差不多的家伙，袭击牛犊。我们对待豺只能防范，它是国家保护动物，不能打。"

来到一处宽敞地，我们坐下小憩。从这里看玉麦，是摄影爱好者较好的角度。云山雾海，让人想到的是，《西游记》如在这里拍摄，真是绝佳选择。天空亮时，山坳里的玉麦村犹如航拍尽收眼底，有时能认出谁家的房屋。大部分时间，玉麦村好似海市蜃楼在云中若隐若现，有时甚至白茫茫一片，不见踪影。

对于他们来说，这些地方太熟悉。白玛坚才卧在一处斜坡上，顺手扯下一朵野花，含在嘴里。虽是和平年代，我还是猛地想起"战地黄花分外香"那句词。一位中年汉子匍匐在草地上，旁边那把带鞘的藏刀几乎被绿草遮掩。他的面前是五颜六色的小花。他是在感受喜马拉雅山的温度，还是通过口中含的那朵花与祖国的大好河山声息相通？我想，二者兼而有之吧。谁不说俺家乡美？这里美得让白玛坚才感慨，眼前浮现出他单人匹马三十多年的漫漫邮递路；这里美得让他落泪，泪水中流淌出一条铺着柏油的曲玉公路。

巴桑次仁痴痴地望着玉麦村。八岁时，他读小学二年级，阿妈去世。十八岁高中毕业，摆在他面前的有三条路：复读、当兵、做代课教师。他在家中排行老大，有一个弟弟两个妹妹，第一条路复读先被排除。当兵还是做代课教师，他没有主意，只好在内心决定，哪个通知先到就走哪条路。结果，代课教师岗位召唤了他。那一年，全县招二十名代课教师，巴桑次仁是其中一位。具体安置时，教育局工作人员征询谁愿去玉麦乡。一阵沉默后，他举手回答“我愿去”。他受到领导表扬，却把在日当镇做教师的舅舅气坏了。舅舅疼爱这个外甥，县里招代课教师的信息是他告诉巴桑次仁的。爱之深，气之大，可想而知。就这样，巴桑次仁踏上了去玉麦的路。一路走来，十二个年头一晃而过。从前的岁月没在他的脸上留下痕迹，但已刻在心里。明天的愿景，在他的眼中展现，玉麦小康乡建设正紧张有序地进行。

起来吧，不忘找牛，继续爬山。巴桑要帮我背着茶杯，我没再坚持，顺势递给他。写这些内容，不清楚的人以为我在凑字数，一个茶杯值得在此浪费笔墨吗？但如果你爬过山，特别是在西藏爬过山，而且见过 2011 年 7 月中央代表团在庆祝西藏和平解放六十周年时赠送的大茶杯，再把它装满水，背在身上往上攀登时，就知道个中滋味。我是找牛队伍中唯一带伞的人。刚上山时还得意，淅淅沥沥的雨中，他们四人冒雨前行，我撑把小雨伞独享风景。山里的雨，时不时来一阵，不大。旁边有灌木，脚下有乱石，慢慢地，雨伞成为负担。

来到一处看不到坡面的山谷。我怎么描述它？花海，太俗；地毯，太鲜；天女散花，增些动感更俏；水中望月，来些涟漪更美。它是那么诱人，又让人有一些遗憾。诱人的是，从上而下缓缓倾泻的一河花瓣，除了牧民，有谁见过如此烂漫的花河？遗憾的是，它海拔有些高，能与牧民一起在空中花园漫步的只有个别人，像此时此地的我。但随后又想，如果很多人能来到这里，静态的花河很快就可能变成伤感的花泥了。我与巴桑次仁俯在花河中，相互拍照。拍照只具象征意义，身在其中才是别样享受。

白玛坚才的攀爬姿势告诉我，他那条受过伤的腿不听使唤。他的意思是不再往上攀登，而在临近地方单独寻找牛。

巴桑次仁问我愿不愿意和白玛坚才留在一起。他怕我受不了，用的是祈使句，倾向于我就此止步。但我立即表示，继续前行。

累！我怎么不累？腿肚子早已告诉了我。我的感觉是，往上走时举步维艰，身上冒汗；停下歇息，很快就恢复正常，时间稍长又觉得冷。看起来走得不快，稍一停留，比如拍个照，再去追赶前面的队伍就不那么容易了，除非他们放慢脚步直至停下来等待。

我不能懈怠，走得再慢，也要走到他们走过的地方。不必担心白玛坚才，几十年来，他一直独走玉麦的路，独上玉麦的山。巴桑的特长正在彰显，他走的大部分路线与我们不同，有时好长时间看不到他。我明白，他那边的路比我这边的险。他扩大了搜寻范围。看着在悬崖边穿梭的巴桑,在小餐馆手握啤酒罐的形象一去无踪影。

到手脚并用的时候了。我把雨伞插在裤兜里，它影响了我腿部运动；装着相机的包，在腰间转来转去，走路不利索。扎西曲杰也是四肢运动，但他一直在我侧上方。轻松自如的是巴桑次仁，偶尔有攀爬动作。等我们爬到一处时，他已休息得快觉得冷了。

感谢随手可抓的小草，是它帮助我完成了一段段攀爬“工程”。那种细而密的小草，看起来不起眼，但韧性十足。手抓一簇簇的小草，是本能，它让我与陡坡紧密地维系在一起。没有它们，我就失去了攀爬的抓手，可能会摔下去。大些的草也可以抓，但没有小草保险，特别是那些宽叶子的，极易扯断。矮小的杜鹃可用来相助，而如果抓到细小的枯枝，则是冒险行为了。

有上就有下。下这样的陡坡更不容易。上的时候，是仰面攀援，脚登稳，找到可以抓的东西即可。下的时候，视野受局限，脚下没把握。不愧是喜马拉雅山的儿子，巴桑次仁像岩羊一样跳来跳去，一会儿就到了下面较远的地方。垂直下法是不得已而为之，我在两侧没看到可以选择的斜坡，尽管在他眼里有很多可以利用的地方。安全第一，慢就慢吧，蜗牛也有到达目的地的时候。

不管怎么说，终于看到了牛粪。平常看到牛粪会躲开它，现在看到反而觉得亲切。它的出现，说明我们离牛不远了。

来到滚石谷。这是浅浅的山谷，宽度有限，不是由亿万朵花镶嵌，而是由大小不等的石块铺就。看上去，石块是静止的；踩上去，有可能会移动。大些的石块似乎稳些，小石块尤其是碎石，一脚下去，会下滑几十公分。如果遇到大雨或在其它力的作用下，从低处仰视，它像一条流石河。

扎西曲杰突然喊起来，用手指向侧上方。我看到一团黑乎乎的东西，明白有异常情况。巴桑次仁已到跟前俯身细看。

等我靠近的时候，巴桑次仁开始拍照。这是一头跌落的牦牛。从萎缩的身体看，已有段时间了。它是在过这条流石河时，一脚踩在了滚石上，即使反映及时，快速移步，还是接着踩到了仍为松动的石块上。情景转换得很快，它笨重的身体摔倒了。如在平地，大不了扭伤脚踝，不会有生命之忧。但这条流石河的坡度有五十度左右，牦牛一旦摔倒，在体形和自身重量的驱动下，就像一块滚石，会一直滚到牢固的石块把它挡住。可怜的牦牛昂着头，下部被石块卡住。摔到此处，它的生命尚在。它疼痛难忍并试图挣扎，无奈伤势太重，一切都是徒劳。

看着这头死牛，我的心哆嗦了一下。人的一生与牛有何区别？如果方向不明，判断错误，脚下打滑，一头栽下去，再无挽回余地。我看看周围，更加留意每一步都要踏踏实实，才能自己无忧，让家人放心。

牦牛的耳标尚在，谁家的牛一看便知。巴桑次仁说："今年已有两头牛死亡，还有一头不知去向。牧民的放牧方式是散养。不到这里不知道什么是散养，充分体现出绿色环保的概念。主人想找到它们，累得两腿发酸是常有的事。"

大多数牧民对自家有多少牛只是个约数。他们定期不定期地去料理它们。它们认识主人，虽然十天半月不见，主人一唤，都会像孩子一样聚拢过来。平时，它们特别野，特别犟。前不久，乡政府工作人员顿珠与牧民一起去打疫苗，被狂躁的牛踢了一蹄子，嘴角的伤口至今未愈。看看犟字的结构，知道我们的祖先在造字时是从生活经验中得到了启发。

我说："如果不去找，牛会出现什么情况？"

巴桑次仁说："它们可能走失，也可能跑到扎日乡的曲桑村一带。到时，我们要用皮卡车把它们拉回来。这里的牛不像内地的牛，牵着或赶着，往哪里去都行，但如果它们认为是生路，怎么赶都不会走，总是狂奔乱蹿。没办法，只好捉住用车子拉回来。在夏季牧场这样，在冬季牧场也是这样。让人放心的是，这些牛不管北上还是南下，都是在中国领土上晃悠。"

这是我遇到的独特的放牧方式。说到牧民找牛辛苦，巴桑次仁接着说："村'两委'与牧民讨论过这个问题，打算给牛建个安居点，用围栏等物圈出一块地方，让牛养成定期回来的习惯，便于管理。”

我不得不佩服牧民的心态。按照市场价，一头牛价值万元。牧民对牛在何处一百个放心，有的甚至到了不闻不问的地步。一般情况下，一户居民一年对牛肉的需求量两三头牛就够了。他们每年转两次场，春季往上转，秋季往下转，然后任它们自由驰骋。

这里的牧民不卖牛，尽管牛的价格不菲。村干部曾劝说他们出售，以增加收入，无功而退。我心里想，随它们去吧，不管牧民不差这些钱还是不愿意想象牛被售出的命运；随它们去吧，这牛曾为守护国土的卫士，无论在哪里都能过着自由豪放的生活。

我们为这头跌落的牦牛惋惜一番，接着去找那些潇洒得难以寻觅到的活牛。

中午两点左右，站在山脊上的巴桑次仁连喊带比画地告诉我和扎西曲杰：找到牛了！我艰难地把身体拖上山冈，向另一面俯视。巴桑在谷底挥舞着双手，四头牛在那里打转。巴桑次仁蹦蹦跳跳下去帮他驱赶。

下了一百多米，他回头对着我喊：“唐大哥，可以下吗？”

“没问题。”遇到类似情形，我总是不假思索地回应。

站在上面的我，仔细观察地形。这里有七十度以上的坡度，不是滚石地段，亦无小草等物可抓。我硬着头皮回答巴桑次仁的问话。心想，你蹦跳着下去，而我需匍匐着蹭下去。

他觉得确实危险，又对着扎西曲杰喊了几声。

扎西曲杰说声“这边走”，我随之而下。我们多绕了路，也把危险绕开。我明白，他们考虑的是我的安全。扎西曲杰没有巴桑次仁灵巧，但下坡没问题。

我不慌不忙地走着，忽然发现我们停车的地方就在前方。

在山沟里找到的四头牛（唐大山 摄）

半小时后，四人在坡度很小遍地开花的地方会师。四头牛变乖了，慢悠悠地在前面晃动着。

我对巴桑说："你真厉害，四头牛是你找到的。"

他憨厚地笑着。我知道他听得懂普通话，只是说起来费劲。

我们在巴桑家休息，等待女组找牛者。

来了四五个滞留在此的年轻人。他们拿着几袋方便面，来找开水。巴桑笑呵呵地往火炉里添加劈柴。这里是牧民的临时居住点，谈不上餐饮服务，找到开水已是幸运。不管家里是卓嘎和央宗还是其他牧民，只要门开着，找上门的都是幸运者。

下午五点多，见到女组，她们找到三头牛。

费了一天的劲，才找到七头牛，对整个牛群来说，真是微不足道。但这并不影响大家的情绪，能不能找到、找到多少头，没人在意。

巴桑次仁的车子缺油，大家只能徒步回去。他们熟悉地形，抄的是近道，在潮湿的树林中快步走着，似在亚热带雨林中穿行。

晚上七点钟，我和巴桑次仁回到乡政府，吃上了热乎乎的晚饭。

快乐顿珠

西藏的顿珠太多，这里提到的，是玉麦乡政府工作人员顿珠。

随着玉麦乡知名度的提升，到此采访者不计其数。

这可忙坏了顿珠。只要他在玉麦，一需要翻译，乡政府必定指派他来担任。他亦乐于此事。

卓嘎和央宗名声在外，中央电视台来玉麦拍“时代楷模”，需要采访的人很多。

在采访白玛坚才时，折腾的时间挺长。

导演设置了场景。在干部周转房前方的一片草地上，白玛坚才和那贡坐在一条粗糙的木凳上，缝着邮包聊着天。

这是生活场景的再现，一开始便出现喜剧性情节。

按照导演的步骤，顿珠让白玛坚才坐在长凳上试镜头。一会儿，那贡从房里走出来，往长凳上坐去。从外观看起来，长凳挺结实；再细看，它的腿是用铁钉钉在凳面外侧的。长期没人使用的长凳，勉强能承受白玛坚才的重量。体重超过丈夫的那贡往上一压，长凳歪倒，俩人仰面朝天跌在草地上。

白玛坚才憨厚，那贡开朗。摔倒在地的那贡，笑声压倒围观者。

把俩人搀扶起来，顿珠用手扶下眼镜，找块石头加固长凳。

由于语言障碍，顿珠不得不反复翻译着导演的话。因为把握不住要领，对平时熟悉的针线活，在那贡手里也变得生疏了。

顿珠蹲下身子作示范。他用针穿过邮包带子，线拉到一拃长时，停住，抬起头来看着白玛坚才。顿珠换成那贡。此时的丈夫与妻子眼睛对视，接着同时把目光转向镜头，白玛坚才用藏语说感受。

开始，问题出在那贡手上。她把线扯得不是太长就是太短。等把线扯得合适了，她和丈夫又总对不上眼。勉强对上眼的瞬间，平常几乎没有话的白玛坚才又把自己逗乐了。

此时需要笑容，但不是大笑，一向快乐的顿珠不得不止住笑提醒他。

顿珠帮着那贡示范了几次，白玛坚才控制不住笑。是呀，这个汉子的笑是可以理解的。他做了三十多年邮递员，用坏的邮包，连自己也记不清有多少个。我在他家里，见过那贡用编织袋加工成的邮包。妻子给丈夫缝补邮包，数不清有多少次。以前她在缝的时候，他可能没在意，可能看一眼就忙着去做其他事情了。今天，妻子拿着崭新的邮包“装模作样”地缝补，夫妻俩正式深情地对视，他能不笑吗？

除了一阵阵笑声，顿珠的话最多。他把导演与白玛坚才夫妇的话来回翻译着，还得不停地演示。

看着笨拙而可爱的白玛坚才，无计可施的导演放弃设计中的“脉脉含情的对视”。

台词不长，让白玛坚才按照要求表达出来并非易事。

刚抑制住笑的白玛坚才，忽然严肃起来，表情有些僵硬。旁观者清楚，那是紧张所致。

顿珠在旁边提示。白玛坚才出现一丝笑容，导演高兴极了，摄像者皱起眉头。原来，随着顿珠的声音，白玛坚才的目光总是盯着他，偏离镜头。

导演让顿珠蹲在摄像机后侧下方。白玛坚才的目光与所说内容符合导演要求，但表情又重回僵硬状态。

反复尝试几次后，均不能如愿。无可奈何的导演忽生一计，让那贡说几句试试。

从剧情看，白玛坚才说合适。让那贡说，是无奈之举。不过这倒符合实际生活。作为家庭主妇，那贡对大小事情都有发言权，起着主导作用。

性格欢快的那贡，在顿珠配合下，轻松完成了剧情设计。

拍摄完毕，白玛坚才站起来，松口气。那贡开朗的笑声飘向远方。

一些记者来到玉麦采访，想见到牛群，拍卓嘎和央宗放牧的场景，除非运气好，否则实现不了看似容易实则不易的梦想。给牲畜打疫苗，比采访难度还大，必须找到深山中的牛群，并把疫苗注射进牛的体内。

男的都在忙外面的事情，顿珠和几位牧妇一起去牧场找牛。牛居无定所，只知道它们所在的大概位置，但能不能找到、找到多少，都是未知数。牛儿虽野，见到主人，还是认得的，而且清楚有糌粑美食。

早上，顿珠随便吃了些东西，便背起药箱，带着一支娘子军出发了。

沿着溪流上山。这条飞溅着浪花的溪流在乡政府附近汇入玉麦河，它的顶端连接着一片草地，说沼泽更准确。正常情况下，从河谷底部上到这里，需要两小时。

顿珠与牧妇都是爬山好手，来到溪流顶端，歇息片刻。

这一片风景很美，草地像绿毯一样平铺在山谷中，两边的山相对高度不大，乔木和灌木穿插点缀其上。诱人的是有几匹马徜徉在山脚下草地边。马的主人是谁，牧妇一清二楚，但并不在意。这些马是否存在及其生老病死，主人不会特别关注。藏族居民不食马肉，它们算作美化自然界的图案。它们无拘无束地在这片水草丰美的地方生活，好不惬意。

穿越草地，鞋子湿透。如果从乡政府到山顶作为一个整体来看，草地只是山腰上的一处平台。

顿珠的幽默与牧妇的俏皮在山路上跳跃。什么时候乱石丛生，什么时候要穿越灌木丛，什么时候要爬上陡峭弯道，他们心中有数。

临近中午，他们爬上山口。站在这里，凉风习习，经幡飘动，回望玉麦沟，森林似一道绿色长廊蜿蜒而下，曲玉公路宛如一条游龙盘旋而上。生活在玉麦河谷，感觉是在森林之中；站在山上远眺，才知森林是群山的装饰。

向前望去，景况与玉麦河谷有相似之处，不过无人居住。在起起伏伏的山峦中，都是玉麦乡的牧场。看得见的是，看不见的也是。为什么这样说？想想吧，全乡 3644 平方公里的面积，谁能一眼望穿？

体力消耗得差不多了。顿珠与牧妇们席地而坐，把所带食品吃得一干二净。中午一顿，他们带的食品数量正好，既能去除返回的重量，又能最大限度地为身体提供能量。

该干活了。牧妇用各自惯常的声音呼唤着。牛如听见，会循声而来，有的哞哞叫几声作为回应。

顿珠跟在她们后面，一旦牛出现，他就立即开始注射。

今天运气挺好，先后找到三四十头牛。

牧妇一边像呼唤孩子一样呼唤着牛儿，一边从塑料袋中掏出糌粑团捏碎放在手心。东奔西跑看起来乱糟糟的牛，很快找到女主人，张开嘴巴，伸出舌头美滋滋地舔着她手里的糌粑。

顿珠手持针管，瞅准时机，对着牛的脖颈处猛刺过去。真是人为财死，鸟为食亡，牛为糌粑挨一针。

有十天半月了吧，牛吃的是野草，喝的是纯净水，而对用青稞磨成的糌粑还是心向往之。谁知这次却和往常不同。以往吃完糌粑，用舌头为女主人舔舔手，直至手指间被洗刷干净。这次刚尝到糌粑味，被坏蛋猛扎一下，疼得受不了，本能地跳出几米远。站稳一看，自己的位置已被另一位牛兄弟填补。它刚把舌头伸到女主人的手心，坏蛋就故伎重演，又拿着什么东西扎过去。第二头被扎的牛动作几乎和第一头挨扎的牛完全一致。它们定睛看着女主人，她在那里笑眯眯地把手伸向第三位牛兄弟。多数牛都是舔口糌粑挨一针，接着条件反射地跳开。

给牛注射疫苗，是个技术活。这里的牛独具特色，说是野牛，但它认识主人，在主人的召唤下知道回家；说是家牛，但一没有棚圈，二无专人饲养。说到底，它具有野牛百分之九十以上的特征。注射不讲具体部位，药液打进牛体内即可。在顿珠看来，牛身体的前半部分优先。牛被针刺后，本能地往后退，或者向侧后方蹦跳。

顿珠眼疾手快，针头在刺进牛体的同时，针管顺势一推，整个过程只需一两秒钟。在牛弹跳的瞬间，身体灵活的顿珠已蹦开。多数时候，他和牛的动作同时发生，只不过运动方向相反。

我问顿珠，那么多牛，哪头注射了，哪头没注射，怎能辨得清？他笑道：“挨过针的在外围站着，不知道疼的争着吃糌粑。”

“下次补打疫苗时，怎么分辨？”我不懂其中奥妙。

顿珠说："牛的眼神厉害。如果它没被我扎过，就不会提防我，该怎么注射就怎么注射。如果被我扎过，它会远远躲开我。如果我离女主人较远，被扎过的牛还会跑到她那里讨糌粑吃。玉麦的牛爱憎分明，它们爱女主人，憎恨我。"

我说："女主人喂糌粑，爱牛；你打疫苗，防病，也是爱牛。"

顿珠乐了："牛怎么知道？就像孩子，你由着它，它和你亲近；你给它打针，它可能记恨你一辈子。"

我说："那样的孩子没出息。玉麦的牛强多了。去年你打疫苗，牛恨你好几天；现在又来打疫苗，开始还是欢迎你的。"

可能是吃惊受怕的牛多了，剩下的几头牛对顿珠有了警觉。

顿珠知道，每次找到的牛都不能打一遍。尽管如此，他还是尽量多打几头。

那几头没注射疫苗的牛心里纠结，既想吃糌粑，又怕被针扎。它们向女主人靠近的同时，观察着坏蛋顿珠的动向。没办法，顿珠是好人，而在牛眼里被定位为坏蛋。

顿珠年轻，却是个久经沙场的老手。他看到牛有提防，便故意走开。

牛放心地开吃。顿珠绕到牛的侧后方，对着臀部猛扎一针。智者千虑，必有一失。进入工作禁区的他想着往后跳，牛的速度超过他移动的速度。就见牛的一只后蹄飞起，伸向正往后撤的顿珠的面部。

几个牧妇惊叫起来。牛跑了，针管掉了，顿珠倒了，捂着嘴抽搐着。

鲜血从嘴角流出。缓了一阵，牧妇才看清，顿珠左侧嘴唇下方，被牛蹄踢烂，所幸未伤及骨头。

给我描述当时的情景，顿珠不失幽默：“以前打疫苗时，我被牛顶过；这次打疫苗，被牛踢了；下次打疫苗，该被牛踩了。幸亏已经结婚，不然的话，这张烂嘴连老婆也找不到。”

顿珠的老家在日喀则的农村，想起求学时的情景，还记忆犹新。

家庭收入有限，顿珠上大学的花销必不可少。爸妈节俭过日子，把省下来的钱留给顿珠交学费。

顿珠是个有心人，每次都把从家里拿钱的时间、数目和用处记下来。这样做的目的，一是不忘爸妈养育恩，二是提醒自己不乱花，三是以后知道读大学的费用。

顿珠没有辜负家人的希望，大学毕业后如愿以偿考上公务员，如今在玉麦乡已工作了四个年头。

在填报岗位前，顿珠听人说玉麦条件差、生活苦，到那里连对象都不好找。

他考虑再三，还是选择了玉麦。一个属山南，一个属日喀则，玉麦和他的家乡都位于喜马拉雅山中，山中长大的孩子，在哪里都一样。上班就有工资收入，家里不用供应自己，还能为家里减轻负担。至于对象，先提高自己再说吧，命中注定有的，在哪里都会有；不好好干，住在再好的地方，也没人能看上。

像接力赛一样，顿珠参加工作的那一年，妹妹接着上大学。顿珠挣的工资正好用来帮扶妹妹。

一般说来，作为单身贵族，可以自由支配自己的收入，但一旦结了婚，在收入支配上就不那么自主了。

结婚后，顿珠在县城安了家。夫妻两地分居，好在距离不算远。由于大雪封山，交通不便，玉麦乡政府指派两名工作人员长期驻县城，驻地相当于一个办事处。大家轮流在县城值班，加上有出差、

砍柴归来的顿珠（左）（唐大山 摄）

学习等机会，顿珠与妻子相见也不算难。孩子太小，妻子付出的更多。

在顿珠工资支配方面，妻子从不干涉，而且支持丈夫帮助妹妹完成学业。

妹妹上四年大学，顿珠支持四年。2018 年妹妹毕业，顿珠松了口气。但在妹妹就业前，他仍提供资金相助。

说起这些，顿珠夫妇是满足的。顿珠说："我不仅是在帮妹妹，也是在减轻爸妈的压力。我上大学时，知道爸妈为我的付出和所受的压力。我工作能挣钱，妹妹能接着上大学。如果我不供应妹妹，爸妈肩上的重担要接着挑四年。如果我没有能力，爸妈就要接着受累。我有这个能力，再看着爸妈苦苦支撑，是我的不孝。"

最后，他幽了一默："这四年开支，能买辆小轿车吧？不是说回报。想着回报，谁都不要帮。想着爸妈，就要为家庭排忧解难。当然，妻子很重要。没有妻子的理解与支持，我的内心没有这么踏实，家庭生活也不会幸福。”

挖贝母者

白玛次旺的小店里，十多人围坐在一起，中间桌子上堆放着小山一样的罐装啤酒。

这里喝酒有两个特点，一是很少喝白酒，罐装啤酒为最爱；二是喝酒不吃菜，时间长得没法猜。

这十多人喝到半夜没问题，但不会通宵。他们在山上待了七天，终于可以歇歇了。

他们认识我，我对他们面熟。有几位刚到玉麦时，我们同住一屋。他们是来挖贝母的。

下午，我在去乡政府的路上，看到从瀑布旁边下来一行人，摇摇摆摆，共有十二个。上面有小路，弯弯曲曲，他们背着袋子，避石寻路。从下面仰望，他们时而成行，时而散落其上。

他们很累，七天前，满怀希望上山；七天后，背着收获下来。他们像喝醉酒一样，摇摇晃晃地走着。上次酒，是上山前在小店里喝的。七天不知酒味，一个劲挖贝母，具有诱惑力的酒都给忘了。走在瀑布旁，有人感慨："这水如果变成啤酒，我一辈子也喝不完。"

虽然累得有气无力，但受那个酒鬼的影响，很多人看到的瀑布，流下来的不是水，而是拉萨啤酒厂生产线上排成队淌过来的一罐罐啤酒；那哗哗的声音，不是水流的声音，而是仰起脖子咕嘟咕嘟往喉咙里倒酒的声音。

他们知道，路不再遥远，啤酒在白玛次旺店里等着他们到来。

我去小店倒开水，他们已摆开阵势，像抽水机一样抽着易拉罐里的啤酒。对他们而言，这似乎不是啤酒，而是菩萨犒劳他们的甘露。

一数，只有十一人，没好意思问，但我想知道他们交谈的内容。

他们之间的对话，我一句也听不懂。他们看我走近，有人举着小罐对我说喝酒，有人拿起烟示意我抽烟。我用藏语说着“谢谢”。坐了十多分钟，感染下气氛，在友好声中回到路对面的住处。

推开房门，铺上已躺着一人。他扭头看看我，我按照惯例大喊一声“扎西德勒”。他对我笑笑，勉强还声“扎西德勒”。他的年龄大些，可能是太累了，急需休息。除非一直不喝酒，对拉萨啤酒不感兴趣的人，必是累瘫了。

喝酒的人什么时候回来的，我不知道；知道的是，次日早上天大亮我起床的时候，他们还都在酣睡中。

九点钟，大部分人醒来，赖在被窝里看手机。

和全国其他地方一样，这里的草场承包给牧民。玉麦村的居民数量有限，其中有几户以做生意为主。贝母长在高海拔的草甸，离居民点较远，当地人不去挖。雪萨乡和加玉乡的人们，挖贝母已有年头，也有销路，玉麦乡成为他们每年到访之地。与挖虫草类似，有资源的地方就有价值，来挖贝母的人向当地居民交些费用，达成协议，没有时间限制，不论数量多少，双方都合算。

索朗顿珠二十八岁，已挖了十多年贝母。

我说：“你的普通话说得挺好，至少初中毕业吧？”

“三年级。”

我以为是初中三年级，接着说道："初中三年级。"

"小学三年级。开始跟着大人挖虫草，挖贝母。长大一些，在工地上打工。与汉族接触多，慢慢地会说些汉话。"

"山上还有二十多人，你们下来十二人，为什么有的下来有的没下来？"

"家里收小麦。过几天再来。上山才知道，再过几天，挖贝母是合适的。"

我明白他说的话。每年采挖时节大体相当，由于天气等原因，最佳采挖时间有差异。

他接着说："挖出来还要卖出去。在家里放长了，会变质，卖不出好价钱。大多数卖给三安曲林乡的人。他们不出价，我们舍不得卖，不卖又不行。"

"他们给多少？你们要多少？"

"他们一斤给四百二十元，我们一斤要四百五十元。干贝母，市场上一斤要卖一千五六百元。"

我知道贝母是一种药材，治疗咳嗽有特效。记得在藏东驻村时，一睹了贝母真容。

我们在山上散步。小灌木生怕错过被关注的时机，一摇一摆抚摸我们的小腿；五颜六色的野花尽情展现草甸夏天的美丽，在前方招引着我们。我想，索朗顿珠挖贝母的地方，与我记忆的地方有相似之处。他们无心赏景，只顾搜寻贝母。

一位同事突然停住脚步："这里有一棵贝母。"

我们四顾茫然，他好像发现了新大陆。

贝母的地上部分与绿草无异，只是形状不同。他用手小心翼翼地挖，生怕弄断，失去寻找根部的线索。手指头扯不出想要的东西。

他从附近找来一根稍硬的枯枝，费了好大劲，才露出小蒜头一样的贝母。看到小而白嫩的鲜贝母，生出一种爱怜之情。可能是在它的出生地看到出土过程了吧。

在玉麦乡挖贝母的人，辛苦得多。正值雨季，一群人蹲在草甸上，冒着小雨，发现一棵贝母，就用工具慢慢挖下去，土与根同时松动，然后从土中轻轻取出宝贝来。在挖的过程中，顺藤摸瓜精准找到根部，不要损伤它，否则会影响价格。他们上山平均负重八十余斤，包括睡袋、食品和饮料。打算在山上过多少天，就要背上相应数量的食品。晚上找一处地方，下面垫些随机找来的杂物，睡袋往上一放，上面扯起一块沾着泥巴的篷布。因这一块篷布的存在，就谈不上幕天；下面垫着杂草树叶，就不能说是席地。但，在更多人享受现代生活的时候，这是高海拔且有雨水相伴的野外露宿。

衣服潮乎乎的，睡袋上时不时落下雨滴。如果有风，真是睡在风雨飘摇中。

有些过腻城市生活的人，想方设法去野炊露宿来找些乐趣或吃些苦头。挖贝母的人来到简陋得不能再简陋的家庭旅馆，像住进豪华宾馆一样高兴。

我和索朗顿珠互换身份证看。他捶下后背说："有些酸疼，和山上比，这里睡得够好的。"

那位昨晚早睡的也把身份证递给我。我有个习惯，与新朋友聊得投机时，会情不自禁掏出身份证给人看，好像要让人家看到心肝肺一样。对方也往往掏出身份证，让我对他也有所了解。

他来自错那县达卡乡达卡村。我对他的普通话说得那么流利感到吃惊，以为他是汉族。

他说："我当了三年兵，每天都说普通话，当然好了。"

“你怎么加入这个采挖队伍的？”

他指着与他同床同梦年龄略大的人：“这是我哥哥。我哥哥和索朗顿珠在工地上认识。出了县都是老乡。后来，他们挖贝母，喊上我哥。再后来，我们一起去挖。我四十五岁，我哥四十八岁。不行了，我们年龄大。背着一样的东西，年轻人跑得快，我们走不动。”

他一边说着一边绾起裤管，露出脚踝：“有没有药？我这里擦伤了。”

我伸头一看，皮肤剐破了一些，但没有大问题。我把几张创可贴和一盒尚未开封的感冒颗粒送给他，他连说谢谢。

他是一个健谈的人。把创可贴贴好，他主动聊起来：“过几天，他们回来，我们哥俩不回来。今天是7月20号，25号，错那的贝母就可以挖了。你去过错那吗？”

“我去过勒布沟。那一年的端午假期，经过浪坡乡，一路上有杜鹃花陪伴。想不到达卡乡出产贝母和虫草。打工，挖贝母，一年到头不闲着，得挣多少钱呀？”

“我家四口人，政府盖新房，我自己付百分之三十，十几万元。”

“像玉麦乡一样，房子这么好，这么大，四口之家出十多万元，值呀。我老家现在很少盖房，一窝蜂进城买楼房，少的四十万元，多的七八十万元。”

他说：“既然是朋友，就一起出来挖贝母吧。如果我的贝母丢了，他们给我匀一些，让我回家感觉到和平常挖的差不多。在工地上也是这样，我会砌墙，干的活多，有的人会的少，老板给我开大工的钱，给他开小工的钱。拿到钱后，我给他一些，一起来干活的人，得到的是一样多。如果有人不好好干，我就悄悄对他说，那样不行，朋友会瞧不起。他就会改正，好好干。朋友就该这样，互帮互助。要是为了钱互相争吵，就不是朋友了。”

吃完午饭，他们把摩托车推过来，把一袋袋湿贝母绑好扎紧。这是他们七天来顶风冒雨弯腰下蹲获得的劳动成果。

我向他们承诺，在玉麦乡等着他们，如果他们还来的话。

转山路上

早上六点半，吃了些糌粑，我和德吉等七人即踏上转山路。我是去深入考察当地生活习俗。

认识她们，因为昨天晚上同住活动板房。这里是卓玛拉宗的临时家庭旅馆，也是我在玉麦的栖身之地。

扎日乡曲桑村的德吉从机甲寺出发，转到玉麦出口。德吉普通话说得好，性格活泼，我把她当成领队。

大部分转山人在玉麦休息一晚，恢复体力，补给营养，次日清早，接着转西山。如果选择直接回去，转山人亦已践行对佛祖的承诺，完全可以。

德吉的同伴胃不舒服，我与她们一起去乡卫生院。在路上，我说："明天早上，我和你们一起转山吧？"想不到她们欢迎我的加入。

转山路线分男性路线和女性路线，有重合部分，男性路线长得多，花费时间长，晚上住宿的地方潮湿。女性转山带些吃的，不需要带被褥。对她们来说，转完扎日神山，再转玉麦的西山是小事一桩。对我而言，正好检验一下体力与耐心。

加上我，一行八人，其中一对是夫妻。灯光下，大家简单吃了些食物，背上包，提着袋子，准备出发。那位男子叫次仁罗布，他把藏刀挎在身后，成为名副其实的护花使者。

外面黑黢黢的。我打开手机电筒，尽量挑好路走，别让脚踩进泥巴里。

尚未上山，就遇到一个小障碍。山脚下的那座桥仍能通行，但桥这边的防洪堤还未修好。防洪堤两边没有填平，有块薄木板搭在那里。我在发愁。德吉和那位年龄大些的妇女举着手机，来回照一下，选准一处可以攀登的地方。看着她们一个个鲤鱼跳龙门一样过去，我硬着头皮往上爬。有人伸出手来要帮我，我故作镇静地说："没事，安全着陆。"其实，我怕手抓不牢，怕脚踩的木板断了，还怕下面有钉子迎接我的鞋。第一个翻过去的德吉咋什么都不怕？身背藏刀的次仁罗布，用手机为妻子照亮前行的路。

过了桥，开始上山。起初，人的脚痕与牛马的蹄印交织在一起。看似有路，泥巴与积水相伴，两边灌木丛生，乔木连片，人艰难通行。那对夫妻渐渐落在后面，他们有意保留自己的空间。德吉开玩笑地说："每年来转，都是熟路，他们还年轻，给他们些自由吧。"调皮的她，年龄比那对夫妻还小。

走了半小时路程，德吉跟同伴不知说了句什么，手忙脚乱翻包找东西。原来，玩笑开到自己头上了，她的戒指忘在家庭旅馆。

简单商量后，德吉和一个女伴回去找戒指。我以为这三个女伴在原地等候，她们却把俩人的包往背上一甩，不慌不忙往前走。昨天傍晚胃不舒服的妇女，在自己背包上又放了一个包，原先摆动的两手弯到头两侧拉着带子。一个包不重，放在我背上却是重量级。我背着相机和水壶早觉得是累赘了。

路的坡度不算陡。天放亮，看到泥巴中常有石块显现。我学着她们，要么踩石块，要么两只脚交替着走两边。鞋上没泥，那是不可能的，鞋里别进泥水就是万幸了。

路上倒着一棵枯树，被人简单整理过，横在路面的粗树枝有半人高。我和小妹多走些路，从旁边绕过去。那两个妇女老练，把身上的包取下往另一边一扔，然后抓着树枝斜跨过去。

过来后，她们说要休息，话音未落，就坐在地上了。山是湿的，地是湿的，我一时无处可坐。她们见我不愿直接坐在地上，递过来一件雨衣，示意我坐在上面。我明白她们的好意，但又觉得不合适，连着摆手。在路边草丛里，有一截露出来的朽木，我试着坐上去。木头很稳，我用一只脚试探着附近草丛，一尺外即为陡坡，草茂盛，在上面看不明显。

忽然听到德吉的说笑声。我明白，她的戒指找到了。

一起赶到的，还有次仁罗布夫妇。天没有太阳，没下雨，山坳里的云涌上来，一会儿又飘走了。我们六女二男共八人短暂会师。大家掏出食品，开始加餐。我早上吃了足量的糌粑，拧开水壶补充水分。她们问我累不累，我说一切正常。出发时间不长，慢腾腾地走着，身上出些汗，也在预料之中。

次仁罗布用外套把头裹起来，两手不停地互相抓挠。女士们哈哈大笑。附近飞来大量小虫，不知是蚊子还是其他别的东西。走着的时候没有感觉，停下来吃东西都涌上来。不时有小飞虫落在我手上，叮几口，感到隐隐作疼。我两手不停地动着，尽量不给它们吻我的机会。德吉撸起袖子，挥动两手在面前拍打。无济于事，她用外套蒙着头吃东西。

此地不可久留，大家整装出发。我开始有些凉意，走了几分钟身子就暖和起来，再走几分钟，背上头上冒出汗。那对小夫妻照例落在后面。我紧跟着五位女士。她们的速度明显加快，我的头发湿淋淋的，像洗过一样。她们意识到我有些吃力，在说说笑笑中停下来等了我两三分钟。我承认，爬起山来，我真不如她们。

我有些力不从心。人家同意让我跟着，我不能影响路程。我听到水流声，开始沿河前行。小路时而坏时而好。所谓坏，是泥巴较多。穿行在原始森林中，总在低头瞅路，无法欣赏美景。我暗自庆幸鞋里面不湿，脚不难受。所谓好，是摆脱了泥巴，走起来轻松。而如果坡度较陡，往上攀登仍感吃力。

明知一条溪流在附近流着，却看不到水，只听到激越的歌唱声。目光越过丛林，对面山坡上的水流看得一清二楚。不知道叫它什么好。说它是溪流，太高了；说它是瀑布，它是斜躺在山坡上的。先前在其他地方，经常见到类似水流，远远地躺在那里。如今离我如此之近，欢蹦乱跳地唱着歌。之所以纵横交错地流下来而不是规规矩矩的一股水流，是其遇到乱石阻挡所致。

高大的松树不再飘着松萝。与山下的树相比，这里的树洁净许多。雨水不少，溪流不断，山上的树为啥不长松萝？联想起雾气腾腾的河谷，这里海拔高，水汽略少，温度有所降低，树木长得健康。

周边的树牵动着我的情思，旁边的草抚摸着我的脸庞，赠给我一串水珠。在这之前，我去过西藏其他地方，在感觉上牛羊成群的山坡称不上草原，只能叫草甸。那里的草太矮，韧性很大，牛羊不是在吃草，而是啃草。这是牦牛的舌头硬而有力的缘故。如今走在与人一样高的草中，而一扫西藏寸草难生的印象。

我一时难以说清走的是路还是草。说它是路，脚下踩的是草，抬头看不出路的痕迹；说它是草，在人经过的地方隐隐约约闪出一条路来。从偶尔倒下的草看，有人曾从这里经过。鞋子表面得到彻底擦洗，无奈脚面感到湿意，所幸尚无明显的泥水进入。这是我至今见到的高大稠密的草。要不是草叶上的水珠弄湿周身，我还要抒发一番情感。

像长征路上南方人见到雪一样，开始欣喜若狂，当在茫茫雪原中走得没完没了的时候，又让人望雪生畏。我对这片草地的感觉同样如此。什么时候才能走出欲与身体试比高的草地？

真是盼望什么，什么就能实现，高草终于被甩在身后。接着，矮草来到脚下，我们踏进沼泽地。这里的沼泽比不上长征途中的沼泽，丝毫没有危险。此时的鞋没有了选择余地，草几乎一样高，绿茸茸的，看起来挺可爱。它们全泡在水中，踩上去连草带地软绵绵的。

过了沼泽地，进入高草与灌木杂生的路段。按时间，该走得差不多了。我有些累了。

德吉看出我的窘态，说："再走一会就休息。"

我故作轻松地说："放心吧，跟得上。"

俯视大地，绿草与石块杂生；仰视天空，乌云与苍松作伴；侧视悬崖，经幡与微风互吻。根据经验，转山路上的经幡位于较高处，到经幡那里，往前走就是下坡路。平常说上山容易下山难，此刻的我宁愿下山。每年来一次的德吉，熟悉路况，知道经幡在不远处。按照惯例，转山人在那里停留祈福。

经幡飘动，她们感受到佛祖的力量；经幡在上，我看到休息的希望。

要到那里，需往前走再回折。她们五人忽然停下来。小妹慢慢往路旁走，我以为有捷径，想随着拐弯。德吉大声说："走正路。"我立即返身，定睛一看，路旁有棵松树，小妹在折松枝。我明白，那是用来煨桑的。

来到跟前，峭壁的下方挂着哈达。我惊讶于当初选定的地方，不是悬崖即为峭壁，或者是个山洞。这一处，三者俱全，下有悬崖，上为峭壁，旁有一小洞。她们开始礼佛，面对石壁，双手合十念诵一番。

在她们看来，只要认定的地方，就有佛的存在，这是宗教信仰的意念在起作用。

她们小心翼翼地把松枝攒在一起，用打火机点燃。看着向侧上方扩散的浓烟，她们为佛祖闻到煨桑味道眷顾她们而高兴，我庆幸这里有时而飘着的小雨和潮湿的地面。了解藏传佛教习俗的人知道，煨桑者很少有火灭后才离开的。在林区，煨桑容易留下隐患。

她们对着石壁旁的小石洞膜拜。我怀着对宗教文化尊重的心态观察她们的举动，同时扫描着往前走的路。我猜测要走下坡路了。路在哪里？扭头看看周围，小石洞是尽头。我知道，转山路线是顺时针方向，没有往回走的。在拉萨转经道上，男女老少口中诵经，手里摇着转经筒，均为同一方向。在玉麦转山路上，转山是唯一的事情，转山路一直向前。

在心理上做好走下坡路的准备，谁知还要往上爬。想起“世上无难事，只要肯登攀”那句词，加上已休息了一会，我鼓起勇气跟着爬上去。

在这两三米高的陡石上，我看到脚蹬的痕迹，攀爬难度不大。爬上来后，面前豁然开朗，小路变得清晰起来，随着山的走势时高时低。每到溪流处，她们脚踏浅石，下蹲前俯，手掬清水洗把脸，撩起水花湿湿头，喝上几口，迈过流水接着走。转山的人们路上渴了，随处可见的溪水是绝佳饮料。我知道这里的水凉，不到迫不得已不敢下肚，每见到她们喝水的情景，只有羡慕。

路好走了许多，汗照流不止。走了好长一段路，大家都有疲劳感，上坡举步维艰，下坡也不舒服。人要是累极了，走平路都费劲。她们能说笑着走下去，是佛祖赐予的力量吧。我能跟着走，一是不能忘记深入生活的初心，自己不是宗教信仰者，但要了解藏传佛教文化，尽可能体验其风俗。二是知道这条转山路的长度，一定要坚持下去，不能被同行者认为懦弱。

路旁有棵俩人合抱粗的大树，有枝叶，中空，有一裂缝可进。小妹可能不止一次进去过，从树洞里探出头来，笑眯眯地示意同伴为她拍照。其他四人习以为常，没有凑热闹的意思。

他们看出我有进树洞找感觉的心理，鼓励我进去。我侧着身子慢慢挪动脚步，确保不剐蹭树皮。洞口有两米多高，不需弯腰，要挺直身子，侧着刚好进得去。里面的空间挺大，两拳对握转身不成问题，两手上举离洞顶尚有距离。从脚下踩出的碎屑看，应该有多人出入树洞。木质部显出浅红色，给人一种纯净舒心的感觉。

树洞中的作者（德吉 摄）

现在再请我钻树洞，还真不敢贸然进入，真是心有余悸。

我多次去过龙嘎加萨，它在乡政府南面十多公里处。

那里有几间活动板房，离房子十多米的地方有棵千年古树，去过那里的人，把它作为龙嘎加萨的标志性树木，有的还在树旁留影。

隆子县政协主席索朗巴珠围树转了几圈，建议伐掉此树，因为树的根部出现腐烂现象，一旦倒下，可能会出事。

乡长胡学民围树转几圈，建议保留此树。原因有二，一是在这么好的位置长这么大的一棵树不容易，它成为龙嘎加萨的一个参照物，游人来了，这棵树本身就是一道风景。二是树根表面腐烂在这里很正常，采取措施保护即可。

施工人员在周围砌了一个直径两米、高一米的台子，用土填实，古树被保留了下来。我第一次到那里的时候，就被它所吸引，感谢人们的保护意识，才使我这个远道而来的人能轻而易举见到千年古树。

前不久，我随乡政府工作人员再次见到那棵仰慕的大树，已面目全非。它倒在地上，一片凌乱，根部撅起，树冠砸向活动板房，已有两间受损。原来，瞬间极速大风催垮了它。它的根部已大部分腐烂，只看表皮不明显。副乡长尚林佳看着砸塌的活动板房发着颤音说："按照原定计划，该我值班，值班室正是靠近树的这间。要是计划没改变，不说了。"

在玉麦，这样的树数不胜数，经常有山上的大树倒下横在路面堵住车辆的现象发生。

想想我在转山路上钻树洞的情景，不寒而栗。

在玉麦工作的人，几乎人人都有历险记。有人与山体滑坡只有两分钟的时间间隔，有人的座驾在雪窝里打旋，有人长时间徒步荒野几近崩溃。

盼望见到原始森林的我，在原始森林中走得筋疲力尽。这一带的景致不错，不断地刷新着我的大脑。

老天爷没有忘记每天在玉麦必做的事情：下雨。早已成累赘的雨伞派上用场。

我不是色盲，有时却分不清绿和蓝。为了区别两者，我努力对比着蓝天和绿叶。我的右侧出现一片水，准确地说是一个小湖。这么精致的一个小湖，我竟说不准湖水的颜色。天蓝色？不对，平常说的是绿水青山。树绿色？不对，它比树叶的颜色深得多。是深蓝或碧绿吧，两种颜色虽有区别，对着这汪湖水，我感觉都像。

暂时不管湖水的颜色吧，尽管它那么诱人。小湖的位置值得一说。正常情况下，是远远地看到它，由远及近，细赏它的姿色。这个小湖不是这样，它突然出现在我的脚旁，一点思想准备都没有，就被它拥入怀抱。走远些看，它本身就被群山环抱。奇特的是，小路沿湖边而过，一边可以透过高大树木饱览湖的羞涩，一边为绿茸茸的谷地，但看不到流水。哦，明白了，湖水不是谷地中绿草的颜

山谷中的湖与峰（唐大山 摄）

色，而与游泳池中水的颜色极为相似。

走进谷地，草中尽是水。鞋子早已湿透，此时反倒不必考虑脚下的事情。我忘却脚下，鞋子却没忘记我，虽是八月中旬，进入鞋中的水仍感觉冰凉。这一带较为开阔，鞋中的水不时更新，脚感到凉飕飕的。还好，不是冰水，否则会冻坏脚的。

那种瀑布似的溪流出现在前面。它们在山坡上蹦蹦跳跳，跌入草丛后默无声息地充作小湖的水源。回头俯视，那一大片谷地被一道长满树的山峰隔成两部分，一部分中镶嵌着让人钟情的小湖，另一部分成为大谷地中的小谷地。

穿过沼泽，继续爬山。她们走得不快，我也不敢犹豫。不管是谁，慢慢走似乎看不出什么，一旦停下几分钟，就会拉开距离，要想赶上去，并不容易。

小妹指指我的水壶，她要背在身上。我说水已喝完，是个空壶，其实是不想劳驾她，都挺累的。有时稍作休息，她就手扶着树，弯着腰，喘着粗气。

昨天傍晚见到她时，她坐在床边，手抚摸着辫梢，只笑不说话。我说她是大学生。德吉哈哈大笑："她早就大学毕业啦！"又用藏语给她重复了一遍，她有些不好意思了。从那时起，我就把她看作小妹了。

走累了，举伞都觉得无奈，只好手扶伞把扛在肩上，走起路来又受影响。后来雨小了，我索性收起伞。雨什么时候停的，我没有意识到。雨水搅和着汗水，头发不多的我，形象肯定不佳。

她们一边走，一边弯腰在石缝间掐下一种草。一位妇女递给我一些，示意可以吃。我接过来就往嘴里送。我当时想到的是圆根。在翻高海拔的山前，有些牧民用晒干的圆根片喂牦牛。牦牛吃后，犹如人吸了氧，翻山也有劲了。有了这样先入为主的意识，我不慌不忙地嚼着草，后味有些苦，但比苦瓜好吃多了。

又走了一会，我看到公路上的工棚，心想，这下应该轻松了。

希望在眼前，走起来又觉得很远。和出发时相比，路好多了，但由于是强弩之末，还是感到力不从心。

正午饭点到了，次仁罗布夫妇赶上来，我们在一个小山头吃午饭。所谓午饭，就是昨天傍晚在商店买的零食。我一屁股坐下来，不再找干净地方。到处都一样，地是湿的，上面长着浅草，偶有几块巴掌大的石块出现。

山风吹来，坐下十分钟左右，身上的汗消失了，开始觉得有些冷。我觉得时间稍长有可能感冒，就把衣服拉严裹紧。她们也感到冷，就把缠在腰间的外套穿起来。大家吃得很快，不到半小时就结束了战斗，又出发了。

我对德吉说："留个联系方式吧。"她爽快地把电话号码告诉我。

我问她们上了公路怎么办。她们说，接着走，傍晚六点前能赶回曲桑村。

我清楚一起走我会拖后腿，便说："我来过牧场，知道路。你们不用等我，前面走吧。"

她们对我的话不置可否，大伙在一起走。

在小路旁边的大石头上，放置着一块一拃多高略像人形的石头。次仁罗布拿起它，在妻子背部按摩了几下，又在其他人背上重复同一动作。最后轮到我，我学着她们的样子，稍微躬身，让他按摩了几下。我猜测，这个仪式包含着祈福的意愿。

又是一片河谷地带，有一条不大不小的河哗哗地流着水。我们要从这边走到河的另一边。看着河水的宽度和流量，我觉得难以涉过。我相信，她们有办法，这里是她们每年经过的常规路线。

次仁罗布蹦蹦跳跳地与队伍分道扬镳。我们七人沿着河滩往前走。

走了几百米，河面发生了变化，原先的一条主流随着地形的变化而分成三股水流，中间有许多露出水面的石头。此时无人顾及是否会湿鞋，因为鞋子早已湿透。她们考虑的是水的深浅。麻利的妇女唰啦唰啦连蹦带跳蹚过去。小妹的功夫差些，把手中用作拐杖的木棍递给同伴。她这边一跃，那边一拉，顺势跳上岸。我的脚感到水的凉度，不敢往前冲刺，万一滑倒水中，身上的相机可想而知。以前，我装在裤兜里的手机就是因为过河滑倒而宣告报废的。

上岸的小妹没有追赶队伍，转过身来把木棍的另一头递过来，让我攥住。我模仿着她刚才的动作，一试成功。

小妹转身追赶她的同伴。次仁罗布不知从哪里冒出来，赶了上去。二十分钟后，她们走出我的视野。

她们没有扔下我，考虑的是这条松松垮垮的河。如今我过了河，她们可以放心地走了。

这里是玉麦河的上游，植被与出发时明显不同，乔木罗列于河谷，草甸覆盖着山坡。

往前走，路的总趋势是下坡。曲玉公路在不远处晃动，那里正在施工。德吉先前告诉我，不必上公路，沿河就能回到出发地，上公路反而远。我的原定计划，是到公路边卓嘎和央宗家小坐，或许会有收获，顺便也加些开水。现在看来，这个愿望不能实现。体力感觉有所恢复，到公路要走好长一段上坡路，在乡政府食堂晚饭前返回，如时间上不允许，就只好作罢。

虽是旷野，但我没有任何顾虑。从大的层面说，脚下踩的是我们祖国的土地，给我带来安全感；从小的眼前说，这里没有蛇，猛兽不在转山路上出没。小河伴我行，涛声入云端；脚踏平坦路，远山铺绿毯。

接着下坡，谁知一转弯，乱石复出现。真是景致迭出，接二连三的山涧冲刷着似是而非的小路。它的美就在这里。目光稍远，看出它是一条有些凌乱的小路；踏着水中的一块块石头过去，感觉不是路，似在涉水嬉戏。不能大意，多数石头踩上去没问题；有些石头上面长着青苔，踩上去打滑，容易跌倒。

光注意脚下，忘了看景。不知什么时候，两边灌木丛生，细看，多为杜鹃。以前在去藏东驻村的路上见过杜鹃，后来在错那县浪坡乡畅游杜鹃花海，而今在隆子县玉麦乡穿行杜鹃丛中。

从海拔和地貌上看，这里与浪坡乡有相似之处，不同的是，浪坡乡的杜鹃面积大且品种多，这里的杜鹃面积小且品种少。不过就眼前这一片来说，还是像模像样的。难得的是，石径穿行其中，山涧流于其内。手腕粗的杜鹃盘根错节，犹如桃花源纵横交错的桃枝，遗憾的是无花可赏。错过时节了？那一年是利用端午假期去的浪坡乡，漫山遍野的杜鹃花竞相开放。现在是八月中旬，花期早过了。再一看，不对，多数枝头顶着花蕾。天呀，还没开呢。杜鹃花呀杜鹃花，秋天即将到来，仍羞答答地卧于花蕾之内，什么时候才能绽开笑脸？

看来，杜鹃花是否开放、何时开放，取决于气候因素。在浪坡乡的杜鹃打苞的时候，玉麦乡正是阴雨连绵，温度较低，几乎见不到阳光，这里的杜鹃只长枝叶难开花。

地理上的气候难以改变，但国土上的温度可以提升。桑杰曲巴父女两代人用炽热的心烘烤着高山、牧场、森林、河流。中共中央总书记的一封回信让喜马拉雅山沸腾起来。玉麦乡的发展变化牵挂着亿万人的心。

今天的玉麦人，对着大山放声歌唱《在玉麦》：

微风轻拂脸庞，
云儿向北飘荡。
青山望不尽，
绿水万年长。
美人沉睡无人知，
姑娘醒来心事装。

细雨滋润大地，
瀑布缠绕山上。
他自远方来，
她在描新妆。
家是玉麦不离家，
国是中国国旗扬。

歌声在山谷中回荡。独自走了一个小时，还没到公路。看山跑死马，难道看见公路前会累倒我？德吉一行早该上公路了。去曲桑村海拔渐高，在公路上坡度不明显，她们走得很快。

杜鹃枝条不时地擦碰着我。卓嘎家的小楼看得一清二楚，远方的公路由细线条变成粗线条。转山路不算长，对多数人而言，半天即可转完。路上所经之处，丛林、茂草、悬崖、湖泊、沼泽、草甸、乱石和灌木等，说路况多变可以，说内容丰富也行，没有危险，却能检验体能与毅力。

下午两点多，灌木丛被甩在身后，眼前出现一片河谷地带。有水，但不像河的样子，三四十米宽的地方都在流水，踩着石头能过去。

水的那边有群人，一数七个。她们还在那里等着我。又似乎不是，次仁罗布闲坐着，女士们在忙着。

离水最近，不，站在水中的是德吉。她左手拿着方镜，右手梳着头发。她无视我的存在，我当然不好意思盯着人家。她们都带着梳洗化妆的用品。小妹的帽子不知去处，乱发已经梳直，正在手中成为长辫。另四位妇女也是各忙各的。有的梳洗完毕在戴帽子，有的把红色披肩扎在腰间，有的洗袜子，有的刷鞋子。

我大喊一声："快到家了，都打扮漂亮了。"她们与两小时前相比，都判若两人。人是衣裳马是鞍，女子淡妆更好看。

她们早知道我的到来。听到喊声，她们相视而笑，没人搭理我。尴尬时还是男同胞靠谱，次仁罗布用手招呼着让我到他那边休息。

我在他附近坐下，觉得好困，正是午觉时间。我双手拄膝，想眯一会。

本以为见不到她们，想不到她们瞬间旧貌换新颜。早想与众人合影的我，趁此良机喊一声："打扮这么漂亮，我们合个影吧。"一扭头，昨天那位胃部不适的妇女不知什么时候已调皮地蹲在我身边。

德吉和次仁罗布轮换着拍摄，我们在河边或站或蹲合了若干张影。

这回是真要分别了。德吉指着河边草丛中若隐若现的小路告诉我："看清，这条路要走丢，你回玉麦就难了。"

她的意思我明白，偏离小路会被杂草、灌木或丛林阻挡，走过

作者与转山人合影。（次仁罗布 **摄**）

去是不可能的，甚至迷路。

我沿着河往下走，她们对着公路往上走。忽然，耳畔传来歌声，我能辨出是德吉的声音，她在领唱《曲桑和玉麦》：

像祖国的北方和南方，
曲桑和玉麦牵动着心房。
两地的山水相连，
两地的亲戚互访。
去年你经过曲桑，
和阿爸阿妈叙家常；
今年我来到玉麦，
你端起甜茶让我尝。

曲桑的群山上，
亲人的情谊在延长；
玉麦的河水中，
中华的血液在流淌。

徒步路线

走在玉麦河边。这是我熟悉的地方。

温故而知新。河对岸浅褐色的灌木丛进入视野，知道那是一丛丛杜鹃。善于观察和思考，熟悉的地方也有风景。

这一段走完，上了公路。如果顺着公路走下去，仍然很远。之前和卓玛拉宗等人去牧场找牛，知道附近有捷径可走。

我回放记忆，努力从两边的参照物中找到曾经走过的小路。

旁边有人走过的痕迹，拐过去一看，一棵大树上挂满经幡。一棵略显奇特的树，扯上经幡，赋予佛的内涵，就有人围它而转。

继续前行，走过一个涵洞。放眼望去，一条小路曲曲折折通向树林深处。涵洞附近倒下的枯树压着乱石，小路的起点完全被抹去。

不远处的痕迹告诉我，这是当地人曾经使用的便道。

走在这样的小路上，同样有穿行原始森林的感觉。直觉告诉我，之前没走过这条小路。我欣喜走出了一条不寻常的路。

这条小路估计很久没人走过。如果经常走的话，拦路的横木会有人移除，遮人的树枝会有人砍去。我不停地跨过朽木，弯腰从枝条下穿过。

我再次来到玉麦河边，看不到水，能听到轰鸣的涛声。大松树上挂着长长的松萝，河边偶有小片草地出现。

有时，小路消失于草丛。我驻足观察，在稍远的地方寻觅路的踪影。转山路上很少出现这种情景，那是经常有人走的原因。两相对照，说明这条小路很长时间无人光顾。

像探险者一样，我的好奇心陡生。我清楚，必须顺着老路走。迷路的代价，是原路返回。

前方风景挺好。走近一看，哗哗的小溪旁是一处泥石堆，踩上去勉强可以通过。这两天虽然下些毛毛雨，阳光还是不错的。一旦有大些的雨落下，这些泥石会流动起来，成为自然灾害。所幸它的规模很小，上方不远处有公路遮挡，危险系数大为降低。

这条小路的位置很好，一边是玉麦河，一边是公路。河岸陡峭，树木高大，看不到根部，也不敢伸头探个究竟，在这个毫无遮拦的地方，掉下去是轻而易举的事。如果不是对这一带的情形有所了解，光是从树丛上方传来的河水轰鸣声足以让人胆战心惊。我提防的是跌倒或出现其他意外情况。离公路的距离时近时远，近时能从树缝间看到，远时有二三百米吧。如果迷路或求助，除非悬崖峭壁阻拦，直往上走找到公路并不难。

说什么有什么，一处峭壁果真出现，感觉上这里才是危险的地方。峭壁令我生畏，它的侧上方均为巨大岩石，无可攀援之处。脚下一半是石径，另一半路面由四五根树干捆扎在一起组成，整个路面宽度一米左右。峭壁上偶尔滴下的水让人心中一颤。实际的危险当然存在，做路面使用的树干给人摇摇欲坠的感觉。伴着河水撞击巨石的声音，能接着往前走，确为不易之举。

前面直接的危险消失，但仍然不乐观。峭壁一过，直径半米左右的乱石充塞在一起，路了无痕迹。很明显，这是平常所说的滚石路段。走到此处，我陷入两难境地，接着往前走，情况不明，过不去的可能性太大，存在不可预知的安全隐患；退回去，峭壁让我心虚冒冷汗，莽莽撞撞冲过来是头脑发热的表现。

我相信前面有路，往前摸索着走吧，走到哪里算哪里，决不冒险。其实这是自我欺骗，正在进行的即为冒险行为。

我弓着腰，有时手脚并用，有时转过身子背朝前方，这是为了便于在石缝中穿过。越过乱石堆，脚下出现路的形状。

过了艰难险阻的考验，小路逐渐舒展开来，走在上面，原始森林的景致赏心悦目。

从涵洞旁边算起，到曲桑公路二标拌合站为止，这段徒步路线不算长，起点和终点都在公路旁，如果打造一下，可作为通往玉麦途中的一个小景点。

沿途有两处需要防护，一是泥石流地段，二是峭壁附近。因有公路阻隔，泥石流形成灾害的可能性大为降低，但仍不可麻痹大意，特别是在降水天气里，要多加防范。峭壁处的小路在加固的同时，装上护栏，起到实际保护作用，也可给游客心理上的安全感。乱石不必清理，通过费些劲，但并无危险，要警惕山上再有滚石下来。

这条徒步路线，对当地人来说，轻松平常，而对来自平原地区的游客而言则充满诗情画意还带些刺激。旅游车在涵洞那里停下，有标志牌，愿意体验徒步的可以在此下车。人在河边走，车在路上行。旅游车开到前方徒步路线出口处等待，半小时左右，徒步游客可走完全程。

由于一路下坡，长时间坐车的游客徒步这段路不累，可以舒展一下筋骨，为畅游玉麦热身。

误判代价

从曲桑村徒步到玉麦村，没什么大不了的，我能做到。

为什么这样说？我在玉麦期间，与好多曲桑村转山人住在一起。他们从扎日乡机甲寺开始，转到玉麦出口，住上一晚，第二天回曲桑村。

中午十二点，我在曲桑村吃了碗面，从桥头出发，沿着公路向玉麦走去。

从曲桑到玉麦，曲玉公路全程三十三公里。尚未到玉麦乡地界，雨一如既往地下起来。幸亏带了把雨伞，能保住上身不被淋湿。

盘山公路弯弯曲曲。我知道，徒步有捷径可走，但要付出代价。我的感觉，这个代价是直上直下腿部所承受的压力和心理上的担忧甚至恐惧。遇到捷径，我挡不住诱惑。

雾蒙蒙，雨淋淋，泥泞路上我一人。往远处一望，蛇行的公路在不远处的脚下，虽有雨雾相隔，但仍能辨出它的轮廓。

一无沟，二无河，有的是转山人踩出的脚印。看着尽收眼底的山坡，我毫不犹豫地走下去。俗话说看山跑死马，我望着公路慌出汗。还算顺利，我趔趔趄趄地来到下边公路上。

常说欲壑难填，得了捷径想捷径，从夏季牧场到玉麦乡政府，我走过好几次捷径。站在公路边，我忍不住又寻找捷径。

真找到了，不远处转山人踩出的小路清晰可辨，山谷和溪流都与以前走过的地方相像，没看到牧场的房子。反正不远，摸索着能走到玉麦。

下到一半，感觉不对，一是未见到牧场的房子，那是实实在在的参照物；二是没出现河畔小路。这是第一次误判。在交错的小路中，我发现有一条向上通往公路。重回公路吧！

半小时后，走完国基建设集团负责的曲玉公路二标段，进入中交公司施工的一标段，好像吃了定心丸，心里有了着落。

很快，牧场的建筑物进入视野。我问修筑防护墙的施工人员，再次确认前面有捷径，能节约过半时间。

由于心情过于迫切和自以为有把握，看到一条似是而非的小路，我摸索着下去。在草丛中走了一阵，感觉不妙，抬头看到牧场公路边卓嘎家的房子，觉得差不到哪里。给我带来确切信号的，是看到了前方河道与电线杆之间熟悉的路。九月底的河滩，有些高草已衰败，小路清晰地显露出来。只要把握住大方向，就能走到正路上去。

也许是总昂着头盯着远方，等来到矮松与灌木丛生的地方，发现脚下已无路的痕迹。是不畏艰难险阻穿过灌木丛，还是再次返回公路？我有些纠结。看着眼前似乎不宽的灌木丛，尤其是前方的路向我招手，心想，跨过这片障碍物，不远处必有小路。

带刺的灌木与乱伸的松枝交织在一起。它们大部分低于我的腰部，我尚能驾驭它们。我用胳膊和手护着面部，别让刺扎着或枝戳着，同时也注意脚下，多数时候踏着枝叶过去，还得防着踩空失足坠崖。我吃尽无路可走还要走的苦头。

果然不出所料，杂树间出现了一条小道，上面覆盖着松针和枯叶，毕竟是人走过的路。我为自己的预判感到自豪，俯身跨上这条林荫小道。

雨有停的迹象，太阳闪出笑脸。无奈总是与带水的枝叶接触，浑身已湿透。刚才在无路状态中有些着急，且费力地拨弄枝条，身上冒出了汗。现在心里略有轻松，汗凉衣湿，身上不免发冷。我提醒自己，尽量让身上热起来，以防感冒。

这条小路虽然像模像样，但看得出很久无人光顾。这从小路上方交错的树枝可以判断出来。如果经常有人通过，挡路的枝条会被砍去。我要不时地拨弄着它们。

前方出现一处小面积的山体滑坡，三棵碗口粗的松树挡住去路。我无可选择，小心翼翼地一棵棵跨过去。哦，不是跨过去的，是先用手扶着树干，把右腿甩过去，坐稳转身，再把左腿拉过来，既要防崴脚又要防滑跌。

总算又迈过一道坎。眼前的情形让我不得不与大地紧密接触。小路还是这条小路，两边的松枝相互搂抱在一起，我无力把它们分开，前方都是同样的密度。小路上有不到一米的空隙可钻。我蹲下身子，像戏剧中的武大郎一样往前挪动，有时仰倒在地，后面有背包垫着。

我由衷地感叹，这条小路，要是在内地某个景区，会让很多游客觉得妙趣横生。而此时的我，抬头不见天，抓地一把泥，为第二次误判感到懊恼。

与其责备自己，不如坚持前进。终于钻出这条四五百米的绿色小巷。外面的天晴朗起来，远方的路离我近了许多。我的左腿膝部好像有些抽筋，伸缩不自由。

想想白玛坚才，多少次踏过白茫茫的雪地，多少次穿过湿漉漉的丛林，敢问路在何方？答案只有他知道：路在脚下。为什么一次次在无路可走的地方跋山涉水？因为玉麦是家。是家，就要生活，就需给养，是他牵马给玉麦送来生活物资。他几十年如一日，我只经历了一次，算得了什么？

心里这么想，还得谨小慎微地绕过崖边，踩着乱石堆，对着那条诱惑我的捷径走去。

谢天谢地，总算走到了河边小路。好走的路反而有些发冷，我加快脚步，多给身体制造些热量。

很快上了公路，路面铺上了石子，平整，好走，我的心情欢快起来。

从路标上看，离乡政府还有四公里的路程。正在建设中的玉麦新村尽收眼底。我多次在这条路上散步赏景。那时，从乡政府走到这里再回去，拐几道弯，很是轻松舒服。而此时，累到极点的我，努力迈步往前走。

路边下方，太像以前和卓玛拉宗等人一起走过的地方。看看几步可以跨过去的玉麦村，我决定再冒一次险，对着目标穿过去。

走平路，两条腿差不多；走下坡路，左腿疼痛，弯不下去。我侧着身子一摇一晃往下走。

听到水流的声音，看到跳起的浪花，我高兴极了，心想，不停地挑战，总会有一次是成功的。

沿着溪流走了一会儿，感觉脚下走的不是路，见不着熟悉的参照物。又走错了？又走错了！我很快判断出这条溪流的走向与出口。

如果沿溪而行，不仅像上次误判一样硬着头皮走无路之路，而且方向不对会走一些冤枉路。跨过去，我不敢，溪流的宽度恰好能让我掉进去。

鞋子比衣服湿得早。没什么可惋惜的。我拽着这边的树枝，慢慢把左脚伸进水中，水流刚没脚脖，右手摇摇晃晃抓住对岸伸过来的树干，再把右脚插入水中。稍一停顿，神经系统告诉我，双脚冰凉。我的双手在滑不溜秋的树干上挪动，换下脚，右脚先上岸，因为左腿不会弯了。抓着树干的两手一带劲，身子才从溪流中拔出来。

想不到快到目的地了，为走捷径，第三次又出现误判。

三次误判，都使我付出了代价。

因为有缘

在茶园，有一男子引起我的注意。

他身材不高，留着平头，手中的十字镐一起一落，很卖力。

河边用木头搭成的四面透风的棚子下面，有一女子同样引起我的注意。木棚里的火炉和锅碗瓢盆告诉来访者，她是一位厨师，身前扎着大围裙。暂且叫她厨师吧。

我们要去龙嘎加萨。有人问她去不去，她答应一声，飞快地解下围裙，到邻近的水泥房里拽件外套身上一挂就上了车。回来的路上，车子停在一座桥附近，大家逗留玩耍。

在一棵大树旁，有一棵不起眼的小树斜着身子探出头来。乡人大主席索朗杰布指着面前随风而动的枝条说：“这是喜马拉雅红豆杉，珍稀植物。”

我没见过红豆杉，但知道它的珍贵。前面加上“喜马拉雅”四字，它的身份和价值可想而知。我让它贴着我的脸，通过这种珍稀载体，感知喜马拉雅山的肌肤和温度。

厨师从车上拿来三个空矿泉水瓶，走到河边，踩在石块上。她把空瓶放在身后，慢慢蹲下，伸出右手，撩起水来，轻拍额头，接着用水湿下头发。仪式完毕，她用双手掬起一捧从颇章雍错流来的水放入口中。她把三个空瓶灌得满满的，抱着它们跑到铁桥上，让站在河岸的人为她拍照。

我在喜马拉雅红豆杉下发呆。欢笑声把我从第四纪冰川时期拉回新时代。

铁桥上的厨师，让人看到的是一位性格开朗的藏族姑娘。她抱着瓶子俯在铁栏上，翻飞的经幡映衬着她的脸，绑在桥栏上的五星红旗呼啦啦地响。

他们在车中用藏语交谈，除了格格的笑声，其他全然不懂。

我陪着傻笑。厨师突然用普通话问我："大哥，你是做什么的嘛？"

我没反应过来。另一人来了句旁白："她老公是四川的。"

我顺势说道："我是来听故事的。你嫁给四川人，你俩肯定有故事。讲给我听听吧。"

"有啥子故事？"

是呀，多年来不停地转换地方，工种只有一个——为工地上的人做饭，在她看来，没什么可讲的，而在我听来，却有道不尽的精彩。

她叫曲尼卓玛，出生在隆子县城与日当镇之间的扎果村。古往今来，这里是去县城的必经之地。和偏僻的村庄相比，这种地理位置上的优势，决定了扎果村的人思想解放，必然能走出一些见多识广的能人。

卓玛上的学不多，但她有心思，有胆量。她的表哥在全县是数得着的人物，经营着大酒店和种植养殖业，在斗玉和玉麦等地有工程。她想让表哥找活。表哥看着她娇小的样子，说："做酒店服务员，你身高不够；到工地干活，你体力不行。你是我小妹，不搞特殊化，也不能亏待你呵。"

卓玛有些不服气："长得不漂亮，我不做服务员。工地上有我干的活吧？"

表哥调侃："小妹做事利索。普通话说得流畅，不要到工地上去，要被哪个汉族哥哥看上，你远走高飞，我没法向亲戚交待。开个玩笑。工地上缺做饭的，你干不干？这个活忙乎，强度不大，挺适合你。"

羞红脸的卓玛答道："啥活都干。"

就这样，卓玛走进工地，先做帮手，心灵手巧的她很快掌握炒菜的基本要领。

千百年来，西藏与四川有地缘因素、地利之便，两地人员的往来从未停息。在西藏中部地区，有人把四川话戏称为拉萨普通话，来自其他省份的人用方言难以沟通，四川人却不影响交流，四川人的影响力由此可见一斑。

对于卓玛来说，与内地人交流不困难，小时候站在村口见到往来穿梭的内地人，她学说的普通话带着四川味。工地上，既有本地人，也有内地人。内地人百分之九十以上来自四川。很快，勤快活泼的卓玛在厨房独当一面。不管形象还是饭菜口味，不了解的人都认定她是来打工的川妹子。

在工地上做了几年活，卓玛到了谈婚论嫁的年龄。按照爸爸妈妈的意愿，让女儿回家结婚。卓玛的想法与家人不同：扎果村虽好，但比大地方还差一些，要考虑到以后孩子的教育。哦，尚未成家的她连下一代可能遇到的问题都想到了。

其实，那时的卓玛已有心上人。他来自四川射洪县，2003年二十四岁时随着乡人进藏闯荡。他长得朴实，手脚勤快，说得少，做得多。两年后，他长期与卓玛在同一地方干活，工地换地方，她走他也走。吃饭的时候，他坐在一角，从不大声说话。无论炒的什么菜做的什么饭，只要放进碗里，必定吃得一干二净。

卓玛有一次看到他送过来碗筷，开玩笑地说：“帅哥，你的碗不洗也可以，你吃得和洗过的一样干净。”

他憨厚地笑笑，露出一口白牙。卓玛忍不住盯着他看。姑娘脸没红，他的脸倒红了：“我去干活了。”话没落音，人已转身。

身后传来爽朗的笑声：“还害羞呢。都说四川男人粑耳朵，结婚肯定是个乖哥哥。”不知她是对他说的，还是对自己说的？都有吧。

他常年待在这里，不是因为她，而是觉得工地上的活比较适合自己，工资开得也不少。

老乡带着玩笑口吻提示他：“卓玛看上你了。你在这里安家落户，永远别想回四川。”这里的人，除非傻瓜，都能看出她爱上了他。

他想等发了工资再换个地方干，不在这里招惹“是非”。

敏感的卓玛觉察到他思想上的波动，去找表哥。表哥直截了当地说：“不少他的，扣人家的工资不发没道理。你嫁给他，我支持。他如愿意留下，我在县城给你们推荐房子，借给你们首付款。想去泽当也可以，随你们的便。他如果不愿意留在这里，有些麻烦。就看你的意思了。”

表哥的话坚定了卓玛的决心，打算与他正式谈次话。

他在痛苦着，犹豫着。

按照各方面条件，他觉得与卓玛挺合适，家在农村，会干活，性格上也可以互补。他和卓玛在外奔波多年，虽说没挣到大钱，但也有些积蓄，都想走出家门过种崭新的生活。他说的走出家门，不是不要老家，不是离开四川，而是通过努力过上好日子，对下一代的教育和发展也有利。

别胡思乱想了，藏族姑娘惹不起，谁都知道，她要是爱你，能把心肝掏给你；她要是恨你，会把刀子捅给你。他一看见藏族妇女腰间摇摇摆摆的那把小藏刀，心里就发憷。还好，卓玛腰上不挂刀。又一想，她天天玩的是大刀呀，要是哪天惹恼她，她切白菜的动作挺吓人。

不想就能睡着？还是睡不着。他预感到卓玛会找来，她热情似火让他不得脱身，算了，姑娘不想了，工资不要了，先搭个顺风车逃出去再说。

行李简单，破被一条，衣服几件，手机，银行卡，还有囊括一切的背包。

正装着东西，觉得门口出现个身影。扭头一看，他的手悬在半空，僵了。

卓玛一脚在外，一脚踏在门槛上，斜倚着门框，两手交错抱在胸前，似笑非笑蹦出一句话：“想逃跑？没门！”

不知是错觉，还是她的身子确实晃了一下，他感觉眼睁得像灯笼似的卓玛举着菜刀向他扑来。

他瘫坐在地上，两手抱头，断断续续地说：“把刀子放下，有事好商量。”

“看你个熊样，干活没得说，天天见面，一个小女子就把你吓成这样。我是雪豹，吃了你？啥子刀子，没到做饭时间，拿刀子做啥子？”卓玛看到白马王子吓得像狗熊一样，想笑又心疼，忙伸出手相扶：“找你摆摆龙门阵，想不到你先坐下了。”

他像触电一样抽搐了一下，看看没有刀光剑影，很快就恢复平静。

“床铺太乱，收拾一下。工资没到手，咋能逃跑？”

“往哪跑？跑了和尚跑不了庙，跑到邦迪拉，也没出中国地盘。迟早都能找到你。”

卓玛边说边整理床铺。他呆坐在挨着床用木板搭成的长凳上。

“老大不小了，回家找你的川妹子，床铺不乱，你也精神了。”

“哪有川妹子？挣钱难娶到媳妇。老家男多女少。”

卓玛心里有了底：“西藏女多男少。你住我家吧，不要彩礼，没有嫁妆。添置家具，去泽当，藏式汉式随便挑，两样都买一些吧。客厅放藏式家具，卧室布置成你老家式样。”

他知道幸福有可能来到，但没想到这么突然。

他的心砰砰直跳，稍一平静，猛然醒悟：不能放弃原则，说啥不能在这儿安家，即使我同意，爸妈也不会同意。

他觉得幸福不属于他，大着胆子说出真实想法。

卓玛已知他不大同意，但转念一想，不行，到手的鸟儿不能飞了，便不由自主地坐在他身旁。

他没来得及反应，就觉得长长的木板往下一陷，两个身子往中间一滑，碰撞在一起。

长板凳不高，中间一下被压到地面。

他想站起来，脖子被她搂住。

她的嘴附在他耳边：“天天看电视，不知道那句话吗？接地气，才踏实。啥都依你，好了吧？”

他的脖子不再抽筋，而是随着力的作用缓缓移动，移向可以听到心跳的地方。

正如卓玛和他所料，尽管俩人沿着爱的轨迹走过来，但开始时双方家庭均表示了反对。

妈妈听说儿子在西藏找了个藏族媳妇，说出了担忧：“那里的女人守娘家，她肯定不会跟你来四川。你老实巴交的，她能好好过日子？”

他在电话里说：“爸妈放心，娶哪里的媳妇不重要，重要的是人心眼好。卓玛愿意把户口从西藏隆子县迁到四川射洪县。全家见了都会同意的，到家就晓得了。”

卓玛与他一起向表哥请假。表哥批准，并向他俩表示祝贺。

时值旅游淡季，他们以火车硬卧的价格买了飞机票。没用一天时间，他就带着卓玛转弯抹角走进一处农家小院。

他的家人看呆了。邻人围拢来瞧。

“她长得和咱差不多呀。”一个川妹子咂巴着嘴说。

“她说的是咱家乡话噻。”一位大嫂亲热地说。

该做饭了，卓玛向公婆问清厨房情况，半小时后，动作麻利的她端上来一桌饭菜。

婆婆觉得她和老伴没见过世面，错怪了儿子，自己家的情况对不住卓玛。

她说：“听说西藏容易得高原反应，我看卓玛头不疼，干活这么快，咋不像呢？”

公公白了她一眼，纠正道：“那是高原，咱这是丘陵。卓玛得的是低原反应，氧气多了，做事比在西藏还麻利。”

听了公婆的对话，卓玛笑得差点喷饭：“爸啦，妈啦，我在西藏没有高原反应，来到四川不醉氧，进了家都正常。”

婆婆好像发现了新大陆：“这孩子说话啊啊啦啦的，是不是结巴？除了‘爸妈’有问题，其他都挺好噻。”

卓玛和他异口同声：“‘爸妈没问题’。”然后相视而笑。

在四川度过良宵，回到西藏能顺利过关吗？

虽然有心理准备，卓玛和他进了扎果村，心里都有些忐忑。

妈妈不讨厌四川人，她讨厌的是“拐走”女儿的四川人。

爸爸脾气好，女儿嫁给谁无关紧要，紧要的是那个人是否值得女儿托付一辈子。当年妻子不正是看中自己勤劳肯干不发火，才屈尊嫁给他？说错了，才同意入赘到她家。

卓玛明白，在个人问题上，爸爸的意见可以不考虑，因为他没意见，况且这些年没少给他啤酒喝。卓玛祈祷妈妈按照佛祖的意愿宽恕她。

正像卓玛预料，进门看到的妈妈是怒气冲冲的样子。

“妈啦！爸啦！”卓玛和他同时出声。卓玛壮着胆子大声喊，他低声附和，头都不敢抬起来。

“卓玛回来啦，爸爸想死你了。”爸爸的声音被妈妈的身体隔开。

妈妈本打算拒绝他们进家门，看到女儿一脸兴奋，旁边站着好像做错事的小伙子，心软了，稀里糊涂地说声：“进来吧。”

刚一坐定，妈妈恢复了理智。她看到局促不安的小伙，明白事情的根源在女儿。

她盯着女儿，提高嗓门：“卓玛，你结婚我同意，你不住在家里我不反对，可你不能离开隆子县。”

爸爸接道：“就是离开隆子县，也不能离开山南。”

妈妈顺一句：“你有本事离开山南，说啥也不能离开西藏。”

卓玛认真地看着爸爸妈妈说：“我明白了，你们怕我跑到四川，现在我不还在扎果的家里？”

妈妈故作镇静地说：“还说在扎果的家里，你的户口已迁到四川，我以后指望谁？”说到伤心处，要强的妈妈声泪俱下。

他把湿巾递给卓玛。他不敢直接送过去。

爸爸攥着啤酒罐的手抖了一下。

卓玛一手扶着妈妈，一手擦去她脸上的泪痕："妈妈，户口算个啥？只是一种形式。户口放在哪里有什么关系？他又不走。这些年来，他都在这里干活，不管表哥的工地在斗玉还是玉麦，就是转到塔克新，还是在隆子县内。不管到哪里，我能冲出妈妈你的手心？"

他居然开了口："妈妈，我的户口在四川，每年只在老家过几天，一年到头在隆子县。你知道，有些人户口就是在扎果，常年在外奔波，回来的时间也不多。"

妈妈抹了把眼泪，看着他一脸诚恳的样子。

爸爸的手不抖了，拉开一罐啤酒递给他："喝酒。"

妈妈哭笑不得，一把搂住卓玛："他骗你可能性不大。但你可不能骗妈妈。"

卓玛挣开妈妈的手："骗你好吃的。我去炒菜。"用手指指他，"爸啦喝酒不就菜。他没菜喝不下去。"

他手里攥着啤酒，没沾嘴，脸红了："爸爸，我喝一罐就醉。"

"都是从年轻时候过来的。你小子有福，以后里里外外不用操心，喝酒，干活；干活，喝酒。只这两件事就可以。"爸爸把他看作曾经的自己。

在我的想象中，喜马拉雅红豆杉是高大的乔木，刚才看到的那棵娇小柔美。

有人提示，车子开得太慢。

司机乐呵呵地说："不会讲故事的曲尼卓玛，都快讲成长篇小说了。车子要是一下开到茶园，你们就听不到完整的故事啦。"

一向有说有笑的卓玛有些不好意思了："大哥，我说的不多，但都是真的。到时候写出来很长，和我说的不一样，就是你想象的。"

在茶园里干活的向洪军（中）（唐大山 **摄**）

我说："有一首歌叫《美丽姑娘卓玛啦》，是唱给你的。唱歌的人在哪里？"

走下车的司机用手一指茶园里正在挥舞十字镐的人："是他，向洪军，在那里刨地呢。"

一袭红裙

天上雨丝在飘，路上雨伞在摇。

雨伞下，一双深鞠皮鞋，一双浅色运动鞋。好像有口令似的，两双鞋不慌不忙踏着流着清水的砂石路，步调一致地走上来。

皮鞋上方，是深绿色的裤子；运动鞋上方，是裙摆随着脚步轻轻晃动。裙子是浅红色的，近看还有白色小圆点遍撒其上。

雨伞不大却遮住了俩人的上半身，在喜马拉雅山中营造出一个温馨空间。

谁家小伙，如此悠闲？哪家姑娘，来此浪漫？

姑娘不是本地人。哦，她是来这里避暑的吧？内地高温难耐，虽时有暴雨，也总伴着狂风闪电。这里多好呵，盛夏时节，也是春秋天的感觉。当地姑娘还穿着线衣呢，游客都穿着冲锋衣。

她期待，期待与自己走在一起的哥哥，什么时候能换上便装，像这样走在都市公园里。

哥哥乐了："干嘛非走在公园里，那些都是人工所造。这里多好呀，一切都是大自然原来的样子。你上飞机的时候，还说热得快要蒸熟了。蒸熟才好呢，飞过来我趁热吃。"声音虽轻，却被枝上的鸟儿听到。

"你说这里像春秋天，谁信呢？"

“苍天作证，我骗过你吗？这回可是享受到了夏天里的春天。”哥哥抬头看看上面，云雾缭绕。

姑娘的裙装正在验证着天气：“又在撒谎。这是秋天的感觉。”

雨儿未停，两双鞋交错地来到合抱粗的松树旁。

在这里，与其让苍天作证，不如请苍松代言。

同在喜马拉雅深山里的兵哥哥，各自的情感经历却不同。

有的像冬天。虽曾海誓山盟，我真要是钻进深山不见了踪影，你惋惜地告诉我：“人各有梦。你的梦想是在山岭上筑起一道长城，我的梦想是在生活中扯起一道彩虹。”殊不知，没有山岭上的长城护佑，生活中的彩虹终将化为乌有。

有的像春天。绵绵的话语飘进深山，告诉我你仍在等待。等待春天的温度回升，等待春天的树木发芽，等待春天的花儿开放，等待春天的燕子回家。我抓住一闪即逝的信号，给你发了条信息：“谢谢你，我的燕子。”

有的像夏天。你有时像热浪一样向我袭来，我有些猝不及防。没等我决定是否接受，你又像落潮一样猛地退去。我三番五次地问你：“为什么？你为什么忽冷忽热？能否给我一个明确答复？”你的闺蜜乐呵呵地代为转告：“看你前途哦。如混个人模人样，明年有戏；如还是个傻大个，那就各自高飞吧。”

有的像秋天。多年的相识与了解，你认为我值得信赖与托付，我清楚你是我的唯一。在信息高速公路上，相见不再困难；在交通便利的今天，距离不是问题。谁让我俩心心相印？荣华富贵我们不奢求，但可以共同撑起一个家，生儿育女带好娃。我坚厚的臂膀是家的支柱，你温暖的胸膛是我的港湾。

雨伞长高，两双鞋的步调渐趋一致。苍松见证，他俩收获的是秋天。

想起来了，前天与同住一个房间的司机聊天，他幽默地说：“给兵哥哥送美女。”后来，对照俩人的状态，不是新婚燕尔，即为未婚妻探视未婚夫。

在内地，天南海北，朝发夕至。而从内地来西藏找到心上人，要看心上人所在的具体位置。如在拉萨，交通便利；如在山旮旯里，则就另当别论了。红裙姑娘所经历的是另当别论的情况。她从内地某个都市飞到贡嘎机场，然后坐班车到县城，有的县城还未通班车，要拼车或包车，到达营区的最后一个环节，必是包车。送她来的司机说的话透露了她来的方式就属于这种情况。

价格不菲是次要的，安全能不能得到保障？不说那么多，反正她几经周折，终于安全抵达。

启程前，她在衣着上颇费心机。内地酷暑，短衣纱裙；高原天寒，秋装在身。千里迢迢到他跟前，穿纱裙肯定会被冻坏，也不能穿得像熊一样呀。思来想去，她下飞机后，把选好的带有白点的浅红色连衣裙穿上，外罩厚衣。来到丛林掩映的山坳，恰好中午，温度有二十摄氏度。

一袭红裙出现在营区前，哨兵眼直了，兄弟们眼花了，意中人心热了。

雨伞把他俩引领到出来的地方。

哥哥忽然说：“我要是当一辈子兵怎么办？”

“我每年都来这里消夏。今年一个人来，明年就带着娃来。”

姑娘仰着的脸低下去，又抬起来。

雨停了，他要收起伞。她用手示意，还是撑开好，撑开可以遮住那张羞红的脸。

寒露即景

站在玉麦河谷，北望。

雪，不错，是雪。早晨的太阳照射过来，特别耀眼。

阳光，对玉麦是吝啬的。寒露的早晨，天空蓝了，遮山蔽天的云雾没了，东山顶上透过来的，是晨曦。

接着看北山。前几天，气温在淅淅沥沥的雨中降了许多，北山头上像披了一条白色纱巾，我穿起棉裤，感觉正好。今天早上好多了，没有明显的寒意。北山带给我惊喜，露出的山头被雪覆盖。山尖有一块云，恰似戴了顶帽子。东侧射来的阳光像一束激光照在山上，显得非常明亮。

北山上的雪挺厚，整个山头被包裹得严严实实。

东山和西山近在眼前，却矮了许多，没有看到雪花的光临。也许，在万籁俱寂的深夜，飞来的雪花会进入美好的梦里。

有看头的是南山，不是眼前低矮的南山，而是沿着玉麦河走两公里抬头可见的南山。

顺着西南侧的山谷仰望，在它的上空闪出一个山峰。目测可知，它比北山远得多，上面的雪比北山头的雪要薄一些，在南方群峰中，已足够吸引眼球了。

正南方山上的雪不多，却有层次感。山顶被雪覆盖，依稀露出山体。山腰是灌木丛，雪花落在上面。再往下，是乔木地带。绿得有些发黑的松树上，基本上看不见雪花。偶尔飘来几朵，羞答答地插在发际。

东南面的山上，看不到雪的壮观与炫目，只在顶端有一些盐巴似的薄雪。

如果以乡政府为基点，南山与北山距离有限，雪的大小与厚度体现出海拔的落差与地势的不同。

睡在路旁草地上的牛抬起头，接着站起来，晃掉身上的水珠，慢腾腾地开始了一天的生活。

环顾四周，植被的色彩引人注目。

山脚的青草自不必说。山坡的松树个大叶绿，这种绿让我恍惚觉得像着上了冷色调。从色彩上可以把松与其他树种区分开来。玉麦河谷周围的山上，灌木和黄木较多。这里的灌木不是低矮的那种，远观似一棵蓬蓬勃勃的大树，近看却没有主干。在这个季节，它们的颜色淡下来,有一丝浅黄浮出来。上个月,从颜色上无法分辨树种。

山坡上，松树只是点缀。到了山腰，它渐渐成为主角。

山顶是草本植物的地盘，季节让这里展现出淡黄色。

植被的不同，使山体各展风姿。

抬头望西山，很有特色。对着河谷的这面，陡峭直立，绝大部分山体是裸露的岩石，像一位老人的脸庞。岩石与装点它的一簇簇植被，勾勒出老人的眉毛、眼睛、鼻子和嘴巴。下方密布着的灌木丛，是老人的胡须。在脸庞的两侧，分别挺立着一片青松，是老人的耳朵。

玉麦河旁的这位老人，耳听四面，眼望东方。他熟悉这里的一草一木，热爱这里的山山水水。在他的眼里，这里是玉麦；在他的心里，这里叫中国。

阳光是间歇性的，展现出少有的亮度。由于山的阻隔与云的阻挡，光与影把山装饰得斑斓起来。

起初，两条光带缠在南山上，整个山体成为五部分，犹如藏族妇女扎在腰间的帮典。同样是丛林，光带束着的部分为暖色调，阴影部分是冷色调。

太阳越过山顶，阳光抛开云团，整个河谷灿烂起来，周围的山明朗起来。

这时，视野中是一幅国画。

近处，量不大却清了许多的玉麦河水从丛林中跌跌撞撞跳出来，唱了几声欢歌，又一头钻进丛林。山坡上，大片的浅黄是灌木丛，条块状的墨绿是松林，一绺绺的褐色是草甸，戴着雪帽的是山顶。虽然时间不长，蓝天却给足了面子，另有几朵白云映衬着。

这是在玉麦河谷的视觉效果。如果往上走，雪的覆盖面迅速扩大，白色成为大地的主色调。如果往下走，依然是“两岸青山相对出”，团团云雾欲遮天。

寒露这一天，玉麦河谷的日照时数几乎相当于整个夏季的日照时数。老天爷没忘下雨。今天的雨，多是一片乌云来，“两三点雨山前”。

重穿雨靴

一位大货车司机进店就问："雨靴多少钱一双？"

看来，他知道这家商店有雨靴出售。

他站在那里，弯腰把蹚湿的裤管绾起，褪掉满是泥巴的鞋子，脚上裹着塑料袋。他解开塑料袋，露出浸泡得发白的脚，边把雨靴往脚上套边说："从青海往拉萨跑了几年的车，没遇到这种情况。谁知道玉麦路上这么深的泥浆。"

看到他的狼狈相，想起当初自己是多么明智。当时我和店主谈好住宿价格，看到屋内显眼处有一堆雨靴，根据路上所见情景，当即买了一双。

我有十多年没穿过雨靴了。随着家乡乡村公路的修筑，小时候蹚来蹚去的泥水路销声匿迹。

从拉萨出发前，听说玉麦路上尽是泥巴。来到玉麦才清楚，这里的泥巴不是三蹦两跳就可以躲避的，整条道路成为生产泥浆的厂房。

原以为雨靴会永远尘封于记忆，想不到它突然成为出行必需品。

施工人员穿着它走来走去。

雨靴成为乡政府工作人员的必备物品。前天，与乡长胡学民一起在工地上查看施工情况。他是干事创业的好年龄，一双雨靴在泥浆中不问深浅地蹚着。

平常这里泥巴很少，由于大车来回碾轧，加上流不尽的水，形成坑坑洼洼的泥水路。

这种情况是暂时的。玉麦小康乡项目完成后，这片河谷地带面貌焕然一新，道路宽阔整洁。当下，作为配套的给排水工程同时施工。

无论施工人员还是乡政府工作人员，今天都在穿着雨靴拖泥带水地忙碌着，都在为了今后的玉麦更加美好奋斗。无须解释，这里所说的“拖泥带水”，不含贬义，而是指真实的工作环境。

在这里，洗衣服是多么不现实啊！水到处都有，衣服可以随意洗，晾晒却是个问题，只有放在室内阴干。空气是潮湿的，这个过程将很漫长。瞧，我的那双袜子，放在床头三天，还没晾干。

为建新村

在玉麦新村建设中，罗立光负责生产，龙俊负责技术，俩人每天都会在建筑工地上出现。

先说罗立光。他是湖南长沙县人，1961 年出生，入建筑行业已有三十九个年头。

说起家乡，罗立光满含深情：“我的奶奶与杨开慧的母亲杨老太是邻居，她俩经常在一起聊天。”

“要是奶奶知道你在西藏建设玉麦新村，该是怎样的心情？”我问。

他的表情凝重起来：“奶奶是幸运的，活到解放后。在湖南建工接到进藏任务后，我第一时间查看地图。定位家乡，目光西移，我惊奇地发现，韶山与我将去的玉麦都位于北纬二十八度附近，一个挨着它的南侧，一个倚在它的北面。奶奶足不出户，她不会想到孙子以后要去西藏。毛主席他老人家没少研究这一带的地图。六十多年前，毛主席指挥的人民解放军把五星红旗插在喜马拉雅山上；今天，我们来到喜马拉雅山中建设玉麦。我相信，奶奶想不到的事，毛主席肯定想到了，我们如今做到了。当然，我们在玉麦河谷为老百姓建几间房，与他老人家的期望还相差太远。”

我随便聊聊，想不到他的心情是兴奋与复杂兼具。

2017年底，罗立光奉命开进玉麦。

这支建筑队伍，在行动上没有丝毫含糊。明知大雪封山，他们依然前行。

道路狭窄，大车无法通过，他们坐小车进来。

开路车像蜗牛一样爬着。为了给同行者壮胆，罗立光坐在第一辆车里。他这样解释，他是项目负责人，要第一个到达工地。他觉得他在这支队伍中年龄最大，孩子也长大成人，险由他冒比较合适。

他理由十足，但就是上不了前面的车。他的队员个个都是勇士，在这个时段去玉麦，都是自愿报名来的。

开路车司机靠目测和经验研判路况。有些路段，靠山的一侧有被雪覆盖的大石块，另一侧同样白茫茫的，不知路的边沿在哪里。这时候，要有人协助司机，深一脚浅一脚地走在前面，用手中的木棍指指戳戳，确认哪里可以走，哪里不能走。在危险的地方，探路者腰上系根绳子，后面三四个人攥住绳子的另一头，以防不测。

前面的车开路危险，后面的车也不乐观。尽管有车辙可循，但冰冻的路面被连续碾轧，容易打滑。两车之间要保持十多米的车距。路面宽度有限，两侧隐藏着诸多不可知因素，明知打滑，还得顺着车辙走。有的车子正开着，猛一甩屁股，横在路面。不管前面还是后面，车子在这样的路段行驶，都存在安全隐患。

他们是打前站的，每辆车里坐四人，既能装些物品，又可尽量保证安全。近四百人的建筑队伍，就这样晃晃悠悠地来到玉麦。

这里的海拔与拉萨差不多，尽管含氧量明显增加，还是有人不适应。有些人高原反应，今天来了明天就得走。雪停了下雨，雨下得让人无可奈何。有些施工人员干活一身汗，淋雨容易感冒。工地上有简易澡堂和理发室，但还没配备医生。乡卫生院医疗条件有限。

如果有人生病，乡卫生院应急处理一下，尽快把病人送出去救治。

我问罗立光身体状况怎样，他说："我来玉麦快一年了。2016年5月进藏，在做别的项目。我没有'三高'，身体健康。我每天早上吃糌粑。到哪里就吃哪里的东西，能品尝到当地食物，对增强身体的适应性有益。其他方面我也注意。我不吸烟，喜欢喝茶，偶尔喝些酒，但严格控制酒量，毕竟快六十岁了，还身在高原。开会的时候，我对职工提出要求，不提倡喝酒，如果下班后想喝酒解乏，一定要把握住酒量，任何人不得喝酒闹事，否则严惩。我们在这里辛辛苦苦建房，欢欢喜喜挣钱，平平安安离开。这是项目部的目标，也是家人的期盼。"

目标是明确的，期盼是美好的，但困难和危险依然存在。

运输是大问题。工期安排紧凑，建房与修路同时进行。两家施工单位各有说不出的苦处。建房的说，路太烂，材料运不进来，影响玉麦新村的建设进度。修路的说，路基初具雏形，未来得及加固保护，大货车一轧，又烂了，影响曲玉公路的竣工日期。

他们说的都是实话。在这段路上，经常发生山体滑坡和泥石流等地质灾害，使得湖南建工的运输雪上加霜。

罗立光说，糟糕的路况使大货车的载重量缩水，运输时间延长。

青海司机为玉麦的材料运输贡献不小。其他地方的人不敢跑的路段，他们敢跑，运费也不高于同行平均标准。一位海东籍的司机险些丢了性命。几辆拉水泥的重车结伴而行。进入玉麦境内不久，前方山坡有小得不能再小的泥石流出现。我多次见过这种泥石流，没有建筑工地上搅拌机淌出的水泥多。一些大车司机见得多了，虽然保持了警惕性，但觉得还不足以产生危险，并且如在这前不着村后不着店的地方堵住，三天两天不一定能过去。存在这样的想法，有人冒险通过。山坡上的泥浆持续下落，好在没淤到路面。第一辆车颤颤抖抖地过去，给后面车辆带来了勇气。第二辆车来到跟前，泥石流的流量猛地增多。司机犹豫一下，认为能闯过去，轻踩油门，车子往前蠕动。恰在此时，在前方十多米处滚下一块不大不小的石头。四五分钟的时间，车子陷入泥潭，前进不得。司机试图往后倒，无奈车厢顺着泥石流的力量向路旁慢慢滑去。后面车辆连续鸣笛警告，但为时已晚。有个反应快的司机站在附近对着淤泥中的大车连喊着跳车。第二辆车中的司机头脑清醒，似乎在考虑跳车意味着什么，这辆车，这车货，可能都没了。同伴当然明白他的想法："你的命！先保命！快跳出来！再不跳，全没了！"

处在危险中的司机三十岁左右，他熄了火，不再做挽救车和货的努力，车门一推，猛地跳出来。他的同伴几下把他拉出泥潭。离开泥石流六七米，几个人眼睁睁看着那辆倾斜的大车像电影中的慢镜头一样滑向路边。十分钟左右，车身翻转，随着一声拖着长音的巨响，车辆报废。

同伴让他起来，他不起来。看着他脸上的泪珠，同伴以为他舍不得车和货。再去拉他时，发现他的小腿在跳车瞬间被淤泥中的石头碰伤了。

常在河边走，哪能不湿鞋？半年多的时间里，曲玉公路上发生的事太多，有期盼，有堵车，有泪水，有欢歌。

材料不能及时运进来，玉麦建筑工地多次停工，施工人员眼巴巴地在雨水中等待。

进入十月中旬，罗立光紧绷的神经略有舒缓。西藏自治区的一位领导实地调研后，认为囿于客观条件的限制，不必盲目赶工期，要确保人员安全和施工质量。同时，曲玉公路铺好了路基，大货车已能通行。

罗立光说：“上级明察实情，体贴我们。我们不用扬鞭自奋蹄，争取在2018年底完成主体建筑。冬季很快到来，绿化等收尾工作放到明年。无论新居还是附属建筑，我们一把尺子量到底，把社会效益放在首位。企业要经济效益，但经济效益必须服从当地的长远利益。玉麦新村发展起来，通过旅游等产业，村民挣到大把的钱，就是皆大欢喜的效益。湖南建工是国企，为国家着想的企业，必能建一个项目，树一处丰碑。”

与罗立光相比，龙俊还是个小年轻。1992年出生的他，已成长为一名领导。说起自己，一向开朗的他动了感情。

2013年，龙俊毕业于湖南文理学院，学的是土木工程专业，到成都工作。

作者向湖南建工项目部赠书。（罗立光 **提供**）

他记得清清楚楚，2017 年 12 月 16 日接到公司电话，要他 19 日赶到拉萨。途经泽当镇，他负责采购办公用品，兼买菜。兵马未动，粮草先行。一大拨人要吃饭，工地没有生活物资。皮卡车里装得满满的，连夜赶路，21 日到达玉麦。

回想起来，龙俊有些后怕。幸亏晚上进来，要是白天，不一定敢走。了解玉麦路况的人知道，这是一种自欺欺人的做法。考虑到泥石流和塌方等因素，白天能观察沿路情况，要安全得多。他们是第一次走这样的路，憨大胆加上好运气，没有出事。

龙俊来自农村，在家是独生子。在成都工作，爸妈皆大欢喜。听说去西藏深山里，爸妈难免担心。他对爸妈说："在西藏上班的人多着呢，别人能在那里干，我就能在那里干，我的身体比谁都好。爸妈愁我没结婚，我才二十五岁，先挣些钱再成家也不迟，减轻你们的负担。那里条件可能苦些，但现在到哪里也都渴不着饿不着。说为西藏作贡献有些自我夸耀，最多一年时间，在那里建个新村倒是真的。"

就这样，龙俊说服家人，以士兵上战场的速度赶赴玉麦。

干建筑这一行的，有类似体验，走到哪里都要白手起家。在玉麦遇到的"白手起家"，却完全出乎他们的意料。

几十号人来到玉麦河谷，要电，没有；要水，是河里的冰水混合物。村民看到施工队到来，尽力提供方便和帮助。他们激动，中共中央总书记习近平 2017 年 10 月 28 日给卓嘎和央宗写了回信。他们期待，一年后，这里将出现一座传统与现代交相辉映的玉麦新村，居民会增加许多。

龙俊带领这帮年轻人清理积雪，搬走石块，以最快速度搭起活动板房。2017 年 12 月 21 日到玉麦的龙俊，2018 年元月底才在公安边防派出所里洗了喜马拉雅山中的第一次澡。

龙俊到这里才明白，经受考验的何止他一人？2018年劳动节，他难以忘怀。路上积雪尚未融化，曲玉公路已经开工。在山区施工，为了行人和过往车辆的安全，隔三岔五封路是正常现象。这可苦了湖南建工的职工。他们在深山中需要生活物资，经常派车出去买菜，被堵在山上两三天是常事。

4月30日，返回的买菜车照例被堵在山上。5月1日，项目部担心出事，派四五个人接应，徒步五公里，从陡坡爬上去。把水和食品送给买菜者，每人背五公斤肉回工地。他们吃了早饭去的，晚上十点下来。买菜者的安危和背肉者的辛苦，只有当事人才能感受到。

说完这件事，龙俊笑了："如今路况有好转，困难日子过去。我们不敢掉以轻心，干建筑这一行的都知道，工程交付的日子，才是长舒一口气之时。建房的不容易，修路的也不容易。我们想路修好后再施工，既安全又节约运输成本。想起项目部立的军令状，看着村民渴盼的眼神，我们咬紧牙，迎着困难上项目。现在，有了毛坯路，我们的房子也建得差不多了，两家施工单位都高兴，尽管压力仍在。"

我问他女朋友谈得咋样，他打开了个人的情感世界。

2018年端午节，龙俊回了趟家。女友听说他回来，欢天喜地，以为他在西藏的工程结束，可以永远和自己在洞庭湖畔漫步了。谁知道，龙俊在家时间很短，将很快重返喜马拉雅山中。

女友不想放龙俊走，但这是不可能的。龙俊毕竟是龙俊，平常逗你玩可以嘻嘻哈哈，但遇到正事时决不改变主意。女友对他说："你为挣钱吗？我有工作，有收入，不需要你的钱。如果非要挣钱，你的专业，你的技术，在这里挣得也不少，干吗跑那么远？”

嬉皮笑脸的龙俊收起笑容：“你在哪里工作？你家住在哪里？”

女友一下怔住：“我在岳阳上班，我家离岳阳楼很近。怎么啦？”

龙俊一本正经地说：“还记得我们学过的《岳阳楼记》吗？先天下之忧而忧，后天下之乐而乐。”

女友在他的臂弯里仰起头：“说得是不是有些大？你有那么崇高吗？”

龙俊眼望对方：“玉麦乡是我们的领土，桑杰曲巴老人守了玉麦一辈子，我们不过为村民盖几间房子，最多也就一年时间，你怎能连这么短的时间都不给我？”

从认识那天起，女友还是第一次见龙俊生气，第一次发现这个逗她乐的男人是有原则的。

龙俊（中）在工地通过手机查看资料。（向世宁 **摄**）

她把头依偎在他的胸前："是我冤枉你，好了吧。我们相处这么长时间，你说什么时候就什么时候扯证。你去喜马拉雅山中接着修炼吧。今年，我陪范仲淹老爷子过。"

说完这些，龙俊对她是满意的。

他笑着提示我："女友已成过去，现在身份转变了。"

我问："已经结婚啦？"

他说："刚扯了结婚证，还没举行仪式。"

我接着问："想好什么时候举行仪式吗？"

他有些害羞："玉麦新村竣工之日，就是我们举行结婚仪式之时。"

勠力同心

天上飘着雨丝，地上淌着泥水，施工人员忙碌着。

乡长胡学民与玉麦小康乡建设项目执行经理罗立光查看工地。

胡学民指着一处正在浇筑的施工地说：“这是卓嘎家的房子，二百七十五平方米，比以前的老房子大得没法说。其他居民家的房子都是宽敞大方。这些民居是轻钢龙骨装配式结构，抗八级地震。如遇到八级以上的地震，整个框架结构被挤压，但不会倒塌，减少直至避免人员伤亡。这是经过科学论证的。这些房屋的外观具有民族特色。一句话，这些房屋是科学技术与民族传统文化的结合物。”

我们走进一处正在修建的房子。只见钢架林立，仔细一看，秩序井然，房内空间较大。里面的工人正在劳作。外面的雨有些大，雨水顺着烟囱滴落在一楼水泥地上，砸出一个个小坑。罗立光仰头上瞧，说：“上面盖块板，挡住雨水，不然还得再抹平一遍。”

登上二楼，工人正往烟囱上拉盖板。罗立光和胡学民帮着拿木条在下面撑着，一会儿就把盖板固定好了。

往回走的时候，罗立光看到地面上一个插座有被雨水淋到的危险，顺手把它拿起来，放到靠里的窗台上。

罗立光说：“在立项时，房屋的结构与式样，是经过反复论证的，同时听取了居民建议。起初，他们热衷砖混结构。我们考虑到，这里处在亚欧板块与印度洋板块接合处，属于地震多发地带。要尊重民族传统，更要对将来负责。在乡政府的配合下，把道理说明白，居民同意了我们的方案。”

胡学民接着说：“居民开始要砖混结构。给他们看效果图，又看到施工全过程。现在，他们已经喜欢上这种轻钢龙骨装配式结构。给老百姓做思想工作就是这样，不能怕麻烦，他们起初固执己见，是因为不了解科学技术。我们结合实际讲道理，让他们实验这种钢材与普通石块的硬度。当他们认可了这些技术，看到房屋设计中的民族元素，就不是勉强接受，而是翘起大拇指称赞。”

蹚着泥浆，我们来到一处五六米深的大坑旁。罗立光介绍：“这是化粪池。与内地相比，这个化粪池深多了。这里地质结构复杂，

建筑工地一角（刘枫 **摄**）

雨水多，质量要求更严格。”

看到坑底的工人在扎钢筋，灌水泥，罗立光和胡学民一起叮嘱：坑边要围上围栏或拉起警戒线，安排专人在附近观察，以确保安全。

确实如此。这里砂石较多，土壤松软，坑旁有流水，坑内有渗水。为了安全生产，丝毫不能大意。

每到一处，胡学民都能说出个子丑寅卯。他看到我惊诧的样子，一边走一边解释：“我以前是在县委做文字材料的，对建筑一窍不通。到了现在这个岗位，适逢搞建设，不懂这个行业就无法工作。我问工人用的是几号钢筋，当即在网上一搜，图文并茂，一对比，就能知道所说是否属实。这样结合实践学习，如今总算懂些皮毛。”

基层干部就是这样，在实践中学习，在学习中实践，融会贯通，增长才干。

这片河谷地带不大，建设却是全方位多功能的。民居、广场、乡政府、学校、卫生院、公园和游客中心等一应俱全。

值得一提的是，这个项目无论在规划设计还是施工过程中，都注重生态保护。

玉麦河畔有一片草皮，在规划时，特别予以保留。这片河谷地带可利用的面积有限，相对说来，广场和绿地面积不小，绿化带以当地树种和草类为主。

这里周围群山耸立，满目苍松绿草，玉麦河在此流过，河谷东北角有条瀑布。真是好山好水咸聚于此。

罗立光坦言：“这地方虽好，但多雨天气给施工带来诸多不便。要在预定时间竣工，有一定压力。各级党政部门高度关注，湖南也是鼎力支持玉麦小康乡建设。牧民现在多在牧场放牧。冬季转场时，在大雪纷飞前，他们就能住进温暖舒适的新家。”

仔细一想，建筑人员和勘探队员相似。勘探队员找到石油或天然气后要开拔，建筑公司在完成项目后会去另一个地方继续施工。

凡是为这片土地奉献过的人们请相信，你们改变了这里的面貌，你们夯实了这里的基础，不仅使长居此地的人们争做神圣国土守护者、幸福家园建设者，还让更多人关注玉麦发展。

夜访茂林

夜色中细雨蒙蒙，我在湖南建工项目部见到了等待着的吴茂林。

他年龄不大，有些腼腆。我们的交谈轻松而愉快。

他大学毕业后，从事与所学专业一致的土建工作。

来玉麦前，他随公司在拉萨做项目。项目完成后，他与管理人员一起开往玉麦。

说起途中经历，他心有余悸。

2017 年 12 月，大雪封山。湖南建工承建玉麦小康乡项目。作为土建负责人的吴茂林，必须与项目部一起到达。

来自湖南娄底的他，哪见过这么大的雪。

窄窄的山路，仅能单向通行。车子在雪地上轧出两道深深的辙。驾驶员技术过硬，仍不敢有丝毫大意。油门踩得不大不小，油门大了，车子可能猛一蹿；小了，车子走不动。路的一侧是白茫茫的山坡，一侧是立着一两米高雪墙的悬崖。开始，多数人以为雪墙里有护栏，不然不会那么高。了解路况的人说：“多年来，路都难以养护，哪来的护栏？路被大雪封得严严实实，半年时间都无法通行。我们因为项目重要，任务繁重，费了九牛二虎之力，才逼出一条险象环生的雪路来。”

起初因见到银装素裹的世界而兴奋的吴茂林，把心收紧，早没了欣赏千里雪飘的心情与胆量。同行的项目执行经理罗立光，因为雪地打滑，司机略一加油门，车身来了个九十度大摇摆。同车人下去一看，脸煞白，都吓得说不出话来，在那里机械地摆手。在同行者的努力下，车子慢慢调正头，驶出雪窝。回到车里的同伴缓了半小时才恢复常态。

他问罗立光："罗总，你坐在车里不害怕？"

"事实证明，你下车后更害怕。可以说了吧，你看到了什么？"

"什么护栏呀？车一碰，雪全掉下去了。我们后面的一个轮胎刚好卡在一块石头上。那石块要是一松动，后果是啥？说出来不吉利。你真镇静，镇静得我目瞪口呆。"

后来，我听罗立光聊起这事。他说："肯定危险，是人都会害怕。反正车子没掉下去，与其看到紧张，不如不见心安。有时，可用下阿Q精神胜利法。"

阿Q就不提了，这些先期到达的人用的确实是精神胜利法，先在精神上确信能战胜一切困难。当然，在具体操作中，是作了充分准备的。比如，在人员选派上，一是上级筛选，二是当事人自愿前往；在供给保障上，保证基本需求，车辆彻底检修并加防滑链。

来到玉麦，看到空旷的河谷地带只有零星的建筑作点缀，吴茂林的心忽冷忽热。冷，一是因为外界温度零下十多摄氏度，二是因为走了那么多省份，没遇到人烟如此稀少的地方。热，一是为自己能抵达喜马拉雅山深处而激动，二是脑中浮现出玉麦新村效果图，心想，不要一年时间，这里的面貌就会焕然一新。

活动板房搭建起来，要在一个陌生环境里很快适应生活，还有些困难。

拿洗澡来说，吴茂林从到达之日起，四十多天没洗过澡。天天忙着测量测算等工作不是主要原因，而是因为没有洗澡之处。乡政府工作人员和居民家里有电热器，可以洗澡，人生地不熟的施工人员怎好去人家那里打扰？时间长些，混个脸熟，有人说，“可以在我这里洗澡”，就顺着话厚着脸皮洗一次。在这里工作的人们，多是独自生活的男人。现在好了，项目部建有男女浴室，天天可以洗，不用蹭澡了。

说到伙食，公司的补助标准还可以，但想吃到新鲜蔬菜，不是容易的事。以从泽当镇拉菜为例，路上得一两天。遇到特殊情况，耗三四天也不奇怪。项目部考虑到这种情况，利用活动板房后面一百多平方米的空地，建了个温室，种些小白菜等，长势还可以，工地上可以偶尔尝个鲜。

说起施工情况，从项目指挥者到施工人员，都感觉到一个字：紧。

虽有整体规划图，在施工过程中，时有未曾遇过的情况出现。技术人员在实践中学习，在学习中实践，对规划作了局部调整，边填土方边施工。指挥部成员每天到工地了解情况，解决问题。

有一种情况，是先前没想到的，普通施工人员难招，大型机械驾驶员不愿进来。

普通施工人员的工资大多按月结算，如施工无法进行，工资照样开。可以理解，这里不算缺氧，海拔高是谁也改变不了的事实。实事求是地说，劳动强度不小，每天工作时间有十个小时。为赶进度，傍晚，公司为施工人员提供泡面。天黑了放工，大家再吃晚饭。

大型机械的使用必不可少。开出的工资不低，但不是所有人都愿意来。举个例子，拉萨、泽当的大型机械手了解到公司开出的工资数额，可能开着铲车、挖掘机、吊车前来。有的来到隆子县境内，听说或者已经体验到道路的艰险，宁愿舍弃车到即付款，倒贴油费，调头回去。

现在怎么样？施工需要的机械够用吗？

吴茂林解释，路上泥石流、山体滑坡等隐患依然存在，但毛坯路已经形成，与以前相比，路面的宽度得到改观。道路施工现场一片繁忙景象，每个路段都有安全员值勤，已把安全风险降至最低。大型机械基本上满足需要。很多当地青年成为熟练操作手。不管哪个民族的施工参与者，这个项目完成后，到其他地方都是一把好手。

既然如此危险与艰辛，吴茂林为何选择来玉麦施工？

谈及这个话题，才能进一步了解他的内心世界。

首先是对专业的热爱。吴茂林所学专业与建筑紧密相连。至于来西藏施工，主要是考虑此地地质结构复杂，正因为复杂，才要去主动检验自己的专业技能。将施工地从拉萨转到玉麦，同样是出于此种考虑。

有没有考虑到安全？每一个正常的人都会想到，何况对于新婚的吴茂林而言。他认为，危险系数与安全意识成反比。各行各业特别是生产单位把安全放在首位，各种规章制度都是严格执行。无数事实证明，遵规守章，平安无事；麻痹大意，祸起瞬间。尤其是在玉麦施工，虽是夏季，仍犹如内地阴雨连绵的秋季，施工难度愈大，公司对安全的要求愈高。在此施工的人员普遍感觉到，上上下下都严格遵守规章制度，安全没问题。湖南建工承接了数不清的项目，大小工程在安全上的要求是一贯严格的。

这样说来，在喜马拉雅山深处工作，家人可以无忧。

有时有例外。吴茂林记得，有一次，信号中断了半个多月，向家人报平安的电话消失近二十天。怀有身孕的妻子焦虑万分，走进

作者与来自日喀则市桑珠孜区聂日雄乡的大型机械操作手扎西（右）等人在玉麦村小餐馆一角。（向世宁 摄）

湖南建工总部向公司要人。公司热情接待她并高效率给予解释性答复。又等了几天，妻子终于在家乡听到了丈夫远方的问候。

吴茂林笑笑说："公司还接到过员工家属报案的事情。按照法律规定，在一定时间段内联系不上，可以登报宣布失踪。这里地势特殊，限定时间内甚至更长时间与外界中断联系完全可能。我们已经习惯，但要让家人习惯太难了，特别是在通信发达的今天，他们不胡思乱想才怪呢。"

在玉麦新村建设中，像吴茂林这样，天天用繁重工作减少对家人思念的施工人员，还有很多。正是因为他们的付出，一个旧貌换新颜的玉麦村将很快出现在群山深处。

小工申庭

走进湖南建工职工生活区，第一间宿舍就是申庭的住处。

里面有三张上下铺的床，共住六个人，两个来自四川，四个来自青海。

申庭、刘永春、马传成和张谊中是青海海东人。他们在拉萨租房居住，常年在西藏打工。冬天来临，工地渐次停工，他们就回老家青海。

说到老家，我说我是安徽人，申庭说他是青海人。在皖北，我有一个四世同堂超过玉麦村现有人口的大家庭。在青海，申庭的祖上已经生活了五六百年，他是地地道道的青藏高原居民。

我揣测他的祖先是从陕西、山西一带来到青海的拓荒者，而他脱口而出：南京。据口口相传的家史，他的祖籍在苏南。明成祖朱棣登基后，把南京一带的居民大批流放到青海。他认为，那里的老百姓忠于侄子朱允炆，不可靠，作为惩罚，便把他们迁到边远地区。

申庭的祖先即在其中。漫漫流放路，生死无人知。这些大命的人在青藏高原上艰难地生存下来。

在以牧业为主的青海，申庭的祖先在河谷地带垦荒为生。经过一代又一代人的努力，他们的付出促进了青海早期的发展。他们是被流放之民，带来的是东部先进的生产方式。通过长期的交往交流，当地居民接纳了他们，他们得以与当地民族交融在一起。曾经动荡不安的青海变为安居乐业的地方，它的省会西宁名副其实。

申庭能听懂藏语，会说日常藏语。用他的话说，学以致用，是逼出来的。在藏区说藏语会感到方便得多。现在上学的多了，学校教藏汉双语，能听会说普通话的藏族人越来越多。

和多数人一样，年轻的申庭先在家乡海东一带打工，月工资从几元、几十元到几百元不等，这是由时间的推移和打工地的不同决定的。

由于地缘因素，青海和西藏两地的人们交往频繁。青藏铁路通车后，两地的人们往来更加自如。

从国家确定对口支援政策以来，拉萨的发展突飞猛进。发展需要建设，建设需要劳动力，在老乡引领下，申庭来到拉萨。

几人合租一间房，锅碗瓢盆都有，工地有饭在工地吃，没活的时候自己买菜做饭。一年中有三分之二的时间在拉萨，这里成为他们的第二故乡。

玉麦有工程，曾在一起干活的工友打来电话，说要小工，月工资八千元，问他们愿不愿意干。哪有不干的道理？

来到玉麦，看着茂密的森林和遥挂前川的瀑布，申庭心想，江南大概就是这个样子吧。

我问他有没有去过南京，他说没有。老百姓很少有家谱记载，只是一辈辈口头往下传。今天即使到了南京，也找不到祖籍了。但不管到什么时候，他们都记得祖上是从南京迁来的。

申庭干的活是用水泥把房中的地面铺平。这是体力活，身强力壮要吃饱，用他的话说："一天到晚和水泥，吃饱还得有油水，才有使不完的劲。我们的食堂可以，厨师是四川的，人利索，每天的菜不重样。再好的菜连着吃都会腻，她考虑到这种情况，变着花样炒菜。我们感觉很好。”

申庭等人是快乐的，快乐的是能吃到可口的饭菜。说到工资，他笑言：“我们是小工，一个月八千元，做饭的能拿到一万二千元。”他指着下铺那位五十九岁的四川人，“我们把水泥铺好，他最后抹平、收光，一个月一万元工资。干啥活拿啥钱，都算正常。”

对于一个月八千元的工资，可以看出申庭是满意的。

为表诚意，我掏出身份证给他看。他说他的身份证写的是1970年出生，实际上是1968年出生。我赶紧爆出真相，我的身份证上写的是1972年出生，实际上是1969年出生。不管从法律层面还是事实认定，我都要喊他哥。

他笑着说：“不知哪辈子爷爷被逼到青海。我们这辈人是主动来西藏的。在玉麦遇到你，我不扯缘分，不提友谊，回到拉萨，能见个面，说明彼此都想着对方。”

我满口答应，回拉萨后会主动联系他。

木工何刚

走进乡卫生院，一位胡子拉碴的施工人员在输液。

闲聊中，为了证明与邓小平同志是同乡，他掏出身份证给我看。我往上一瞅，他叫何刚，生于1958年，住址为四川省广安县协兴镇。他的确来自邓小平的家乡。

我对建筑是外行，但将其与其他工种相比，想当然地认为木工的劳动强度要小。何刚的说法接近事实，工种不同，劳动量的多少与劳动强度的大小有区别；同一工种，在劳动过程中，因承担的工序以及人的劳动态度不同而有差异。

何刚说："我打工多年，这里使用的很多材料没见过。我干的是木工活，往墙上钉的是水泥板。这和普通水泥板的材质不一样，往墙上拖，挺吃力。拉萨干燥，玉麦潮湿，我从那里来到这里没几天，就感冒了。问题不大，医生说输几天液就能好。"

我和他开玩笑："今天的四百块钱没了。"

他说上午干半天活，下午来输液，这几天的工资，老板不会扣。他的工资按天计算。他喜欢这种计资方式，干累了或有事，随时可以请假。

我问他九月底完工有没有把握。他说："那是不可能的。路那么烂，材料运不进来，我们想干活没法进行。管理人员说，这些材料质量有保证，价格高。从成都运到这里，运费要占总费用的三分之一。”

同一个工地，我了解的工资数目有差异。何刚抬头看看瓶里的药液，乐呵呵地说：“工种不一样，还有大老板、小老板，只要双方说妥，就可以。老板报价，有人接活，谁也没得说。”

从第一次来西藏的时间算起，何刚进进出出近三十年。他六十岁还能在西藏建筑工地上干活，说明身体状况还可以。用他的话说：“这个工地上年龄最大的施工人员有七十二岁，悠悠地干着活没觉得啥。前几天，有个四十多岁的人血压高，后来变成脑溢血，转到拉萨治疗。人没个准头，以自己感觉为准吧。在家挣不到钱。邓小平的开放好。国家对外开放，四川对全国开放。要不提出开放，我们也不能出来打工，全国人民吃不到川菜，尝不到川味，见不着川妹子。”

也许是跑的地方多，没想到他有这样的认识高度。

何刚来玉麦前，在拉萨耍了两个月。我有些不明白，四川人好耍，但一个老汉不可能在拉萨耍那么长时间。他一解释，我才清楚，她的老伴在拉萨香格里拉大酒店工作。我笑言，她那么大岁数，能在前台当服务员？

他脱口而出：“前台都是小姑娘，美得很。我那婆娘在后厨帮忙，哪能上得了前台？”

何刚有两个孩子，大的是女儿，上学出来了，做公务员，结婚成家，他很满意。小的是儿子，让他操心。小时候不好好上学，白混。长大要有事干，不然会惹事，对他不好，对家人也不好。上了几天班，嫌管得严、工资少。他脑壳聪明，修车一学就会。开始在拉萨干，收入还可以。

何刚问儿子：“你要耍到啥时候？都二十六岁了，赶紧结婚，我出钱。”

儿子的回答让他无奈：“不到三十岁不结婚。现在结婚，天天操心柴米油盐酱醋茶，自己没得耍。”

看来，老子有积蓄，儿子不愁妻。

何刚想开了：“他在成都有修理厂，干得顺手，现在没变坏估计不会惹事。社会环境好，坏孩子没市场，这让我放心。孩子结不结婚、啥时候结婚，老的说的不算，随他去。”

我戏谑：“像你儿子那样的人，说媳妇用不着花钱。你老两口挣的钱送不出去，留着自己花吧。”

何刚有所触动：“干完这个工程，我就彻底退休了。明年和老伴回四川。人都说，这一辈子，前半辈子挣钱，后半辈子治病。前半辈子我忙着挣钱，后半辈子闲下来也不想治病。我来到玉麦，天天下雨，穿雨衣有好处也有坏处，好处是多多少少遮些雨，坏处是不透气，衣服浸湿，歇下来冷。我就是这样感冒的。”

何刚输完液，我俩言犹未尽。

我说：“明年你和老伴退休回四川，以后还来不来西藏？”

何刚毫不犹豫地回答：“每年夏天还要来拉萨耍。这天，在老家光着膀子出汗，在拉萨像阳春三月。再说，在西藏时间长了，哪儿都清楚，熟人也多，感觉上倒像家。一年到头在老家能住几天？匆匆忙忙过个年，有些像住旅馆。我和老伴适应西藏，没有高原反应。以后川藏铁路通车，还能带着孙子孙女来拉萨过暑假呢。”

司机老蒋

他头发不长，面孔黝黑，一身黑色的衣服上溅着干泥巴，像装饰，又表明着身份。

他在路旁堆起的管子上坐着。我对他点点头，他还我以微笑。他递过来一支烟，我说一直不抽烟。他点着吸一口，昨晚今早的情景重现脑海。

他们十多辆大货车从拉萨运材料过来，经过两天两夜的颠簸，昨天晚上快到玉麦建筑工地时，被堵在山上。山体滑坡，一棵随坡而下的大树横在路面。几个司机齐心协力试图推开树身，无奈根部与滑下来的坡体连在一起。想起求助，施工人员已下班。看着眼皮下面若隐若现的目的地，长叹一声，又缩回车里。

跑长途的人是有所准备的。他啃两个在拉萨买的干饼，喝一气大杯里的水，扯起那条脏兮兮的被子，不到十分钟，就打起呼噜。

太累了，睡眠效果很好。一觉醒来，天还没亮，精神恢复正常。他打开车载收音机，知道是8月15日，七十三年前的今天，日本宣布无条件投降。

听了不到半小时，天放亮，雾气很大，前面不远处工棚附近出现人影。他走过去，借来工具，与同伴一起削去树枝，除去根部的泥块，把拦路的树干移到路旁。

看着他并无倦容的脸庞，我说：“你在这里等人？”

他指着不远处一辆红色大货车：“等着卸货。这次进来的材料多，那边正在卸，卸完回拉萨。”

“你是第一次来玉麦？这两天两夜都是一个人开车？”

“来七八次了。这边催得紧，说材料不到窝工。玉麦的路正是难走的时候，昨天到跟前被堵在山上过了一夜。等房建好，路修通，我们拉货的也要换地方了。”

西藏七十四个县区市，他有十多个没去过，其他地方都跑了个遍。我说长途辛苦，他说跑的算不上长途，去阿里地区较远的县，单趟不超过三天。在他眼里，从内地一直开进喜马拉雅山，才称得上长途。他们赶时间，必须两个司机替换着开。自己对西藏路况了如指掌，同一个地方往返多次，开到哪里都是熟路。疲劳驾驶？不去冒险。出来是挣钱的，家里老婆孩子等着回去过年。要是困了累了，就把车停在路边安全的地方，睡上一觉再出发。住旅馆？要花钱呀。长期在外奔波，车上什么都有。现在条件好，遇到集镇，到馆子里吃顿热饭就心满意足了。

他从来不赶时间不赶路。要是催得紧，他宁愿不挣那份钱。这几个月跑玉麦，催得是紧，但也没用。路况人人知，被堵是常事。还有一个因素，不是他一个人在冒险，而是多辆车组成的车队在路上。

我想问他跑一趟挣多少钱，怕初次接触聊这个话题不妥。运费少了，他不干。他开的车自身重量七吨，载货量可达十吨，车厢里货物的重量仅为六吨。根据路况，这个数目在安全系数之内。

他长期在拉萨海关附近租房住。一间十平方米的房子，月租五百元，好一些的要六七百元。进入腊月，他回青海；来年正月底，重返拉萨。他像候鸟一样，每年按照固定时间和路线在青藏高原上飞来飞去。

我问他有没有去过内地，他说兰州、西安都到过。当初，他曾想去内地打工，后来发现自己适合在西藏开车。在西藏，有些内地来的人在这里不适应，当地人会开车的不多，自己在部队学的驾驶技术派上用场。他体内已有祖辈遗传下来的高原基因，适应性强。车内从来不带氧气袋，不管通过唐古拉山还是穿越阿里地区，如履平地，一切正常。漫漫长夜，他作为无人区里的人睡在车里；一路坎坷，他视喜马拉雅山为家园。

我俩正聊着，从北面走来一位三十岁左右的男子。他喊了一声：“老蒋，准备卸车啦。”

他站起身，我才知道他姓蒋。我把身份证掏出来给他看，同时笑着说：“你比我小许多，喊你老蒋合适吗？”

他说：“他们都这样喊我，亲热好记。

西宁发展那么好，老蒋为什么来西藏奔波？这个不难理解。以前拉萨城市的规模仅限在八廓街一带，如今拉萨河谷已容不下拉萨城。这十多年来，西藏发展很快，对各种材料的需求猛增，能在各地特别是偏远地区往来穿梭的大车司机数量有限。类似旅游市场，这里的工地有淡旺季之分，岁尾年初，老蒋回青海与家人团聚了两个月。在拉萨，听说要往玉麦送货。老蒋分析情况，路途艰险，但中交公司和湖南建工施工的车辆已进去，这个活可以接。

有一次，危险就在他眼前发生。老蒋的车在前头开路。不紧不慢的雨下着，他眼观六路耳听八方，高度警惕。下坡时，直觉告诉他，前面一百米处山体异常。他鸣笛告诉后面车队有险情，并指挥所有车辆渐次停稳。有人不明白怎么回事，在距离老蒋的车前方五十米处，有二十多平方米的坡体下滑，一块五六立方米的石头滚到路中间。

开始卸老蒋车上的货了。他说："活着才能挣钱，安全才有幸福。我们不赶时间，什么时候回到拉萨都可以。"

嘎玛次仁

在白玛次旺的小店里，对面坐着一位腼腆的藏族青年。

我对他点点头，他礼貌地笑笑。

我得寸进尺，问他名字。他一边说着“嘎玛次仁”，一边把手机里的身份证照片放大给我看。

之后，我们多次偶遇。有时在泥泞的路上，相互打个招呼；有时他开着大货车，我在路边站着，向他微笑致意。

我想了解他，便想方设法接近他。

一个偶然的机会，让我俩得以肩并肩沿河而行，边走边谈。

他是2018年6月26日到玉麦的，比我早三天而至。他在工地开大车，看状态，满意度挺高。

说起开车，我是外行。他说，再干两三个月就可以回去了。我明白,他说的可以回去的时间就是玉麦小康乡建设项目的竣工日期。

会开车的人很多，能在喜马拉雅山中往来穿梭的驾驶员毕竟是少数。我问他什么时候考的驾照，他一脸自豪：“2014年4月29日拿到的，B照。在泽当的驾校学的。有人考了两三年才拿到驾照，我八个月就拿到了。”

我说：“你心灵手巧，有开车的天赋。”

这些年，他一直奔波挣钱。2017年6月份起，他跟着亲戚在藏北双湖县干了三个月。接着，他在拉萨东郊的嘎玛贡桑干了三个月。他的亲戚是个能人，在河南郑州和广西南宁装修过藏式房屋，那里有藏族常住人口。

我说：“你去年在藏北干过，今年来这里开车，能感觉到两地气候的不同吧？”

“双湖海拔太高，我在那里头有些晕，但不严重，能受住。玉麦这里树多，氧气充足，干什么都没问题。要说不好的地方，就是天总是灰蒙蒙的，见不到太阳。在我家加查，蓝天、白云、阳光都多。”他指指山上的森林，“要有这么大这么多的树就更好了。”

我把文友汪璐在朋友圈发的图片给他看：“加查有猴子。”

他笑着说：“猴子多得很，不怕人，有时抢人的东西吃。还有核桃、桃子，都不大。”

我顺便在手机里翻到前几天达娃送给我的桃子的照片。他说：“就是这个。”

我俩互留了电话。离乡政府有三公里远，信号全无。

在这里，网络不正常是正常现象。有人戏言：“有电没信号，有信号没电，有时两样都没有，什么时候两样同时有呀？”我想，随着施工项目的完成，一切都会正常的。

我一半关心一半玩笑地说：“一个多星期没给家人报平安了吧？”

他认真地说：“昨天手机有一会信号，我赶紧给老婆打了个电话，就说了几句，信号又断了。”

他问我老家在哪里。我告诉他我老家在安徽，现在住拉萨，并掏出身份证给他看。他轻声读出我的住处，之后，他对我又重复了他的住址。

经过交流，我对他的家庭有了初步了解。

他家原先住在加查县洛林乡，海拔高，交通不便，收入来源主要是牧羊，物资靠人背马驮，生活艰苦。2008年，他家和亲戚一样，离开洛林乡，花九万五千元在安绕镇桑东村买了房子，定居下来。离县城有一公里，正在修的拉林铁路经过那里，设了一个车站。

2009年，嘎玛次仁与当地姑娘结婚。他初中毕业，妻子是高中毕业。嘎玛次仁长得帅，老实本分，头脑活络，吃苦耐劳。在他身上，本分与活络很好地结合在一起。本分说的是他做人可靠，不胡来；活络指他主动学技术，走出家门打工挣钱。他十九岁结婚，当时家里买房的债还欠着。不久，他的哥哥在曲松县安家。他家前后向亲戚借款十七万元。和村民一起挖虫草，一年能卖几万元，只靠这些收入显然不行。

嘎玛次仁夫妇认识到，必须广开财源，才能养家糊口，才能让孩子接受较好的教育。妻子是过日子的好手。如今，嘎玛次仁和他的母亲，以及岳母，三家比邻而居，农事可以互相帮助。二十八岁的嘎玛次仁，在外打工没有后顾之忧。

我无意中瞥见他手机屏幕上一大一小两个女孩，断定都是他的女儿。大女儿今年七岁，在县城上幼儿园，小女儿一岁多。这样一想，他的妻子，两个孩子的妈妈，还要照顾两家老人，够辛苦的。

过日子的人，都是这样，有的在外打工，有的在家包揽一切。我与嘎玛次仁在好多方面观点一致。比如在对后代的影响上，孩子知道爸爸在外辛苦工作着，就足够了。我们踏踏实实做人，不用刻意给孩子说什么，在潜移默化中，孩子认识到父辈努力了，是好样的，自然也会受到影响。

嘎玛次仁，不管你开车还是我写作，我们都在奋斗着。

工地拾零

帐篷

在这个狭窄的地方，活动板房满足不了施工人员的需求，修防洪堤的人只好在帐篷里将就。

我随意走进一顶帐篷，里面住着六个人，两个人来自西藏加查，四个人来自四川大邑。

有三位年龄和我相当，说起话来投机。其中一位男子，体形瘦削，想倾吐的很多。有些心里话，在家不能说，与熟人不能说，但可以对一个陌生人说，心里也畅快了许多。

他的孩子已经结婚。现在他还不到五十岁，身体好好的，在家搓麻将、摆龙门阵有什么意思？把家风带坏了，对孩子影响不好。不挣钱不行，上有老下有小，逢年过节孝敬老的，平常两口子的花销，还要想着孙子孙女，哪一项没有钱都不行。自己在这边干活累些，也没关系，民工有的是力气，靠的也是力气。春节回家，把需要办的事情做好，老少几辈子高兴，自己出门在外也干得值。

另一位长我一岁的哥哥，身体强壮，肤色较好。他在1989年来过西藏，觉得可以，1991年后便常来打工。当时听说西藏的钱好挣，现在看来，在哪里干顺了都差不多。

他们一般晚上八九点休息。聊得高兴了，十二点睡也不影响第二天早上按时起床。无论在哪里，也没有睡不着的情况。别说那曲、阿里，在珠穆朗玛峰下也睡过。干活乏了，困了，眼睛一闭，哪有工夫考虑海拔，连梦都想不起来做。

老　薛

老薛一口的河南话，其实是山东菏泽人。我祖籍皖北，口音与他相近，沟通起来方便。

他是电工。说起如何掌握这门技术，他脱口而出“感谢”二字。他在部队的时候，因为工作性质，初步掌握电的使用技能。在战友悉心帮助下，小薛成为一名兼职电工。

走出部队，老薛进入一家电厂工作。提起这段经历，老薛感慨万千。单位对工作的要求严格、标准。老薛虽有基础，仍是要从头学起。排线路，不能说钉结实就行，要考虑房屋结构等因素，实用与美观融为一体。接线时，不能吊儿郎当通电就行，必须按照规定连接。一句话，严格按照标准来，要安全、方便与美观兼具。

在工地，老薛的工作属技术活，工作量较小。

我去拜访的时候，他在帮厨。厨师老杨和他是老乡，这个食堂平常负责二十多人的伙食。如遇工作组等来检查，老杨忙不过来，老薛会及时出现在厨房。

领导考虑到老薛的工作相对轻松，而厨房老杨一个人忙得团团转，他俩又是老乡，便安排老薛闲的时候到厨房兼职。

老薛乐呵呵地对我说：“我是 1972 年出生的。咱这个年龄，要知足，自己能做多少活当然清楚。领导安排我帮厨，累不着，还能和老杨逗逗乐。水房和卫生间的清扫，都归我。本来咱就是闲不住的人，不慌不忙就把这些零碎活干了，自己心里踏实，领导也放心。”

见我到来，老杨让老薛洗洗手退出战斗，陪我聊天。

这里的住处全是活动板房。进了宿舍，因为相熟，我的声音不知不觉大起来。老薛用手示意轻声说：“声音小些，隔壁有人，说话和在同一房间差不多。”

我赶紧放低声音，并致歉意。他说：“也没什么，这里的人都挺好的。他们是年轻人，我们岁数大些，爱好、习惯不一样。我们注意些，彼此都好。”

我回想起人们和老薛打招呼的场景，亲切的话语中带着尊重。

想不到平凡的老薛，在生活细节方面如此严于律己、宽以待人。

老　工

在混凝土砖制作工棚，年龄多是偏大的人。

这个工棚里是清一色的四川人。

从把石沫投进搅拌机，到把制成的砖放好，是一条简短而费力的生产线。

砌院墙需用大量的混凝土砖。时值雨季，刚做好的砖会被雨水淋坏。电有时不正常，影响了工作进度。一旦进入工作状态，和机器一样，人人都是紧张有序地运转。

铲车开过来装砖。一位老师傅用手试着搬动砖：“有些瓤，下午来装吧。”

放工后，我问那位搬砖的老师傅："你多大岁数，还在干这么重的体力活？"

他指着旁边的师傅说："我六十二岁，没他大，他六十五岁啦。以前来过西藏。这里不算缺氧，没事。就是往铲车里装的时候有些累，一块砖四十多斤重，连着搬吃力。身体没毛病，承包地流转出去了，出来多少挣些钱。"

"房子建好后，天变冷，你们就回去了吧？"我问。

他指着路说："那两边的修整，都是我们的活。"

十多年前，我在皖北农村工地上做过小工。和泥，站在长木板上传物，或者从地面往上撂砖，虽不太累，但干活期间别想喘口气歇歇脚。早上六点蹬着自行车出发，天黑收工，吃完饭倒头便睡，那时候不知道什么叫失眠。一天三十元工钱，满有获得感。进藏后，

作者与年过六旬的混凝土砖制作工交谈。（次多 摄）

稍重些的体力活就没有干过了。

老师傅的工钱每月有七八千元吧。对于仍能掏力的他来说，拿到这一大把钱时内心是喜悦的。

昨天，这里人烟稀少；今天，这里一片繁忙；明天，此处展现生机。若干年后，无论你在祖国的哪个地方，都可以站在中国地图前，手指着喜马拉雅山告诉下一代："孩子，这里有我砌的一块砖，这里有我抹的一面墙。玉麦，是我终生铭记在心的地方。"

建客运站

在玉麦建客运站？猛一听是无稽之谈，但这是千真万确的事情。

昔日桑杰曲巴一家人的坚守与付出让国人感动，今天玉麦前进的脚步日新月异。修筑从扎日乡曲桑村至玉麦的曲玉公路，预示着进出玉麦的交通瓶颈基本上得以解决。冬季，这里被大雪阻断交通半年的时间将大为缩短，一年有十一个多月的保通，玉麦与外界的联系实现历史性突破。

基础设施的改变，为玉麦乡建客运站提供了客观条件。

与此同时，玉麦乡建客运站的主观条件亦具备。

以前几乎与世隔绝的玉麦人不知道外面的世界发生了什么，如今玉麦人不仅常去泽当和拉萨，往来于西藏与内地之间，有的还走出国门。特别是做生意的居民，在曲玉公路修筑前，常常被困于雨雪之中，望天兴叹。他们十天半月去泽当进一次货。以蔬菜为例，进少了不够成本，进多了时间稍长会烂掉。建客运站，通班车，情形大不一样，进货次数增加，成本猛降。其他居民同样获益匪浅，以前出去一趟难上加难，如今买票上车，挎包出行。

随着玉麦的火热，外面的人以来玉麦为荣。没通公路，没有班车，自驾出行，一路冒着危险，途中被困几天是常事。有了班车，游客可直通玉麦。因为声名远播，想来玉麦的人很多。游客观光，信众转山，都盼望着班车早日开通。

群众有需求，政府必有应。西藏自治区交通厅厅长来玉麦调研，了解到各方面情况后，敲定在这里建客运站。8月10日，交通系统工作人员来勘察地形，选定建站地址。

客运站的建设因地制宜，把绿化与环保放在首位，不触碰生态红线。初步打算，地基为两层楼作准备，先建一层，以后根据需要，可接着建二层，色调与民居整体相协调。坚持以站养站原则，留有商品房。交通部门与乡政府签订了委托书，就建筑与使用等方面的问题予以明确。

在寸土寸金的玉麦河谷，客运站将为客流和物流提供便利。

按照既定政策，这片河谷地带已无可利用的建筑用地。麻雀虽小，五脏俱全。以后，随着机构的完善、行业的发展，邮局、银行等都可能跻身客运站。换个角度看，很大便利了用户需求。另外，玉麦也已被旅游部门确定为自驾游路线。

漫漫玉麦路，走过终生难忘。短短几个月时间，玉麦的交通状况发生了根本性变化。对外界的人来说，本来是一辈子只来一次的玉麦，将成为节假日经常光顾的胜地。

由此可见，修筑曲玉公路，在玉麦建客运站，是社会发展的需要，是时代进步的体现。

清除路障

巴桑次仁提了两把锯装进车里。

我百思不得其解，是去砍伐原始森林？他们不敢。由达娃带领大家前往，也不可能。

我客居于此，无论什么活动，都志愿参加，从不打听内容。

带着谜团的我随车南下。

过了茶园，远远看到一棵大树横在路上。此行目的，是清除它。

躺在路面的树干将近二十米长，它的低端没有根部，上端没有枝叶，树皮是鲜的。

这里的植物不好判断。刚到玉麦，看到一簇簇枯死的高草，就有些纳闷。如果枯死，已到盛夏时节，加上潮湿，应该倒地腐烂，为什么还在那里立着？

后来听说，那是一墩墩的竹子，因为开花结籽，集体死去。有时散步，走到近前，枯萎甚至霉变的竹子没死透，还能支撑在那里。

河边，山上，有些树也是这样。你看到它光秃秃的，枯树一棵。仔细看，偶尔有些枝叶点缀在一侧。像雕塑一样立着的朽木更多。

再看眼前的这棵大树。达娃说："这是棵高山松，有几百年的树龄。这里上千年的树随处可见。有一次，同样是清理障碍，我数那棵树的年轮，数到两千五百年，离树心还有些距离，头晕，数不下去了。”

我们想找到树的根部，附近不见痕迹。仰望山腰，有一截几米高的树桩立在两百米之外。可以想象，这棵参天大树年久枯死，地表根部先烂，到一定程度，自身重量把它压垮，轰然倒下。早已失去枝叶，在五六十度的山坡上，树干斜刺下去，到了路面，停止滑行，在此休息。

以往这算不了什么，也许没人问它，甚至自始至终无人发现。山中这种情况屡见不鲜。那时没有车辆，路是羊肠小道。牧民遇到挡路的倒树，抬腿跨过去接着走。如今不同了，牧民家家有车，往来牧场都是以车代步，横在路面的一棵大树让他们无法通行。

尚林佳和巴桑次仁拉开锯，向朽木开战。太粗，锯的长度不够，锯断它并非易事。布琼在旁边观察着，以保证大家的安全。

巨木横路，众人清理路障。（唐大山 **摄**）

经过一番努力，锯开中间的一段树木。我们都说这是一棵好树，市场上能卖好几万元。

达娃笑道：“尽想着发财。正常情况下，这里的树一棵也拉不出去。必须严管严控，才能保证后人像我们一样能看到千年古树，见到原始森林。这棵树可以作为清理指标移离此地，用以劈柴烧火。”

达娃拿出绳子，一头拴住圆木的一端，另一头拴在车前。系牢之后，他慢慢倒车，圆木随之移动。众人手脚并用把握方向，把它拖向路旁。圆木不能一步到位。车子停下，达娃、尚林佳、布琼等人弯下腰，双脚蹬地，双手推木，把它移到路旁。

为了彻底清除隐患，达娃指挥众人把路两边的两段木头锯断，用同样方法予以处置。

达娃挥起藏刀，啪啪几下即剥掉一大块树皮，然后刻下X符号。我问这代表什么意思。达娃解释：“这是乡的第一个拼音字母。如果不做个记号，村民知道是从山上滚下来的自然死亡树木，可能会为所有权发生争执。树，长在山上是国家的，枯死倒下谁都可以拉去烧火。”

细节见智慧。顺手一个“X”，一棵大树的命运没有改变，却如清除路的障碍一样，可能发生的民间纠纷被消除于萌芽状态。

记得前不久在工地上，达娃指着居民的房前屋后说：“很快办证，确定宅基地的面积及四周所至。现在看不出什么，等房屋建好，生意做起来，可能出现乱占公共空间或者争夺界限模糊地方的现象，影响团结，需要乡政府去解决。有些问题，开始不以为然，等闹大了，解决起来很麻烦，要把工作做到前头。”

达娃不是头痛医头脚痛医脚的人，他是一名防患于未然的基层干部。

尚林佳站在剥光树皮的圆木上，刚想举目远望，一个趔趄趴下去。他小心翼翼爬起来，腰部疼痛，次日才恢复正常。

处理了这里的险情，我们驱车前行，检查有没有类似情况存在。

在龙嘎加萨附近，有断木从山上滑下，堵了半边路。和刚才相比，这次好处理得多了。几人齐心协力把断木推到路旁，用石块固定。

在桥下，我们把带来的塑料桶和矿泉水瓶灌得满满的。他们说，这里的水是从颇章雍错流来的，经专家鉴定，富含矿物质，水质良好，可以直接饮用。布琼连喝了几口。

玉麦乡准备在这里建天然饮用水厂，把喜马拉雅山里的优质水推向市场。

在返回途中，有一墩竹子从山坡滑到路面，尽管不影响车辆通行，我们还是把它移开。

来玉麦前，在网上看了一段关于公安边防派出所巡逻的视频，里面有大树挡道的情景。

看来，在这一带每年都可能发生类似情形。车辆、游客和居民外出，要注意观察通行，以确保人身和财产安全。

试栽茶树

在海拔三千二百米的山旮旯里栽茶树，有谁信？

懂茶树栽培的人知道，海拔超过一千二百米的地方，不适宜茶树生长。

西藏平均海拔超过四千米，人口数量不多，但人均消耗的茶叶在全国省区市中遥遥领先。为什么？藏族百姓日常生活离不开茶叶。

四十多年前，有人在林芝市的易贡大胆试验，在海拔二千二百米的高原地带试栽茶树成功，打出了品牌。如今易贡茶场名扬区内外，规模种植六千亩，规划扩到一万亩。在易贡茶场的启发下，近年来，察隅和墨脱等地陆续栽培茶树。

把茶树栽培的上限提升到海拔二千二百米，生产出的高原茶质量上乘，独具特色。

能不能再创奇迹？不管成功与否，玉麦村都敢于接招。

在海拔三千二百米的斜坡上，经过严格的生态把关，玉麦村民在三亩地上试栽茶树。

易贡茶场的技术人员经过三天奔波，来到云遮雾掩的玉麦。

天公作美，总是阴雨连绵的玉麦村，一连三天在试验田的上方露出太阳的笑脸。

技术员说，目前，尚未发现有利于茶树生长的因素存在。玉麦的这三亩茶树栽培试验田，海拔超出太多。如果试栽成功，这里将出现世界上海拔最高的茶树。而这里的气候条件极不适宜茶树生长。无霜期一百四十天，大半年雨小半年雪，太阳轻易不露脸。土壤的PH值即酸碱度大于6.4。茶树对土壤PH值的要求小于这一数字。虽经多次平整，土中的石块还好像捡不完似的，到处都是。

技术员抱着信心而来，现场指导细致耐心。

拉线、撒石灰、控土、施肥、回填、盖薄膜等，哪一个环节都不敢马虎。

栽植时，技术员指导、示范、解说同时进行。

在这里干活的人，来自隆子县城。在技术员鼓励下，有两位学得较快，掌握了栽培要领。

技术员是位热心的中年藏族汉子，他边讲边干。乡人大主席索朗杰布和副乡长罗布占堆全身心投入劳动。

受到他们的影响，我赶紧深入生活。我们人手一把小镬头。我左手攥着把，右手使劲按下镬头，然后两手配合，往后拉出两指宽的空隙，把两棵茶苗并拢在一起往里一放，抽出镬头，手指往薄膜下一掏，把土聚在茶苗周围，压实根部，完成栽植任务。

技术员一边栽植一边说：“这些茶树是扦插育苗。与种子种植相比，扦插育苗，不会变异。你们手中的苗子，全是从雅安坐飞机进藏的。如果以其他方式运输，时间太长，影响树苗成活率。你们应尽快栽完，当天必须浇水。这次浇水很重要，一定要浇透。上面有薄膜，下面有从错那拉来的羊粪，成活的比例应该不错。今年的冬天，对它们来说是个考验。下雪前，要在茶苗上方张一个小型拱棚，两端留好通风口。如过了这个冬天不出问题，试栽茶树就是成

乡政府工作人员查看茶苗长势。（向世宁 **摄**）

功的。”

在玉麦试栽茶树，如果失败，证明这个海拔高度确实不是茶树能够生存下去的；如果成功，表明海拔三千二百米的地方可以栽培茶树。

但愿一年后，我们能在玉麦这块试验田看到绿油油的茶树，说不定所产茶叶因无污染而声名鹊起。像玉麦本身一样，曾藏深山无人知，一旦扬名世人赞。

索巴同志

我与索朗巴珠的初次见面，气氛有些紧张。

6 月 29 日上午，我在风雨交加中来到玉麦。下午，两位工作人员来到我住的房门溅满泥巴的家庭旅馆问候。后来得知，一位是副乡长尚林佳，一位是驻村工作队队长布琼。我把所带证件及中国作协的函一一展示给他们。

尚林佳说："明天你到乡政府登记一下。"

我完全理解他的话，一定会积极配合。我来深入生活，必定是要去乡政府备案的。

次日上午，仍是细雨霏霏，我费了好大劲才找到乡政府。由于正在施工，乡政府浓缩为一处不起眼的活动板房。

我有备而来，向乡政府赠送拙作《高处不寒》。乡长胡学民浏览着赠书。另一位个头不高的人仔细阅读中国作协发给我立项通过的函。他皱着眉头说："这上面没提到玉麦呀。"

我解释："全国各省区市深入生活的创作者很多，这是中国作协的统一格式，有具体合同。如果您要审查，我可以把三方签订的合同拿给您。"

胡学民向我介绍："这是县政协主席，玉麦小康乡建设项目指挥部指挥长。”接着又对他轻声提示：“这是他出的书，是报社的人。”

指挥长没有再说什么。我如释重负。

不久，乡领导便邀请我到乡政府食堂就餐，正被吃饭问题困扰的我爽快答应，承诺按规定付费。指挥长同在食堂吃饭，我们接触自然多起来。

多数人喊他“主席”，有时听到“索巴主席”的喊声，我因此而得知他的名字叫索朗巴珠，简称索巴。

日常生活中，不了解的人看不出他是县领导。吃饭的时候，哪里有空位，他就坐在哪里，与大家说话很随和。

驻村工作队住处与乡政府会议室一墙之隔，那里是索巴经常光顾的地方。乡政府所有的门虽有锁而不用，谁都可以随时出入。他起得较早，等大多数人起床时，已生起炉火，打好酥油茶，有滋有味地吃着糌粑。

这里无所谓节假日。索巴每天都去工地转一圈，有时会去两三次。

他脚穿雨靴，头戴安全帽，手拿卷尺，院里院外，楼上楼下，认真查看。在房内，他拉出卷尺，测量水泥的厚度。施工人员打保票说只能超高，不会降低。他坚持在可以测量的地方多测几个点，然后收起卷尺面带笑容地说：“按照标准高度用水泥就行。”

有人说：“你快退休了，还这么辛苦？两三天看一遍就行了。”

“天天看我都不放心。拿这里来说吧，要不跑勤些，等地面抹平，到底有多厚，下多少料，只有天知道。今天按标准来，以后就会少些麻烦。对居民负责，也对自己负责。”索巴说这些话，像拉家常似的。

索朗巴珠（扶墙者）在建筑工地检查工作。（向世宁 摄）

在室内材料使用上，玉麦乡政府完全遵照了居民意愿。邀请居民代表看材料，索巴、达娃、胡学民和施工方采购人员一起，向他们介绍材质和性能等。居民认可，再去采购；居民满意，才去装潢。

在一处样板房里，索巴把材料堆得和卡垫一样高，坐在上面建议电视放置的高度。如果不提高一些，时间长了，可能会出现不适感。卡垫后面墙上的插座，位置偏低，想用的时候，需要挪动卡垫，有些麻烦。最后，索巴建议插座的位置略高于卡垫，在颜色上与墙面保持统一。

这些细节，在施工过程中可能注意不到，即使注意到也是可说可不说的事情。索巴认为，虽然对各工种负责人均有交待，但还是要多跑腿、勤用眼才放心，设身处地实践才踏实。等竣工甚至居民搬进来再发现问题，就不好调整更改了。在可能情况下，把细节考虑周全，可以增加小康舒适感。他创造了一个词：小康舒适感。

村党支部书记巴桑次仁找到索巴，说扎西曲杰老两口反映，他家防护墙内侧填充的石块太大，如果雨水太多，担心不结实，会冲垮防护墙。索巴明知这种担心是多余的，但科学的解释消除不了老两口的疑虑。他让挖掘机手把那几块大石头掏出来移开。老两口满意地笑了，索巴和巴桑次仁也去除一件心事。

我对他说：“你这个指挥长不容易，既要统筹大局，还要处理好鸡毛蒜皮的小事。”

他笑着说：“石块大小没关系，还要用土填充，夯实。老年人看到石块中的空隙大，心里不踏实。趁现在没填土，掏出来扔掉，彼此都安心。老百姓就这样，你能讲清道理当然好，一时讲不清怎么办？在不违背原则的情况下，我们费些事又何妨？”

在修筑防洪堤的地方，索巴走向底部，指着石块说：“玉麦河的这一段要清淤疏浚。专门做这项工作，清出的石块无处可放，堆在哪里都是垃圾山。现在好了，挖掘机转个身，大石块填装防洪网，小石块用作防洪堤的内部填充物，既节约成本，又各得其所。”

再过两三年，索巴就退休了，小康乡建设指挥长这一职务已与他相伴多年，一个项目接着一个项目，天天泡在工地上，使他成为这方面的行家里手。

索巴心里不轻松：“山南市领导任命我为玉麦小康乡建设项目指挥长时握着我的手说：索巴同志，项目完成，给你戴红花；项目搞砸，准备挨板子。先不说责任终身追究制，我是隆子县人，不管哪一个我参与的项目出问题，都对不起老百姓，我决不做对不起祖宗的事。”

看来，组织和领导对索巴均有了解，才一而再再而三地委他担负建设小康示范乡的重任。

一个周末，我看到索巴在白玛次旺店里掷色子、喝啤酒。他笑着对我说：“大山，不要把我掷色子写进去。建好几个小康乡，最后被你一笔给毁了。”

掷色子，是多数藏族男子会玩的娱乐活动。像玩扑克牌一样，押上赌注是赌博，输了往鼻子上贴纸条是娱乐。索巴掷色子，赢了开心一笑，输了自掏腰包喝罐啤酒。

索巴对我的较真劲儿，正是他认真负责的本色使然。

促膝谈心

我是中共党员，在报到之初，向玉麦乡党支部请求参加组织生活。当时的想法，一是牢记自己的党员身份，二是可以了解当地党建情况。

在8月2日的党建工作会上，我对乡党支部书记达娃的认识有了提升。

索朗顿珠是刚参加工作不久的同志，组织着力培养他。他是玉麦村第一个大学毕业生，上级想把他调到县里工作，达娃和乡长胡学民认为，最好先在基层历练一下。

不知索朗顿珠怎么想，如果是我，必生抱怨之心。人往高处走，是多数人的选择，有去县里工作的机会，为什么把我卡在乡里不放？

我记得初见索朗顿珠的情形。我从驻村工作队门前走过，发现房内有位穿淡红色上衣的青年。恰巧工作队的满川在外面，向其询问，方知他是我要找的索朗顿珠。

会议的一个议程是学习县委书记的讲话，安排索朗顿珠读文件。开始没感觉到什么，时间不长，我意识到这是组织在锻炼他。

作为群众，对普通话没有特别要求；对公务员来说，不仅普通话要说得好，还要有一定的文字功底。索朗顿珠在读文件的时候，有时出现读错字和掉字现象。“五观两论”，他读作“二论”，达娃予以纠正；“调子”，他读作“条子”，胡学民指出错误所在。坐在索朗顿珠身旁的周建鹏关键时候给他提示。

文件长，全文传达需两个小时，胡学民让索朗顿珠摘要传达。在读段首句时，胡学民插话告诉他，即使摘要，也要把一句话读完。快结尾时，周建鹏提示索朗顿珠要把最后一段激励人心的话读完。索朗顿珠有些慌乱，手里文件抖了一下，对周建鹏轻声说：“你读吧。”胡学民沉稳而严肃地说：“索朗顿珠同志读完。”他硬着头皮读完，末了说了句：“我有些紧张。”

他说的是实话。他在央视栏目中出现过，那时毕竟作了充分准备。今天是乡党支部的例行会议，我和满川算会议上的不速之客，对他而言，我们是突然冒出。我是媒体人，半个月前接受拉萨电视台采访时还是语无伦次。录完后，主持人无奈地说：“挺磕巴的。回去剪裁吧。”依照我的体验，可知索朗顿珠的窘态。

达娃对他说：“你要加强文字功底。行万里路，读万卷书。你北京去过，广西去过，出了几次差，不管天上飞还是地上跑，万里路是有了。读万卷书，我们还没有做到。不是说非读一万卷，坚持读就是学习，哪怕一个月读上两三本。”

索朗顿珠局促不安地坐在那里听着。更多声音敲击着耳膜：“从家庭来说，索朗顿珠，你是第三代守边人。你要学习的东西很多。作为在玉麦工作和生活的一分子，我们对这里的人文历史有多少了解？守边人的精神，是一种文化。即使条件改变了，我们守好边疆、建好边疆的初心不能变。这颗心如何保鲜？增强对党的认识、对国家的认识，不仅能使我们的身心永远健康，而且能够不用扬鞭自奋蹄地做好本职工作。你是玉麦的第一个大学毕业生，从某种角度来说，你的素质，有可能被看作玉麦乡的素质；你的形象，有可能被认为是玉麦乡的形象。过几天，你和内地青年一起代表中国去越南。都知道你是第三代守边人，媒体采访你，再来几个错别字，出丑都出到国外了。”

胡学民接着说：“想让你尽快提高能力，更好地适应以后的工作，只有在思想上不认输，在知识上不服气，在能力上不含糊，我们才能在这里顶天立地。”

达娃情见乎辞：“现在玉麦居民比着致富，这是好现象。群众对党的认识和对国家的热爱是纯真的、忠诚的。党员和干部要继续教育引导群众一心爱党、一心爱国，在精神上思想上凝聚共识，守好边疆，建好边疆。

“居民在这里安居乐业，是对国家的贡献。但是，我们不能就此满足。玉麦村三十二人，很快就要增加到一百九十七人。我们要考虑致富发展。搬迁来的贫困户不能靠政策性收入混日子。如果那样的话，可能会培养出懒汉和酒鬼，败坏这里的社会风气，影响社会稳定。所有成年人都要有事可做。曲玉公路二期工程、小康乡建设后续工作，都能提供就业岗位，我们要学会利用身边资源。

“脑袋要和腰包一起富起来。我们党持之以恒抓思想建设，是要稳定人心、凝聚人心。向党组织靠拢的人，要端正入党动机。有的干部为什么入党？认为非党员不能当领导；有的牧民为什么入党？看中的是老党员补助。‘三老’人员补助政策一出台，有的地方农牧民掀起一股入党热潮。这是入党动机不纯的表现。党组织的大门是敞开的，但要严格把关。只有合格的党员，才能形成坚强的队伍，才能带领群众维护祖国统一和民族团结。

“谁要对民族团结说三道四，真想把他们送到伊拉克、阿富汗或者叙利亚过上一个月，别说小康生活，温饱都成问题，整天东奔西跑躲避战乱，不知哪一天连命都丢了。庆幸的是我们生活在和平的中国，国家强盛才能保证生活的安宁。民族间要团结，才能得到发展。我们的小康乡建设，如果没有来自四川、湖南等地人们的帮助，凭我们几十人的力量能建出一个新玉麦？

“要增强村‘两委’班子的组织力、战斗力，必须从两方面着手。要压担子。以后村里具体的事务，乡政府不要再去做。不去做，不等于不问，要善于指导。我们的用意是锻炼村干部，让他们为村民的事动起来，为集体的事忙起来。要培养后备人才。以后全村会有五十六户人家。我们要留意那些思想好、有能力、肯担当的年轻人，注重引导培养他们，到下届村‘两委’选举，让选民去筛选。村组织建强，村务省心，村民满意，乡政府可以腾出精力做更多的工作。

“要向县人社局打报告，申请委派两名村干部助理。在专业选择上，侧重产业发展和合作社管理。产业方面就是乡村旅游、温室、牧业公司化经营和养殖。他们来这里是一举三得的事情。村干部开阔视野，增强经营意识；村集体经济发展壮大，村民可以增加收入；他们自己深入基层，也可以得到锻炼。

“我们的劣势是发展空间有限，因此要做出特色。我们散养的猪不叫藏香猪，就叫喜马拉雅山猪。我们生活在喜马拉雅山深处，养的猪无垃圾可吃。我们自己不说猪肉香不香，让食客来品尝，做鉴定。资源丰富的，走薄利多销路子。我们养殖的猪数量有限，可通过订单式销售、网上销售，走高端路线，先让少数人体验。

“养鸡也是这样。隆子的黑鸡蛋很走俏，一个三元，好多人是吃一个带走一箱。玉麦乡气候适合鸡的散养，树和草都多，空气潮湿，光虫子就够鸡吃的，不必买饲料。投入的人力也解决了就业问题。

“也许有人说，这些与党建工作有什么关系？在座各位，别忘了，带领群众致富，是党的任务。

“做工作不止上班一种形式。我们的拆迁工作为什么那么顺利？你把心掏给村民，村民把藏在肚里的话像竹筒倒豆子一样统统倒出来。知道症结所在，问题自然好解决。”

这样的促膝交谈，教育了同志，提高了认识，理清了思路，规划了发展。

下午五点

这是七月份的最后一天。雨连续下了二十四小时，还没有停歇的意思。中午听索朗巴珠说，和往年相比，今年同期的雨不大。他指的是雨量。

下午五点，我走进白玛次旺家里。

棚顶的雨滴噼里啪啦响，火炉里的柴火噼噼啪啪响。内地正在酷暑中煎熬的人们可能想象不到，我还是一身秋衣。

在屋子一角，达娃正辅导旦增维典功课。

维典是白玛次旺的儿子。他的聪明在白玛次旺和卓玛拉宗身上能找到踪影，他的性格比爸妈倒是活泼了很多。平时见他时，他总是往来穿梭，帮着做家务。

达娃等人办完公事，在此小坐。

维典平常很少服人管教，今天倒是饶有兴趣地听达娃给他讲数学。

他们说的是藏语，我听不懂，但看得出是讲如何运算的。

他俩的神态，出乎我的意料。达娃面带笑意，声音不大不小，语速适中，听起来悦耳。他像个教师，上身稍微侧着，前倾，与坐在旁边的学生形成一个斜角。他有时手指算式，说得维典似有所悟；

有时抓几个核桃作比，成为形象教学。此时的维典，看不出是个调皮的孩子。他手中的铅笔在达娃的话语中运动着，有时写错了，忙着用另一头的橡皮去擦。达娃手里有块橡皮，顺手帮着擦，同时让维典在演草纸上演算。达娃时不时说几句有启发性的诙谐话语，维典腼腆地笑了，接着认真做题目。

坦率地说，我做过多年教师，现在却失去了辅导小学生的能力。这看似简单的事情，不是人人都做得到做得好。拿维典来说，大家都想让他好，但很多人的表达方式有问题，不是说他不用功，就是说他连这样简单的题目都不会，害得他都不敢做作业了。

我同样如此，看到他的第一眼，就认定他调皮捣蛋不好好学习。我以前犯过类似错误，如今仍在犯错误。一位同事的孩子，幼儿园时，我判定他与大学无缘。2018 年高考，他以优异成绩考上北京

达娃辅导旦增维典功课。（唐大山 **摄**）

工业大学。

达娃的思维与做法有利于孩子成长。他对白玛次旺和卓玛拉宗说：“孩子好比一只茶杯，如果有个小豁口，难道就扔掉吗？维典的聪明有目共睹，他的性格没有缺陷，反而是优点。这个年龄段玩性大，周围的人指责多、激励少，他会失去信心。要多鼓励，才能把他拉回来。他一旦步入正轨，激发起学习兴趣，那就不得了，是个人才。”

他转向我说：“家庭和社会的责任，是正确引导孩子，别耽误学业。”接着引申一下，“即使上不好学，也要做个好公民。我们不能培养刁民，敌视政府。”

随着接触的增多，我对达娃越来越佩服。他在玉麦从乡长到党支部书记前后八年时间里，得到了组织的肯定和群众的赞许，不简单。

比辅导时间更长的，是阿文的音乐。他在屋中间的卡垫上坐着，戴上耳机，时而低声吟唱，时而左手轻轻打着节拍。

阿文来自四川，生于1972年。年轻时进了粮食系统。阿文喜欢唱歌，天天哼着流行歌曲上下班。

可是没过几年，阿文的单位裁员，他下岗了，揣着买断金哼着小曲走出大门。

阿文没有气馁。他身强力壮，不惜力气，找活不成问题。他换了许多活，唯一没换的是他的歌声。手机普及后，成为他朝夕相处的伙伴。

一些不了解的人看着他怡然自得的样子，要么认为他混日子，要么认为他不愁吃喝。

有人说他心态好。他说：“我每天做着两件事，干完活唱歌，唱过歌干活。”

我问他在工地做什么工作，他不知是没听清我的话还是陶醉于音乐，所说都与唱歌有关，句句不离爱好。

他划拉着手机给我看：“加我微信，下这个软件，能听到我唱歌。这是单曲，听完后给点个赞。我的粉丝快有一千人了。有几个河南的姑娘，喜欢我的歌，跑到四川找我。我来西藏，在玉麦有一个多月了。让那些美丽的姑娘找去吧。”

我戏谑：“我比那些美丽的姑娘幸福。她们到处找你看不见，我却能坐在你身边。你老婆知道了，让你在外闯荡吗？”

“她性格内向，不爱讲话，在家照料孩子。当初结婚，我有工作是一方面，另一方面她喜欢我唱歌。”他饶有兴趣地说，“我一个人在外挣钱，养活婆娘和两个孩子，一共是四个人吃饭。她对我放心，咱不是随便的人。唱来一个姑娘是幸福，唱来两个姑娘是造孽。我喜欢的歌手很多，不能只迷个人形象，要品味歌词，里面有做人的道理。”

我想起央视栏目《星光大道》，一些参赛选手有着与阿文类似的经历，正像阿文一样努力工作养家，同时也不忘用音乐充实生活，提升自己。

在阴雨连绵的玉麦，干完活，坐在火炉旁，唱着动人的歌曲，他的酸甜苦辣全融于熟悉的旋律中。

阿文姓文。同一网名的太多，他加上籍贯，成为“四川阿文”。

为了唱歌，他每月要支出两百元的话费，遗憾的是，这段时间玉麦的网络信号不正常。

这个月的两百元白搭了，他依然在唱，不管旁边有没有人。他相信有人在听，远方的粉丝，还有自己的心；我相信有人在听，不善言谈的妻子，还有一双儿女。

在屋里保持运动状态的，是卓玛拉宗。她一会儿去拿某人喊出的商品，一会儿到桌前添加甜茶，一会儿又打扫卫生。

卓玛拉宗的特长是做饭。她在家，客人爆满；她不在家，食客抱怨。在饭菜口味上，偏重四川味道。川味遍布西藏，很多当地人热衷味觉上的麻辣。

卓玛拉宗是幸福的。她的丈夫勤劳可靠，她的一儿一女活泼可爱，她家的财富逐渐积累起来。

白玛次旺从工具箱里拿出几件工具，去修停在门口的汽车，汽车厢里装着从四家商店收集来的垃圾。

尚林佳和米玛次仁讨论着抢票的事情。利用暑假在此帮忙的米玛次仁，预订八月底返校的火车票。每年进出藏有规律可循，以火车为例，六七月份进藏难，八九月份出藏难。青藏线增开临时客车，在旅游旺季和开学时间仍是一票难求。他俩商定，一旦可以上网，就用手机同时抢票，尽量按照预定时间上火车。

下午五点，达娃辅导功课的藏语，阿文轻声唱出的歌词，卓玛拉宗拖地的声音，尚林佳和米玛次仁的谈笑，伴着落在房顶的雨滴声和炉子里燃起的火苗，谱成一首高低起伏的协奏曲。

学民为公

胡学民是乡政府第一个接纳我的人，想为他写些什么，事情多而杂，找不到惊天动地的壮举，觉得无从下手。

胡学民在同县的热荣乡任副乡长时，注重改善干部职工的伙食。在尽可能保证蔬菜供应的同时，他还能变废为宝，当看到当地居民常常把牛蹄髈弃于野外，颇觉可惜，于是在人家解剖牛时，他去商量，取走牛蹄髈，给干部职工熬汤喝。主人以前都是扔掉，乡政府工作人员要买去吃，他们也不愿意收钱，胡学民坚持每只牛蹄髈按五元钱付款。这样做，干部职工吃到了美味，居民也能多些收入。

2016 年，胡学民赴玉麦任乡长。那时的玉麦乡，还是很少有人愿意来的地方。

如何拴心留人？胡学民绞尽脑汁，决定先从伙食和住宿入手。他认为，理想信念要讲，同时也要以物质力量作支撑，干部职工才能以玉麦为家，长期待下去。乡政府开起了食堂，但找厨师是个问题。村民适合做厨师的，自己家有生意，不可能来。从外地请厨师，工资少待不住。开始请了几个厨师，但不久都走了。胡学民觉得，还是没找到合适人选。后来，物色到一位干净利索的妇女白玛，她愿意长期干下去。现在看来，厨师是找对了。

这里与内地不同，乡政府和卫生院所有人员，除了索朗顿珠的家在当地，他的爸妈还住在十公里以外的夏季牧场，其他人都是单身在此工作和生活。有了食堂，这些单打独斗的人们就不再为吃饭问题发愁。统一采购，省却了诸多麻烦。

这么多人，不可能同住一屋。2015 年，玉麦乡政府干部职工周转房动工。2017 年，工程竣工，乡政府工作人员每人拥有一套宽敞明亮的住房。2018 年，乡党支部书记达娃提议为每位干部职工添置家具。胡学民一直有改善干部职工住宿条件的想法。两位领导一拍即合，以乡政府名义打报告申请添置了七十多万元的家具。

胡学民和达娃是一对好搭档，乡长能力不凡，乡党支部书记智慧过人。俩人明确分工，团结合作，互相尊重，友好共事。玉麦是一个乡，要做的工作无所不包。建设玉麦小康乡，修筑曲玉公路，建天然饮用水厂和客运站，千头万绪的工作扑面而来。有一天，西藏自治区四个厅长不约而同地汇聚玉麦，乡政府分别接待和汇报工作，胡学民忙得团团转，还不时接到山南市和隆子县的电话通知。

胡学民和达娃精诚合作。俩人极少同时外出，一人出差，另一人在玉麦坚守。用胡学民的话说：“只要我和书记有一人在岗位上，县里就放心。”

在玉麦乡自来水厂选址和建设期间，胡学民一直做着协调工作。湖南建工负责自来水厂的施工建设，中交公司负责曲玉公路的修筑。输水管道须横穿公路，如果两家各行其是，可能就会窝工费材料伤和气。胡学民把问题提出来，把工作做在前面，主动做协调人，使两家公司达成协议，有利于双方施工，有助于整体工作推进。

两家施工单位需要协调对接的事情很多。小康乡与曲玉公路在一些地方必须做到无缝对接，才能在道路标高、防护墙的标准和绿化带的设置等方面做到协调统一。

这是大事，小事同样不能马虎。双方施工有交叉的地方，生活区有交错的区域。这里是喜马拉雅山，环境保护被优先考虑。胡学民根据实际情况为两家公司划清卫生区，各负其责及时清理生活垃圾、处置建筑垃圾。

这么多人长时间在此施工、生活，当地人没有上厕所的习惯，实际上亦无厕所可用，修建公共厕所成为胡学民盯住不放的事情。

建两座公共厕所，是规划中的事情。在与施工方人员共同查看工地时，胡学民以坚定的口气说："要先把靠南边的这座公共厕所建起来。住处有卫生间，居民慢慢会养成好习惯；外来人员一眼看到公共厕所，也不会随地大小便。提供人人需要的公共厕所，人们的观念也会随之转变。"

胡学民的妻子在拉萨市实验幼儿园工作。放暑假了，她一路颠簸来到玉麦，陪丈夫过个短而温馨的假期，犹如再度蜜月。

我知道，这里的人习惯了没有通讯信号的生活。家人打电话没人接，发信息没回复，即知玉麦与外界的联系中断。次数多了，便习以为常。我同样知道，他们与家人分居两地甚至三地。工作之余，漫漫长夜，阴雨连绵或雪花纷飞之时，多么坚强的人才能不被穿越高原的情思所扰？

胡学民乐观："今天的玉麦已不是我初来乍到的玉麦了。那时的玉麦条件艰苦，没人想来；今天的玉麦热度猛增，很多人排着队都不一定能来成。从个体看，我与家人分离，是一个人在这里工作；从整体看，我与所有工作人员和全体居民连在一起，不是一个人在战斗。"

"向人民学习，为公众做事"，成为一乡之长胡学民的座右铭。

索朗杰布

热荣乡的五位青年来到玉麦看正在修建中的房子，索朗杰布为他们介绍情况。

在即将搬来的四十七户中，有三十三户来自热荣乡。索朗杰布是玉麦乡人大主席，热荣乡的搬迁户来考察新家，他热情接待。

五位青年对玉麦新村的整体规划表示满意，同时提出两方面的看法，一是面积，二是楼层。他们认为，与热荣乡的住处相比，玉麦新村面积小。原先的住处有牛圈、羊圈和猪圈，还有打青稞的场地等，玉麦新村没有这些附属设施。在楼的层数方面，原先认为是三层，一楼门面房，二楼宾馆，三楼起居室，实地考察新居，多数是两层建筑，个别的是一层建筑，与想象中的不一样。

索朗杰布清楚，这些搬迁户是自愿报名的贫困户，政府对他们的承诺是来到玉麦一步脱贫，他们的期望值较高。索朗杰布结合实际，耐心给他们解释。玉麦乡的情况与热荣乡有很大区别。这里日照少，无耕地，不适宜种青稞，也无地种青稞，在新村规划中就没有设计打青稞的场地。搬迁户以前熟悉的农业劳动，在这里无用武之地，心理上还没有转变过来。目前，玉麦村民养牛，没有羊和猪等。这些牛的放牧方式与其他地方有很大不同。它们在山上牧场吃喝拉撒，只有大概位置，无绝对固定栖息地。玉麦村已考虑建牛圈，不是家家户户零散地建，而是相对集中地建，既便于统一管理又干净卫生。在产业规划中，拟引进黑山羊，建喜马拉雅山猪养殖场，发展壮大集体经济，为村民提供就业岗位。

五位青年听了索朗杰布的阐述，豁然开朗，住处附近没有圈舍，不等于没有养殖业，而且还净化了环境。

谈到楼的层数，索朗杰布对他们说，楼的层数与建筑面积有关，建筑面积取决于家庭人口数量。人口多的，面积大，楼层多。对一人户来说，只能盖一层房子。所有民居都是别墅式建筑。根据建筑面积大小和住户需求，量身定制旅馆房间、商铺用房和餐馆等。

五位青年拍着照，提着问题，索朗杰布详细而耐心地予以回答。索朗杰布说，搬迁户熟知卓嘎和央宗的事迹，关心玉麦村的现状与未来。可以理解，这里很快成为他们的新家。既来之，则安之。何以安之？住得舒适是基本需求，不能只靠政策性收入，要依靠产业作支撑，有稳定性收入，才能拴心留人。所以介绍情况不怕细，描绘蓝图有依据。

平常见到的索朗杰布待人真诚，和蔼可亲。在曲木松多见到的索朗杰布，满胸怒气。

一次，他陪同林业局工作人员去曲木松多调查古树名木。不去不知道，一去就冒火。俩人难以合抱的大树，被砍削得遍体鳞伤。他痛心地说："明明是我们土地上长出来的树，蚕食者窜到这里，几刀削去树皮，刻上刺眼的'INDIA'。我们发现了，为明辨是非，不得不抹去非法侵入的文字，在上面刻上'中国'字样。"

专家抚摸着树干说："根据树种和树龄，这些都是受保护的古树。在这一带，它们却受到摧残，外国人砍削刻字，疼痛的是树，连着的是中国。”

索朗杰布感慨：“我多次到曲木松多。每次到来，都为祖国大好河山的魅力震撼。我的想法简单，当五星红旗在曲木松多、塔克新乃至邦迪拉飘扬之日，便是藏南地区的古树名木恢复健康之时。”出生于喜马拉雅山中的索朗杰布，对喜马拉雅山怀有深厚感情。

2008年，索朗杰布大学毕业，矢志报效家乡，响应号召，报考大学生村官。他被分到唐古拉山区。当地牧民居住分散，村委会不具备住宿条件，索朗杰布事实上成为一名基层政府工作人员。

在此期间，他在多玛乡驻了一年村。在多玛乡的工作和生活，令他终生难忘。这里虽说是乡，工作生活条件极为简陋。晚上，五个人头朝里围成一圈睡下。我问他这样做的原因。他说，主要是防野狗。这里野狗成群，通宵达旦狂吠不止。有一次，厨房窗户被野狗扒开，肉类被叼走。这里偏僻，平常难见蔬菜，肉被野狗偷食，一连几天，驻村队员都饿着肚子。

几年后，索朗杰布调到隆子县日当镇工作。2015年，他调到玉麦乡任职。

从唐古拉山区来到喜马拉雅山区，想得更多的是对藏南的熟悉与热爱。当然，在藏北工作四年，让他受益匪浅。现在工作重点不同，藏北是考虑牧区如何致富，藏南又加上反蚕食斗争。

随着玉麦乡知名度的提升，各类工作组和媒体蜂拥而来。多的时候，乡政府一天内接待四个工作组。索朗杰布主动配合乡整体工作，赢得同事承认和群众尊重。

上级给他分配了一项工作，担任卓嘎的联络员。卓嘎是全国人大代表和西藏自治区妇联兼职副主席，社会活动日益多起来，但她不会用普通话交流。由索朗杰布负责她的联络工作，在第一时间传递信息，有利于乡政府及时安排工作。

和其他已婚乡干部一样，索朗杰布夫妻两地分居。妻子索朗旺姆在拉萨市堆龙德庆区德庆乡卫生院工作，带着两岁的孩子，辛苦并幸福着。为什么这样说？索朗杰布特别爱家，体贴妻子。用他的话说，在单位要有工作的样子，回去要为家庭提供温暖。工作时，他可以忘我；在家时，他包揽家务。有这样的好同志，同事舒心；有这样的好丈夫，妻子开心。

我问他对工作地点有何感受，他说："喜马拉雅山是生我养我的地方，在这一地域工作生活，我感到很满足。让我感动的是，妻子支持我的工作。我向她许诺，等孩子大了，我们就一起用脚步丈量喜马拉雅山区更多的地方。"

林佳捎物

经过七天的颠簸，我见到了从拉萨捎来的高帮鞋和糌粑等物。

副乡长尚林佳在拉萨学习，7 月 18 日返回，为我捎来了一些生活必需品。

高帮鞋主要用在巡逻路上。我来玉麦深入生活，主动请求加入巡逻队伍。一次巡逻，一般需要五至七天时间，路途遥远艰难，可能遇到不可预知的危险。单说鞋子，我的不合适。运动鞋靿太浅，容易灌水进泥；雨靴太滑，走长途易累。高帮鞋是理想选择，蹚浅水、踏泥巴、踩乱石，均无妨碍。林佳临行前，考虑我在玉麦一住数月，问是否需要捎物。我不想麻烦他，回说无物可捎。后来，很多人说巡逻需穿高帮鞋，我就让妻在拉萨买了一双。

妻一不做二不休，又买了两袋共十斤糌粑，加上其他食品，满满一编织袋。

对我而言，每天早上，糌粑是美食。在白玛次旺家里吃了一顿赠送的早餐，心里美滋滋的，心想，每早有这么一顿大餐，房价不降也合算。很快事实证明我的这一想法离现实还太远。先是店主一家开车去泽当镇进货，家里只剩下一个亲戚。在此期间，他为我提供午餐和晚餐很是不容易，有时候他自己用泡面打发生活。

店主回来后，我仍在奢想。时间上的差异，使我彻底丢掉幻想。他们的早饭往往在十点以后吃。我每天七点左右起床。到十点，再坚持一会，就可以吃午饭了。假如十点吃早饭，中午的饭量就受到影响。后来的事实更明显。如有卓玛拉宗在，小桌旁就坐满了吃饭的人；卓玛拉宗转山去了，白玛次旺就凑合着吃。刚到玉麦的一段时间，期待太多的我，连午餐和晚餐都得不到保证。回味他们赠送的那顿早餐，是我在他们家吃的唯一一次早餐，我的饭量让人吃惊，从他们善意的笑声中就能感觉到。

天无绝人之路，乡政府邀请我去做客，按规定交伙食费。自从去了那里，我在饭量上就把其他人甩在后面。

乡政府食堂不供应早餐，我完全理解。十多人就餐，百分之九十是年轻人，即使供应早餐，也难有几人来吃。

那几天早上，我想着糌粑。有了糌粑，就可以一日三餐正常生活。我曾向白玛次旺要了一大捧糌粑，在去牧场拜访卓嘎和央宗的那天早上，化作了徒步的能量。

妻问我需要什么，我说除了巡逻穿的高帮鞋，再捎一小袋糌粑。

我的肚子在早上闹饥荒的时候，乡政府食堂也闹起菜荒。

23日午餐，周建鹏掀开盖一看，只有两个菜。他幽默地说："一种原料两道菜，一个炒花菜，一个炖花菜。"厨师无奈地说："只有花菜，这顿也吃完了。"晚餐证明她所说属实。一锅突巴，就是面疙瘩。正常情况是米饭加炒菜。菜没了，米饭难以下咽，只能吃面疙瘩。我是北方人，以面食为主，天天米饭没问题，吃到面食也蛮高兴，面疙瘩里的牛肉块诱人。话虽这么说，长期不吃蔬菜，对健康也不利。

实际上，林佳所乘车辆已进入玉麦地界。由于修路和山体滑坡等原因，路被堵，他们只能弃车徒步。24日上午，道路得以畅通，我的所捎之物和乡政府食堂的蔬菜同时抵达。

如今交通条件有了很大改变，但还是出现了七天路途的情况。想起公安边防派出所刚进驻不久，吃不到新鲜蔬菜都是常态。运进来的一箱苹果，打开一看，已腐烂变质。路上耽搁多长时间，我无法揣测。我知道的是，妻在拉萨把一个苹果放进缸子里捎来。经过七天旅行后，我把它取出。苹果保管挺好，未受挤压，但在果蒂不远处出现了一处黄豆粒大小的腐烂区。一个好苹果完全腐烂需要多长时间？答案有许多种，从拉萨到玉麦总得十天半月吧。

林佳从拉萨捎来的物品，在七天时间里，跨过雅鲁藏布江，来到喜马拉雅山中的玉麦，放在我的面前。我想，明年的此时，从拉萨到玉麦，肯定不会用这么长时间。

罗布占堆

初次见到罗布占堆，感觉他不苟言笑。

他毕业于西藏农牧学院，是农学出身。作为副乡长，农林牧副渔等均由他分管。这里没有农业和渔业，当然，他还做了许多没列入工作范围的事情。

玉麦村有三亩茶园，占堆具体负责。

林芝市易贡茶场的技术人员拉着茶苗，转了七七四十九道弯来到这个海拔有三千二百米的茶树栽培实验基地。在这里试栽茶树，有风险。茶苗即使成活，五年以后才有收益。占堆认为，产业项目拿到了，技术人员来现场，应该能把茶苗栽活，管理好。

平整土地时，他拿起工具和民工一起劳作。遇到石块和树根，他一一捡起。民工背来羊粪，他用铁锹撒匀摊平。技术人员手把手教民工如何栽植。有两个民工很快掌握了要领，在技术人员指导下栽得很好。

有一个民工往地边一坐，技术人员让他学着栽。他说“我们栽不活”，技术人员耐心地说“都能学会”，表示愿意再次教他。占堆看到，对他瞪了一眼，没说什么，与技术人员一起继续栽下去。过了一会，那个民工觉得不好意思，又重新加入栽植队伍。

劳动中的罗布占堆（唐大山 摄）

占堆说："我学的专业就是这个。凡是与农牧有关的，我都有感情。在这么高的海拔上试栽茶树，世界上能不能数得着，我不知道，但在中国应该是最高的。这里比易贡茶场高出一千米。像技术人员所说，当初在易贡试栽茶树，没抱多少希望，结果成功了，打出了品牌。在这里试栽茶树，关键是如何越冬。明年这个时候，才能知道茶苗能否成活。如果成活，开始只有象征意义，茶树可以在海拔三千二百米高的地方生长。随着生长条件的改善和管理技术的提高，或许能培育出耐寒品种。那时，茶园就出效益了。"

以前人少，以放牧为生；如今人口增多，要做长远打算，考虑产业增收。五年以后，这个喜马拉雅山深处的三亩茶园，有可能成为玉麦居民的一条增收致富渠道。

不管从工作地来说还是从家乡而言，占堆都是地地道道的喜马拉雅汉子。

他的家乡在日喀则市亚东县，妻子带着两岁的女儿，每年有大半年时间，她利用地利之便做些边贸生意。

占堆的父亲是位教师，已退休。母亲是家庭主妇。家庭和谐美满，谈不上富贵，基本实现小康，幸福随之而来。

从内地来西藏工作的人们，很多人要忍受夫妻两地分居之苦。原以为当地工作人员应很少出现类似情况，其实不然，很多在基层工作的人们，同样两地分居。我接触的乡政府工作人员，已结婚成家的全是独自在此工作。

多数工作人员休假时都是自驾车辆回家，占堆也不例外。我问他需要多长时间，他说："赶得紧一天，不慌不忙两天。赶得紧是起早贪黑，一个人直开下去，有些累。不慌不忙是不起那么早，中途住一宿，第二天早上到家。"

我对他说："还是不慌不忙吧。安全第一。"

巴桑次仁

西藏的巴桑次仁多得数不清，具体到玉麦乡玉麦村，村民都知道巴桑次仁是谁。他拥有过四种身份：教师、电工、医生、村党支部书记。目前，巴桑次仁除了继续担任村党支部书记，其他三种身份已完成使命。

有这么多身份，必有众人认可的成就。以巴桑次仁担任三年代课教师为例，当时有五个学生，他们在同一年龄段，组成一个班级，在玉麦从一年级读到三年级。年龄大些，家人就把他们送到三安曲林乡完全小学就读。巴桑次仁教过的五个学生正在山南市继续着学业。

我对他说："你教出的学生百分之百上高中，我教过的学生只有一小部分考上高中。你的成绩比我大。"

他憨厚地笑了："按照教学要求开的科目都有，就是有些教得不好。"

旷野中的水电站里，他一个人对着图纸，反复试验，让玉麦牧民见到了电灯发出的光。牧民有个头疼脑热，他对症下药，化病为无。一个人连轴转地全科教学，三年如一日。如何坚持下来的，只有他和五个学生知道。

他的家原在加玉乡。和玉麦相比，加玉人多热闹，发展也好些。当时，他来到玉麦，没想那么多，觉得只是解决一些临时性问题。谁知，解决了一个问题，又有新问题出现。后来，随着政府重视和人口增多，他关心的事情逐渐由专业技术人员来做。他的任务似乎已经完成了。但他发觉，自己已融入玉麦，离不开玉麦了。全村人对巴桑次仁像家人一样熟，觉得他是个地地道道的玉麦人。

就这样，巴桑次仁成为玉麦永久性居民。随着牧民党员的增多，党组织决定在玉麦村设立党支部。巴桑次仁有文化，热心公益事业，组织认可他，党员拥护他，自然而然就走上村党支部书记的岗位。

巴桑次仁好学。走进他的房间，桌上和床上躺着的几本书告诉我，他一直保持着学习习惯。一本大字典，还有几本翻开的藏文书籍，这些都是巴桑次仁的精神食粮。

一个执着的人必有故事，有故事的人必有执着之处。

巴桑次仁正是这样一位有故事的人。

他的故事，就不在此复述，网上一搜全有。我想从他那里得到的，是与玉麦有关的内容。

1959年前，这里住着一两百人，后来由于叛乱分子的蛊惑和他国的侵扰等原因，只有几户人家在此居住。再后来，政府为了改善居民的居住条件，在曲桑村修建了安居房。桑杰曲巴故土难离，重返玉麦，续写了放牧巡山新篇章。他在恶劣的自然环境和时遭他国军人侵扰的情况下坚持下来，即为壮举。

卓嘎和央宗继承父辈遗志，用简单而顽强的方式继续履行守护国土的责任。儿时的记忆，长辈的讲述，给她们留下了许多故事。

我和巴桑次仁关注的，是如何尽可能地把玉麦的人文历史等挖掘出来。巴桑次仁来玉麦已有十二个年头，对这里的风土人情较为熟悉。他对我的提议非常热心。

我对他说："我们要做的事情，是为玉麦填补空白。这些内容一直客观存在，没人搜集整理形成见之于文字的东西。像《萨迦格言》一样，在萨迦一带成百上千年流传着，直到萨迦班智达把它们综合在一起，形成一本书，人们才能便捷地汲取其中营养，同时把萨迦的文化以文字形式保存下来。"

精神抖擞的巴桑次仁（唐大山 摄）

巴桑次仁点点头："藏南地区的历史是中国历史的组成部分，具体到玉麦，需要我们做的事情很多。如今，玉麦的村容村貌和交通条件变化很大。在文化软实力方面，还有待挖掘。我们在建设社会主义新文化的同时，要尽可能把玉麦的历史脉络呈现出来，把玉麦的文化底蕴展示出来。"

有一次，乡政府接待工作组，有人说，玉麦应该建个乡史馆。中国大地很多有名的村都有村史馆，玉麦可以借鉴。

不管是建乡史馆还是村史馆，我们都要先把资料收集起来，一旦需要，就能提供。

我与巴桑次仁的夜谈，在携手丰富玉麦文化的共识中结束。

同行采风

听说“走进玉麦采风创作团”即将到来，我激动得一直在乡政府守着。这个团里有我的同行，还有志愿报名参加的作家与画家等。

到达

一星期前，胡学民告知我：“7月13日，采风创作团要来玉麦。”12日，他准确地对我说，“明天下午五六点钟，他们就到了。西藏传媒集团的马艳带队。”

13日下午，我来到乡政府，达娃已作安排，胡学民具体负责。本来打算等他们到来一起吃晚饭，但听说他们才到曲桑村，再快也得两个小时，我们就先吃了。

胡学民的电话一直在响。八点多，说到了牧场。过了一会，说快到目的地了。我与胡学民用手机电筒照着路，深一脚浅一脚来到一半卵石一半泥浆尚未成型的滨河路。远远地，一辆车开过来。不对呀，二十多人的采风团，怎么只有一辆车？

车子摇头摆尾开过来。我们挪到路旁，眼瞅着它在面前哆嗦了几下过去。里面的人可能是被颠坏了，眼睛直盯着前方，在毛毛雨中的我俩有被冷落的感觉。

往山上看，有几盏灯在晃动，不能准确判断是不是采风团的车辆。胡学民拨通了对方电话：“你们说清准确位置，到底到哪了？”

“好像是个加工石子的地方。”

“知道了。那是曲玉二标拌合站。慢慢走，需一个多小时，我们才能相见。”

他们才到拌合站，我俩又重回到乡政府，里面的大火炉烧得暖烘烘的。

九点多，电话又响了。胡学民焦急地打着电话：“车子坏了一辆？其他车辆能不能挤下？这样吧，我带辆皮卡车上去。那辆坏了的车子放在山上，人先下来。”

罗布占堆开着皮卡车，与胡学民一起上山接他们。

我再次回到火炉旁坐下。达娃对这种情况好像司空见惯，沉着地等待。

这天是星期六，乡里所有工作人员都没回去休息。上午打扫卫生，傍晚劈柴烧炉子。在等待的时间里，他们聊着采风团什么时候能到。

工作人员说，采风团到底啥时能到呀？山上采风团或许也在说着同样的一句话。一边是期待他们安全到来，一边是盼望尽快到达。

十点半，胡学民和一位女子走进来。达娃立即安排吃饭。

等大家吃完饭，情绪稳定下来，达娃风趣地说：“你们是我见过的最勇敢的车队，一是车辆不行，二是技术不行。”

胡学民及时补充：“城市越野，在城市是好车，来玉麦就变成孬车了。”

以前在单位大院，时常与马艳碰面，未说过话，也不知道她的名字。直到她与胡学民一起走进来，我才把名字与人对接上。这次活动是由山南市旅游发展委员会主办、西藏传媒集团承办。作为领队，马艳的操心与辛苦可想而知。

想必她在途中已知我在玉麦乡的存在，而能不能把名字与人对接起来，我没有把握。

就要各自回去休息了，看到她在我附近，于是就用手机电筒照着自己的脸自我介绍："马艳，辛苦了。我是三楼的唐大山。"她的办公室在一楼，我的在三楼。她瞬间明白："没来时听说你在这里。"看着她忙碌的样子，我亦不多与她寒暄："需要我协助的，尽管说。明天见。"

采　风

14日，天公还算作美。偶尔下些雨，雨量有限，持续时间也不长。

拉萨电视台记者看到我脚穿雨靴，瞅瞅自己沾着泥巴的运动鞋："你的雨靴从哪里来的？我可不可以穿？"

我说："那边小店里就可以买，多大号码的都有。"

马艳看到这情景，和我一起去小店买雨靴。

在两家小店里采购了二十多双雨靴。没多久，她返回又买了两双。她说："刚才没买够。有两位没有，他俩没好意思讲。我看到其他人换上了雨靴，他俩还穿着原来的鞋子，一问才知道情况。"

领队不容易，既要管大局、顾整体，还要注意细节，尽力把好事办好。

胡学民带着采风团参观。

大家先到玉麦小康乡建设项目部前。胡学民对着图片，给采风团介绍玉麦村的原貌与新颜。在效果图前，他手指移动：乡政府在这个地方，广场在那个地方；学校在这儿，卫生院在那儿；竹器编织厂在这个拐角，宾馆在那个拐角。

他指着玉麦河对岸的栈道："本来打算在这一带建宾馆，游客可以在宾馆里眺望全景。后来一想，不行，这一片草地不能破坏，无论谁来玉麦，都要让他在看到变化的同时，也享受到原生态的美。重新规划，沿着河对岸修条栈道，游客在绿草野花上走走停停，一边是云雾缭绕的青山，一边是彰显民族特色的建筑，脚旁是奏着激昂乐曲的河水。"

百闻不如一见，大家走进一所正在修建的民居。

胡学民从地面到房顶都作了详细介绍。这种轻钢龙骨装配式结构建筑造价很高，能抗八级地震。房内线路的安排、管道的走向既考虑到房屋结构，又方便居民使用。

他以拐角处的烟囱为例。在内地，同样结构的房屋没有这种设置。考虑到玉麦居民有生火炉的习惯，这里的朽木枯枝烂根较多，就专门设计了这种烟囱。在使用过程中，不会因烟熏火燎而影响室内。将来，居民观念转变了，电与气用起来方便，火炉完成使命，这些烟囱成为牧民生活从传统走向现代的见证。

房屋多为两层小楼别墅式结构，房顶起脊，前面的院墙采用居民熟悉的方式垒砌，整体看起来民族味十足。

民居的外观呈灰色。这里的天气特征是阴雨连绵，云蒸雾绕；周围地势是青山环抱，飞瀑流泉。山坳里的民居犹如躺在母亲怀抱里，与苍茫大地融为一体。住在这里的居民，无论何时，都能感受到母亲的养育之恩。

下午，采风团成员乘车去看另一处拟建居民点。因为车少人多，我与隆子县旅游局的阿旺没去，便沿着同一方向散步。

到小店附近，忽见西藏传媒集团的黄慧英与乡政府工作人员顿珠从里面出来，原来她在居民家采访。听说他们都下去了，黄慧英遗憾不已。从广东来到拉萨工作，费这么大的周折走进玉麦，能多看一处风景就多看一处风景。如果错过，谁知什么时候能再来一次。

我们安慰她：你和居民聊这么长时间，采的东西不少。要说再来玉麦，简单，路很快就修好了，只要愿意，每年都可以来。

顿珠回乡政府了。我和阿旺陪着黄慧英沿河随便走走。我指着一处咕嘟咕嘟往外冒水的泉眼："这个泉眼只有你能欣赏到。坐在车里的人一闪而过，连发现的机会都没有。"

来到公安边防派出所漆在路旁石头上的"忠诚奉献"跟前，黄慧英拍照并驻足良久。是呀，一个来自海滨的姑娘，在喜马拉雅山中面对巨石上的红色大字，她想起什么？只有来到此地的人，才有切身感受。在一些人眼里，"忠诚奉献"，可能只是一句宣传语，而在玉麦，忠诚奉献则是实实在在的付出。没有边防官兵和当地居民的忠诚奉献，边疆可能狼烟四起，百姓的幸福、国家的安宁都会受到冲击。

创　作

采风团之所以迎着风、冒着雨、踩着泥泞走进玉麦，为的是寻找创作素材。

我多年前认识《西藏人文地理》杂志社的汪璐。她是散文作家，无论走到哪里，都注意发现素材、挖掘素材、积累素材。在玉麦，我感觉她一直在主动寻找创作源泉。

汪璐（中）在建筑工地采风。（刘枫 摄）

达娃是个有故事的人，汪璐自然不会放过他。

说起扎日转山，达娃能够细化到每一处地点、每一个掌故，他都能说得清楚。乡里组织的巡逻，有些路线和转山路线重合。不能把乡巡逻队的日常巡逻理解为宗教意义上的转山。有些人可能说习惯了，把性质完全不同的两件事混为一谈。信众转山，是宗教信仰的原因；乡政府组织的巡逻，是守护国土的体现。

汪璐对玉麦的寺庙感兴趣。

不管谈到哪个话题，达娃都能娓娓道来。汪璐问："这座寺庙是什么时候建的？"

达娃脱口而出："2015 年。"

汪璐简直不敢相信耳朵："才建三年？以前没有寺庙？"

“有。2008年让大火烧了。你看到的是2015年在原址重建的。”

“有没有僧人？”

“有个喇嘛，主要是看寺里的文物。2008年，他上山捡柴火，等他抱着柴火下山，寺庙正着火。寺庙烧毁后，他回拉萨母寺了。”

汪璐翻看手机，惊讶地说：“这座寺庙多次被火烧过。”

达娃说：“它与火结缘。六百多年前，它建在山上。经历大火后，移到现在的位置。谁知，它仍未能躲过火劫。”

“以后能不能避免？”汪璐不无担心地说。

达娃满有把握地说：“放心吧。我们把国土守好了，寺庙就能免遭劫难；领土守不牢，寺庙能安生？皮之不存，毛将焉附？”

想不到他对国学掌握得这么好。

一位采风团成员问：“在西藏，小孩生下来后，要抱到寺庙请喇嘛起名。这里没有喇嘛，以后小孩起名怎么办？”

达娃接道：“谁说的？我的名字就是外公起的。”

之所以问这么详细，我相信，通过汪璐的创作，这些素材有助于人们进一步了解玉麦、感悟西藏。

我的同事，西藏日报社驻山南记者站记者刘枫，同样是带着任务来的，他要写篇与旅游有关的报告文学。

达娃概述了玉麦乡旅游的规划，刘枫如获至宝。

听说湖南建工承建玉麦小康乡项目，直觉告诉刘枫，要捕捉每一条有价值的新闻。

晚上八点八分，我给项目执行经理罗立光打电话，请求给找个典型作为采访对象，他满口答应：正在开会，稍后回话。

我和刘枫在乡政府等到九点十七分，忍不住又给罗立光打过去。估计会该早完了，是不是他忘了或者不配合我们的采访？九点二十四分，我的手机铃声响起，一看，是他打来的。

我和刘枫同打一把小雨伞，用手机电筒照路，磕磕绊绊向项目部走去。

采访对象土建负责人吴茂林已在二楼会议室等着我们。交谈期间，罗立光在隔壁房间开另一个会议。我对他抱有歉意，他确实是在百忙中安排我们的采访。选择深夜采访，主要是刘枫等人第二天早上要返程。

返　回

尚未到达目的地，一辆车在山上抛锚。

司机遇到个小问题，猛踩油门，猛一抠什么，车子突然熄火了。屡次试验，再也没有启动。

知道原委，达娃才说了“你们是我见过的最勇敢的车队，一是车辆不行，二是技术不行”。车辆不行，不是车不好，而是底盘低；技术不行，不是说驾驶员技术不好，而是说他们没有考虑到特殊情况，在遇到问题时缺乏解决的办法。

说到车辆与路面的摩擦，汪璐刻骨铭心：“刚听到底盘碰石块的声音，心惊得受不了，照这样下去，车子很快就会被剐坏，玉麦就去不成了。”

我是半个月前到达的，对她所说完全相信。当时，我在隆子县城找不到车，司机说只能送到曲桑村，往前走，小车底盘低，过不去。后来，万般无奈的我包了辆小货车，经过一夜颠簸，才来到玉麦。

采风团破了纪录，即车子底盘低同样来到了玉麦。

他们冒险前来，当然要付出代价。达娃和胡学民考虑到时间和车辆等原因，建议他们14日傍晚把车辆开到夏季牧场，避开爆破点。

晚上，几位司机回到乡政府。他们把出故障的车子拖过去。途中又坏了两辆。

15日天色未明，采风团成员纷纷起床，摸黑爬进胡学民从中交公司和湖南建工借来的车子。六点，他们准时返程。达娃和胡学民的安排是，把他们送到牧场，再换乘昨晚停在那里的车辆。

采风团的车辆是如何修理的，经历了多少考验，只有身在其中的他们自己清楚。本来打算去扎日，鉴于路况，他们改变了行程。

后来，从朋友圈里看到汪璐在加查县拍到的猴子，知道他们已经驶上坦途。

大山帮厨

厨师白玛一个月有四天假期。八月底，家里的青稞熟了，她把两个月积攒在一起的八天假期集中来休。

按照惯例，厨师走了，在乡政府食堂吃饭人员轮流值日。

我与驻村工作队的谢政排在同一天，心中高兴，他会做饭早为众人所知。与谢政搭档，我欣喜，十多人的伙食有着落了。

我如约而至，他正在火炉上煮肉。

土豆几乎是每天必吃的，我拿起几个问：“削几个土豆？”

他说：“中午不吃土豆。你会压米饭吗？”

“不会。”

“那你会做什么？”

“我什么都不会。”

这样的问与答，谢政不高兴，我有些脸红。好在他事实上挑起主厨的重担。我对他说：“需要我干什么你直接说就行。没有什么不好意思的。”

他轻声说：“没什么可干的。”

话这么说，可能是顾及我的面子，他抓起一把菜让我洗。拿到手以为是芹菜，仔细辨认，是芫荽。两种菜本来好区分，这温室里的芫荽又大又粗，猛一看和小芹菜差不多。

我乐呵呵地拧开水龙头，却不见水出来。上方施工，把水管挖断了。

没水咋行？恰巧次旦米久走过来。我俩商量到下边商店前的水管去接。

正常情况下简单的事，在这里却变得艰难。我提个大塑料桶，对他开玩笑："去时我提着，来时你背着。"

脚下是名副其实的水泥路。我俩蹦蹦跳跳避开泥浆。走到扎西曲杰家附近，我提议到他家里接水。次旦米久轻松走下去。我在下坡时踩在带水的草上，脚底一滑，仰面朝天倒下去。起来一看，臀部全是泥巴。

手里拿的是空桶，如此滑稽，实在是无用的表现。

不巧，扎西曲杰家中无人，院子里没发现水管，只好继续往前走。

接水容易提走难。接大半桶水，一个人无力背起。两个人抬不顺利，一前一后走，桶碰脚；一左一右并排走，两人的鞋子都在泥巴里。电视里的背水姑娘多么轻松自如，现实中两个壮年男子对一桶水却无可奈何。

我提议倒出些水，次旦米久觉得来趟不容易，舍不得往外倒。

正在踌躇，来了辆铲车，我俩招手求助。

次旦米久扶着一塑料桶水乘车而去。我去卓玛拉宗家借了个小些的塑料桶，准备少装些水提走。

不远处又开来一辆铲车，我赶紧用塑料桶接满水，站在路旁向司机招手。

在工地上经常见到驾驶室里的小伙子，他对我微笑点头。

他把高高举起的铲子放下来，与地面平行。我吃力地把塑料桶提上去，紧接着站进铲子里。车辆启动，为了照顾我和水，小伙子减速慢行。我之前看到有人站在高高的铲子里接电线，如今站在低低的铲子里一手扶着上方边沿，一手抓住桶襻。比想象的稳多了，我甚至想用手机拍张照。

送到不能再送的地方，小伙子停车，我把塑料桶搬下来，伸出大拇指向他表示感谢。

把水搬到食堂门前，芫荽已被洗好，我接着洗小白菜。

罗布占堆看到食堂水管不出水，开起皮卡车去拉水。

向世宁手提相机从食堂门前经过，听说拉水车到了，要用镜头记录日常生活。

我抢镜头是出名的，目的有二：一是留下劳动场景，二是以后做资料用。我放下手中的菜，跑着去车上搬水。共有两大塑料桶水，罗布占堆抱起一桶就走，我和顿珠抬着一桶水趔趄着移动。

忙碌的谢政（向世宁 摄）

向世宁看到罗布占堆抱桶的姿势，后退着用相机捕捉他的动作。

向世宁抓拍我和顿珠的时候，我俩已把桶放下。为了表现自己，我招呼顿珠再把水桶抬起放下，已成摆拍。

我在东奔西跑的时候，谢政一直在厨房忙活着。向世宁拍厨房场景，我在那里抓起别人洗好的小白菜作秀。

向世宁到其他地方拍美景去了，我回归真实的劳动。在真实的劳动中，做什么都不顺。我洗刷餐具，平常一眼看到的洗洁精不知去向。从工作队借来洗洁精，却找不到钢丝球，只有用抹布代替。

我这个助手显然是不合格的。炒菜的锅干了，谢政让我舀瓢水，我舍近求远拿起盆去外面倒水；他让我刮姜，到用时，我想起姜没刮。他看到我绕来绕去影响他的工作，只好说："你站在外面就行了。"

在他的指点下，我终于找到了自己的位置。

做晚饭时，当得知要做土豆烧牛肉时，我自觉削起土豆来。

削完土豆，我把中午做熟的米饭放在蒸柜里加热。谢政看到我摆弄米饭，问我够不够。我顺口答声"够吃的"。开饭时，到最后俩人打饭，没了。

这些事做完，我的工作结束。

我按照做午饭时谢政的指点，站在门旁看他做土豆烧牛肉。这是食堂常做的招牌菜。在这里，有时缺蔬菜，永远不缺的是牛肉。相比较而言，土豆耐放，土豆烧牛肉几乎成为每天必做的一道菜。

锅中的油在沸腾，谢政把土豆块往里一倒，炸起来。等土豆块的表面略黄，全部捞出来。接着把牛肉倒入锅中，往里加进大料、干红辣椒和姜等物，呛人味道扑鼻而来。旁观者说，要的就是这个效果。牛肉炒到一定火候，再把土豆倒进去搅拌在一起。

谢政说，接下来有两种方法。一是放进高压锅里压一会，牛肉易嚼，但土豆变烂，口感会受到影响。二是烧熟以后，文火收汁，土豆煮扒，原汁原味，口感较好。

也有人说，接下来把牛肉放进高压锅，压熟以后，把土豆放入其中，再次高压几分钟。这样牛肉好咬，土豆不烂，口感也不会受到影响。

做饭的方法各种各样，即使同一道菜，不同人的做法也是五花八门。我所看到的土豆烧牛肉的做法，效果如何，品尝便知。

一连几天，大家欣赏了各人的手艺，吃到了不同的味道。

当天不值班的人也会加入帮厨工作。

通过合作与交流，大家彼此话语增多，热情高涨，友谊加深，促进了团结。

振海觅房

孙振海来玉麦寻找商机，看看有没有可以出租的门面房。

本来四人同行，但到了扎日乡曲桑村，另三人一受时间限制，二因南下的路太烂，回去了。振海在旅游行业闯荡十年，心想玉麦近在咫尺，不去实地考察，如有发展空间被他人捷足先登后悔晚矣。

正如上车前预料的那样，曲玉公路走过半，道路被堵，只能徒步荒野。

夜幕降临，他疲惫不堪地看到前方有房屋，犹如在沙漠见到了绿洲。

他敲响路旁一所棚屋的门，灯光从缝隙中挤出来。门开了，一位高大的妇女把他延请进来。她听不懂普通话，但明白这个有气无力的男子肯定是饥渴交加且无处可宿。她瘦削的丈夫会说普通话，给他提供泡面。然后，把他引领到一位名叫卓嘎的牧妇家。

幸运的是，卓嘎在江西南昌上大学的女儿在家，是个好翻译。

这里是玉麦夏季牧场的临时居住点，无客栈之类的场所。振海别无选择，在此住宿。用他的话说，如果没人收留，只有冻死。他被安排在楼下，这里放着一张闲置的床。振海千恩万谢。

次日上午，振海坚持付住宿费，女主人收了二十元钱。好心的男主人为他拦了一辆中交公司修路的皮卡车。

车子开动，车里人问他宿在何处，他用手指指仍向车子挥手的男主人。车里人说："他是卓嘎的丈夫巴桑。"

西藏的卓嘎太多，巴桑也不少。振海来玉麦，想做些生意不假，能见到卓嘎和央宗也是他此行的一个目的。听到这个名字，他随意问了一句："哪个卓嘎？"

"在玉麦有几个卓嘎？给总书记写信的卓嘎呀。她的妹妹央宗也在这里。"

振海连说不可能。在他想象中，作为玉麦乡的原乡长、全国人大代表，应该是穿得整齐干净的退休干部模样。他见到的是收到总书记回信的卓嘎？感觉一点也不像。

早晨，他走上二楼向主人告辞的时候，头戴线帽、身穿脏兮兮藏装的卓嘎，双膝跪在地板上，双手在面前的深锅里劳作着。触景生情的他对着在旁忙乎的卓嘎的大女儿说："大学毕业后，把你的阿妈接走，跟你享福。她太辛苦了。"

早上的生活场景在振海脑中挥之不去，他想见的人物都已接触，只是当时不知道。

车子的颠簸让他的脖子不舒服，但阻止不了他的联想。

他劝卓嘎的女儿学业有成后把阿妈接走，现在看来她们不能走，她们也不愿意走。这片生活至今的土地，她们舍不得离开；一直熟悉的牧家生活，她们不愿意抛弃。振海遗憾，遗憾不识眼前的卓嘎和央宗，错失合影留念的机会。

振海来到白玛次旺的家庭旅馆，倒头便睡。他太乏，后悔不听妻子劝说，没把颈托带来。

振海在东北长大，说话带着东北味。后来落户山东青岛。这是个好地方，很多人慕名而来。好玩逆向思维的他，在黄海之滨又把目光投向青藏高原。2008年，他把生意做到了拉萨。他开汽车修理厂，包车拉游客，开招待所，经营餐馆。夫妇俩辛苦着，生意得心应手。

辛苦到什么程度？只有同一行业的人知道。春节前夕，民工包他的车回成都，他一个人硬着头皮驾驶。困得实在不行，就把车子停在山洞的避风处，和乘车人商量休息两三个小时，再赶路。包车人春节回家，一是车票紧张难求，二是除了司机一车六个人费用均摊合算。乘车人困了，可以在车里睡觉。司机振海疲劳驾驶，有危险。

有一次夜间行车，振海强打精神开着车，禁不住打了个盹。前方的公路蜿蜒而去，他猛然觉得不对头，狠命踩刹车。车子一顿，他不让乘客下来，自己打开车门，到前边一看，前轮离路边只有一尺的距离，下面是湍急的河流。他一拍额头，冒了一身汗。上车后，车里人早被顿醒，除了车灯，黑乎乎的外边什么都看不到，齐问司机“怎么啦？”

振海没敢说实话，故作轻松地说“撒泡尿”。他慢慢启动车子，这一吓，再也不困了。

他常开的是七座车。人多人少一个价，他喜欢人多，特别是旅游的人包车。游客包车，不慌不忙，到景点或者他们认为需要停的地方，可以轻松一下缓缓劲，神聊一通减减压。有一次，从拉萨开到新疆喀什，回来时空车，音响里的音乐听腻了，他寂寞得下车踹轮胎。

在西藏，他几乎跑了个遍，经历过险事，遇到过趣事。在阿里，肥壮的野驴与车子赛跑。在藏北无人区，野牦牛扬起尾巴用头使劲抵车子。

多长时间没回青岛了？自己也说不清楚。跑不完的路，挣不完的钱。振海夫妇决定2018年春节在青岛过。儿子结婚成家，小日子恣得很。振海五十岁，人到半百，未觉老气横秋，出于性格原因，总想在外闯荡。妻子是他生活中的伴侣、生意上的搭档、情感上的依托。

欢欢喜喜过个年，转眼快要离开这座充满诗情画意的海滨城市。

回到拉萨傍晚，忙碌一天的振海站在人行道边与邻居闲聊。此时车辆稀少，行人渐多，俩人东拉西扯，开始知道是在家门前，后来不知怎么就转移到公路边了。

随着“啊啊”的叫声，一辆出租车一个斜刺冲过来。邻居面向公路，发现危险，一边往后撤，一边尖叫提醒。振海背朝公路，本能让他急往前跳，无奈他的速度低于出租车的速度，被剐倒在地，一头跄向地面。

在西藏军区总医院抢救室里，经过一番折腾，振海的性命暂时无忧。

考虑到气候等因素，振海想回内地治疗。医生劝告他：“你是颈部脊椎受损，不能颠簸。即使乘飞机，也不能保持目前状况。”

就地治疗，大不了一死。振海这样想，同意医生建议，然后眼睛一闭，想怎么治疗就怎么治疗吧。

恢复期间，振海一直戴着颈托。手术达到预想效果，但振海感觉到一只手不能自由伸展，没有力气，那条胳膊有萎缩现象。

振海说：“能恢复成这样不错了。只要有口气，生活还得继续，生意要接着做。我住院期间，听说玉麦火得不得了。那里有没有生意可做？如果有，先来与后到不一样。你懂的。”

妻子是个要强的人，但与丈夫比起来，她只有佩服。她知道，丈夫的康复比想象的好，但仍不适合远行，天天脖子上戴着颈托。她还知道，丈夫一旦决定的事，以前没有劝阻住，这次同样如此。

妻子把颈托包好装进背包。振海把它掏出来："出门戴着这玩意，谁敢让我上车？回来再戴吧，没吓着自己，先吓着司机，哪都去不成。"

妻子想不到的是，玉麦不是一天能到的，振海连吃的喝的都不带。他说得似乎有道理："我不适合负重，吃的喝的到哪都能买。即使没有商店,我在部队学过野外生存,可以借这个机会温习一下。"

在夏季牧场遇到卓嘎和央宗，振海失去重温野外生存的机会。他比谁都清楚，自己已不是当年十八九岁的小伙子，身体完全康复的可能性不大，如今在野外渴不着、饿不死，没有睡袋等保暖的东西，准冻僵。唯一遗憾的是，接受温暖离开后，才知道提供帮助的是卓嘎和央宗。

振海在白玛次旺的家庭旅馆躺了一下午。次日上午，我陪他一起去乡政府。

振海是做生意的，特别留意房屋结构。他仿佛对我说，又似自言自语："这些民居的位置很好，一楼分隔开的房间有些多，不像做门面房用的。"

我对他说："设计这些民居时，参考了多方面意见。特别是当地居民，设计人员把效果图指给他们看，把图纸讲给他们听，采纳他们提出的合理建议，对局部结构进行微调。从做生意角度说，商店、餐馆和旅馆的位置明确。可以说，居民对即将建成的新居感到满意。"

他可能忘记了我的存在："餐馆盈利都知道。昨晚吃的一碗面，和拉萨价格一样，都是十五元，成本不足三元，一天卖掉十碗，一百二十元稳赚。我不明白，这里的商品价格为什么和拉萨的差不多，他们图啥？”

我这个外行提醒生意场中的他：“赔本买卖不做，够本买卖也不做。今年做生意的几家赚惨了，你还说商品价格不高。我不是做生意的料，天天在这里也搞不懂。”

“或许是进货渠道不一样，进价低的缘故吧。”他念叨着开餐馆的房子。

一会儿，来到乡政府的临时会议室。我把振海简单介绍给副乡长尚林佳，在一旁静听他们交谈。

尚林佳说：“欢迎你来玉麦，让我们先听听你的想法。”

“玉麦建房修路，发展起来只是时间问题。我是东北人，准备在这里开个餐馆，想了解一下乡政府有什么政策，有没有可以出租的门面房。”振海诚恳地说。

“你在路上看到的房子是老百姓的。你想在这里投资，是好事，但在商店、住宿等行业不要与老百姓竞争。他们要安居乐业。以后全面发展起来，他们会有更多渠道增收。目前，住宿和商店等是他们的主要收入。你看到了，房屋的设计，不像城市到处都是门面房。这里是别墅式的，多数留有做家庭旅馆的房间，游客到这里犹如回到家中。你想租房子，可直接和住户谈，政府不参与。他们愿意租给你，是你们双方的事。整个河谷地带都在规划范围内。说得再好，谁也不能随意在路边搭个棚子卖水饺，不能在草坪搭起帐篷过林卡。”尚林佳解释得比较详细。

尚林佳接着说：“我们有招商引资项目，比如招待所，欢迎来此投资经营。其他方面，乡政府暂时没有放开的空间，很多人在没有吃到更好东西之前很难放弃眼前的蛋糕。”

在卓玛拉宗家，振海喝着拉萨价位的优乐美，问道：“听说印占区的珞巴人每年来这里的商店买东西，你害不害怕？”

“都是中国人，怕啥呀。”平常不大讲话的卓玛拉宗，这几句普通话说得如此流利，“他们买得最多的是雨靴，下边雨水多，十多年前光着脚，现在知道穿鞋舒服了。”

一激动，振海忘却了租不到房的烦恼：“对，我的老家在东北，落户青岛，在拉萨住了十年。你们和来买东西的珞巴人的关系，像我和弟弟的关系，不管身处何处，都是同父同母所生，都是一家人。”

生意场中的孙振海，让在座人刮目相看。

贡觉扎西

终于在白玛次旺的家庭旅馆里等到去曲桑村的车。

去曲桑村，为的是访问卓嘎和央宗的哥哥贡觉扎西。白玛次旺告诉我，到那里找贡觉就可以。

9月15日上午，三辆车依次来到曲玉公路二十六公里附近。遇上山体滑坡，只得等待。

等了一个多小时，安全员提醒我们，下午三点才能清理掉堵塞路面的淤积物，建议我们回去吃了午饭再来。

白玛次旺的车在前面，未出现异常情况。他看到前方有五六米的空间，往前开，便于倒车调头。按照常规，遇到这种情况，多数车会往后倒，不会往前开。

虽然是当地人，他也把握不住山的脾气。他的车快开到山跟前时，石头零零落落地滚下来。他可能没反应过来，也可能是吓蒙了，车子在那里静止了几分钟。最大的一块滚石直径近一米，从他车前不到一米的地方滚过去。站在不远处的我们吓呆了，屏住呼吸，不知道还会发生什么。

手拿对讲机的安全员跑过来，指挥车辆返回。

车开到安全地带，大家围过去，都为白玛次旺捏了把汗。他说：

“车子停在那里两小时，没见滑坡。我开动车子，滚石和泥沙却一起下来了。”

后来，关于路畅通的消息说法不一，有的甚至说半夜才能通。

我和司机李全福决定，晚上早睡，次日起早走。

话虽这么说，晚饭后，李全福却无法入睡。他是第一次来玉麦，只拿到部分包车的钱，车子已被剐得遍体鳞伤。他对我说：“不论时间，路啥时候通我们啥时候走。你想，假如路现在通了，一夜时间长着呢。雨这样不紧不慢下着，随时可能再次滑坡，不当机立断，不知道猴年马月才能走出玉麦。”

晚上八点钟，山上有车子下来，说路已贯通。李全福决定立即走。

从安全角度考虑，我不赞成夜出玉麦，我是搭顺风车的，但为了早见贡觉，也硬着头皮上了车。

运材料的车接二连三开过来。这一天，山上窝的车不少。

用李全福的话说，他也是硬着头皮开车。一路上，下来搬石头，蹚着泥水推车，幸亏人多，车子才开出危险地段。

该松口气了，谁知稀里糊涂开进一个拌合站。

手机没有信号，导航失去功能，车里的油有限，怕再稀里糊涂走回头路，暂时原地休息。

晚上十一点，小伙子杨震决定探路。

一位同行者依稀记得见到过拌合站字牌。我和杨震顺着路徒步找去。走了五六百米，来到岔路口，发现路旁拌合站的牌子上有路线图，去曲桑村的箭头标在上面。

到达曲桑村时，已过次日零时。李全福接着赶路，我向桥头店家询问贡觉女儿平措曲珍住在何处。

“平措在村委会。”坐在火炉旁的一人隔着窗户指着河对岸的灯光，“那座亮着灯的楼就是。”

我打开手机电筒，踩着泥巴路拐了几道弯来到村委会。

门虚掩着。刚想敲门，探头一望，里面十多人在开会，我悄悄走进去，在后面椅子上坐下。

台上坐着的人用藏语讲话，我听不懂，静等会议结束。

过了十多分钟，一位背着孩子的妇女向我走来。她问我找谁，我说找平措。为了不影响会议，她示意我往后走些，然后说：“我就是。有什么事？”

平措的普通话运用自如。

正待细说，会议结束，主持会议的人走过来。我一股脑儿把证件掏给他们看。

后来得知，平措是村委会委员，曲桑村的会议经常开到半夜。

平措有两个儿子，大儿子七岁，在扎日乡上学；背着的是小儿子，六岁。看着孩子，我对她说：“知道你爸在牧场，放心了，明天我去那里找。孩子睡着了，你赶紧回去休息吧。”

平措用嘴巴咬着小电筒，两手在背后托住孩子，向路的另一边走去。

次日天亮，我在饭店吃了碗面，向牧场走去。

走到路边一处院落前，看到一个穿着护林员服装的男子，便问牧场有多远。

男子说：“附近牧场很多，你要去的是哪个牧场？”

我说：“贡觉住的牧场。”

他正好开车去前方，邀请我搭一段路。

从他那里，我了解了一些贡觉的情况。

贡觉生于1958年，老婆叫白吉，娘家是朗县的。贡觉的爸爸妈妈在曲桑村住了很短的时间，又回到玉麦。贡觉结婚后，在曲桑村住下来。当时的情况是，曲桑村的居民多，交通条件好；玉麦河谷只住着他的家人，山路十八弯，难以通行。对多数人来说，两地相比，会选择在曲桑村居住。贡觉的爸爸选择在玉麦居住，是比常人想得远。想念那个地方的心理是有的，而想得更多的是那片土地不能丢。中国的地方住着中国人，谁都抢不去。

贡觉住在曲桑村，心里却装着玉麦，那里住着爸爸和两个妹妹。那时没有通讯工具，只能凭感觉。贡觉认为爸爸的糌粑快吃完了，或者需要其他东西，就会送去。爸爸见儿子回来，顿觉增加了力量。卓嘎和央宗见到哥哥，空落落的心充满喜悦。爸爸巡山，贡觉赶上来，和他一同去。

每次进出玉麦都不容易。夏天的山体滑坡让人防不胜防，冬天的大雪让人吃尽苦头。后来，爸爸不在了，卓嘎和央宗也有了各自的家，条件有所改善。贡觉慢慢变老，进出玉麦的次数渐渐减少。

车到一座小桥前，护林员上了另一座山，我顺着公路前行。

前面出现一片建筑。像平措告诉我的，曲桑在建小康村，居民大多搬到牧场住了。但这里有家庭旅馆和餐馆，吃住不成问题。

饥肠辘辘，在第一家吃了碗面。男主人叫索朗巴珠，他说和玉麦的白玛次旺是亲戚。这印证了白玛次旺的话，他曾对我说，曲桑村百分之七十的人是他家的亲戚。

索朗巴珠向斜对面一指：“找贡觉，到那里一问便知。”

走进敞开门的那家，女主人攥着湿湿的长发，对着脸盆旁边的手机说话。听我说找贡觉，她忙说让我等会。

她很快洗完头，三言两语，放下手机，然后对我说：“爸啦一会就来。”

只是三五分钟时间，一位男子从路对面走过来。他中等身材，留着平头，猛一看，好像是内地来的施工人员。在此场合，他必是贡觉。

来玉麦前，我对贡觉有文字上的一点了解。上世纪九十年代，《中国西藏》杂志上的一篇文章提及他。今天，多数人知道玉麦的卓嘎和央宗，却少有人知道她俩还有哥哥贡觉和弟弟嘎尔琼。

曲桑村是进出玉麦的必经之地。来深入生活，如不见贡觉，总觉得心里少了些什么。

在海拔四千三百米的曲桑村牧场，贡觉正向我走来。

我急忙迎过去。刚要自我介绍，他已知我的来历。小女儿平措已打电话告诉他。刚才洗头的，是他的大女儿吾金曲珍，这里是她的家庭旅馆。

尚未坐下，进来一位老年妇女。吾金介绍："这是我妈。"

"阿佳白吉。"我脱口而出。

白吉上了年纪，皮肤像她的名字一样好，能看出当年的风姿。她微笑着在贡觉身旁坐下。

贡觉说自己的普通话不好，而我觉得与他交流顺畅。他的普通话表达能力相当不错。

孩童时期，他的爸爸教他藏文。后来，熟练掌握藏文又懂普通话的贡觉，成为扎日乡政府的聘用干部。随着寺庙管理委员会的成立，他被抽调到那里工作。在边疆民族地区，双语干部备受欢迎。长期以来，党和政府注重双语干部的培养，让民族干部学习普通话，汉族干部学习民族语言。上世纪五六十年代进藏工作人员，经过强化学习和训练，多数能运用藏文，用藏语开展工作。贡觉的爸爸长期担任玉麦乡乡长，通过开会，意识到学习的重要性，他教几个孩子识字。小儿子嘎尔琼到了入学年龄，他毅然送出玉麦上学。从西藏藏医学校毕业后，嘎尔琼被分配在山南市藏医院工作。

一会儿，吾金端上来两碗热气腾腾的面条。她的爸爸妈妈没吃午饭。

老夫妻并排坐着。那一刻，不清楚的以为他俩是顾客。在这个亦家亦店的处所，有人上饭、递筷，他俩笑眯眯地享受着。唯一和顾客不同的，他俩不用付款。联想当下，能以对待客户的笑容和行动对待长辈，家庭的和谐指数必定升高。

吃着女儿做的面条，夫妻俩既热情又认真。有些烫，贡觉用筷子把面条挑起，轻轻吹几口，缓缓送入嘴里。白吉没那么夸张，用筷子不声不响地往嘴里输送着面条，反而比丈夫先吃完。对白吉而言，什么都不用说。她从朗县来到曲桑村，遇到心仪的小伙贡觉。

贡觉扎西与白吉吃着女儿吾金曲珍做的面条。（唐大山 **摄**）

她把自己和贡觉紧紧拴在一起，永远留在这里。她是一个追求幸福的女人，现实地面对婚姻、家庭和两地的差异，作出自己的选择。当时，她还不太理解公公为什么执意住在玉麦。理解与不理解都不影响她的行事风格。每当贡觉去玉麦的时候，她都把糌粑袋装得满满的，尽可能为那里的妹妹们多捎些东西。

等白吉理解公公的选择和丈夫的心意时，她已是两儿两女的妈妈了。如今，在电视里看到卓嘎和央宗，她为两个妹妹高兴。玉麦新村很快建成，曲桑小康村以玉麦村为标准，开始施工。

吃完饭，贡觉说："要是有车，今天就去泽当了。"

这里的人去隆子县城或山南泽当镇，多是搭顺路车或自驾。贡觉工作的寺管会位于扎日乡亚绕村，离家有些距离，路况不好，他骑摩托车往返两地。他平常吃住在寺管会，四五天回家一次。他说："到冬天，骑摩托特别冷，戴着头盔，护膝包裹得严严实实，还觉得冷风往身体里钻。"

这里是夏天，而温度和内地的深秋时节差不多。傍晚，穿着冲锋衣的我往大路上一站，吹着风，淋着雨，浑身冻得哆嗦。看看显示的温度，只有七摄氏度。几十年来，在这片高原上穿行的贡觉，经的风、受的雨、遇的雪，把他打磨得愈加精干。

我的晚饭是在贡觉家吃的。房子里东西塞得满满的。

白吉把洗干净的土豆放进高压锅。贡觉问我家里有没有土豆，吃不吃土豆。我告诉他："小时候，家里种土豆。今天晚上，你们做什么，我吃什么。"

时间不长，放在火炉上的高压锅开始响起来。看得出，白吉像煮肉一样煮土豆。

等了一会，白吉端下高压锅，贡觉把烧水壶坐在火炉上。

我在观察贡觉的举动，突然听到刺耳的放汽声。白吉把高压锅往地上一放，猛地拔下高速旋转的限压阀，蒸汽像喷泉一样往上蹿。

这是我在生活中第一次见到如此做法。人们平常放汽，先用冷水浇锅盖，然后拔掉限压阀。白吉直接拔取限压阀，放汽快，但有一定的危险性。日常生活中的细节，体现出她的做事风格。

晚餐上来。白吉把土豆放在亲手编的竹器中，贡觉伸手从袋中抓出一个糌粑团，吾金端来调好的辣椒面，三者齐备，只待进食。

我挑大土豆，他们挑小土豆。想起玉麦卓玛拉宗炸的糕点，我猛然醒悟，小土豆煮得透，大土豆不一定会达到理想效果。我有些饿了，明知其中缘由，但还是挑大的吃，想在量上解决肚子问题。

我们专心致志地剥着各自手中的土豆。有些烫，我拿到土豆得在手中滚几下。他们仨手中的小土豆无需这个动作。贡觉用土豆蘸下辣椒咬一口，是享受；白吉把土豆捏成碎块，在辣椒碗里打个滚，用小勺舀起吃下去，是滋润；吾金用土豆蘸辣椒嫌辣度不够，有时用小勺舀些辣椒水直接倒嘴里，是过瘾。我与辣椒无缘，一个接一个吃着土豆。他们纳闷，没有作料的土豆怎吃得下去？

吃了一会土豆，糌粑团递过来，我当仁不让。白吉倒甜茶，贡觉让我喝，有利于糌粑团的下咽。

看着他们吃土豆的情景，我想起梵高的名画《吃土豆的人》。画中人是穷得只能吃土豆，眼前人是把土豆作为晚饭的组成部分。看着我有滋有味地吃着糌粑团，他们把我作为家庭中的一员，有啥吃啥，和谐自然。

我与贡觉相约，跟他一起去泽当。他的背包已整理好，放在卡垫上，一旦有车，拎起就走。

17 日早上，我和贡觉起得都早。微风，细雨，他把和衣服连在一起的帽子戴在头上，站在公路边向远处张望。

糌粑是早餐不变的主食。我吃了三个糌粑团，喝了三小碗甜茶，自告奋勇去路边等车。

过来一辆大货车，我持续招手示意请求搭车。坐在屋里的贡觉看到我的动作，赶紧出来。他到车旁一看，是扎日乡的旦增格列。他邀请旦增格列进屋喝甜茶。

同车去泽当，我们仨都高兴。我坐在副驾驶座位，看着野兔往来穿梭，虽是高海拔，心情亦愉悦。这里公路两边的野兔，和可可西里青藏铁路两侧的藏羚羊情形相似，刚修路时，它们惊慌失措。路通了，慢慢地，它们发现来来往往的庞然大物非常友好，便与人类共同维持着和谐相处的局面。贡觉很快就要见到弟弟嘎尔琼和儿子崔成加措了，喜不自禁。他侧卧在座位后面的窄铺上，笑容像晴朗的天空。旦增格列同样高兴，漫漫长途，路上有伴，又是寺管会早已熟识的尊长。腼腆的他盯着前方，不停地操持着方向盘，路况好些，偶尔头也不回地跟贡觉聊几句。

翻了山，进入朗县境内，天晴了。这一带山两侧的气候差异太大，往往是南边阴雨连绵，北边艳阳高照。整体情况这样，我们还是遇到了麻烦。前天北边落雨，道路经车辆来回碾轧，十几辆满载重物的大货车陷在泥里，交通受阻。

贡觉下车一看，好几辆大车是扎日乡的，平措的丈夫、他的女婿也在其中。旦增格列的大货车虽是空车也无法通过。在贡觉调停下，平措的丈夫费力地短距离挪动三辆大货车，使对面来的小车勉强通行。我和贡觉转搭去拉萨的越野车。

到泽当，我和贡觉下车，看见崔成加措开车来接。

在一家藏餐馆，我见到了久违的嘎尔琼。他的身材与哥哥贡觉差不多，头发很短，一脸笑容。这和我在贡觉家见到的照片形象反差较大。照片中的嘎尔琼，头戴毛茸茸的藏帽，身穿厚厚的藏袍，手持猎枪，站在雪地里。我的第一反应，他像林海雪原中的杨子荣。

说到那张经典照片，嘎尔琼笑了：“那是我和哥哥在玉麦一起巡山的情景。那时候必须带枪，不怕遇到野兽，怕遇到带着枪的外国人。那支猎枪早已上交。现在不用带枪，我们的国防力量已经覆盖那片区域。我对那张照片挺满意，你可以把它插到书中。”

我的书能不能出，是遥远的事，不敢承诺，而从嘎尔琼的话语中，可听出哥哥对自己的帮助和对玉麦的深情。

嘎尔琼在外求学时期，贡觉已到壮年。不管风吹雨打还是冰天雪地，开学了，哥哥把弟弟送出玉麦；放假了，哥哥把弟弟接回玉麦。嘎尔琼的一张张毕业证书印证着贡觉的倾情付出。

看着兄弟俩的话说不完道不尽，我感慨万千：光环下的卓嘎和央宗姐妹坚守玉麦，仍保本真；光环外的贡觉和嘎尔琼兄弟难忘玉麦，一往情深。